JN196939

ヒッピー世代の先覚者たち

対抗文化とアメリカの伝統

カウンターカルチャー

中山悟視＝編著

目次

継承されるヒッピー文化

【凡例】

引用文献のページ数は（　）内に示した。

註や引用文献は各章の末尾に統一した。

序章　遍在するヒッピー

中山 悟視

本書は、アメリカの対抗文化（カウンターカルチャー）あるいはヒッピー世代について再考しようという試みの一つである。一九六〇年代のアメリカについて考える場合、対抗文化に関する考察を避けて通ることは難しいだろう。さらに対抗文化を考えるならば、その運動の中心にいたヒッピーという人々に目を向けることは避けられまい。

ヒッピー。それは、長髪にヒゲをたくわえてヒラヒラの服を身にまとい、極端に自由な生活様式や信条を持ち、人生を謳歌する人々。社会の常識的な視線からすれば、浮浪者のように見られる若者。「ヒッピーみたいな姿」といわれることは、一般的に決してほめことばではない。ヒッピー。それは、「ラブ&ピース」を合言葉に、争いを忌み嫌う楽天主義者たち。アメリカ人のなかでも極めてリベラルな雰囲気を醸し出す、快楽主義者たち。「ヒッピーみたいな生活を」と口にすることは、何ものにもとらわれず思うがまま、生活を楽しむことへの憧れの表明と受け取られる。

ヒッピーとは、いつあらわれ、どこからやってきたのか。もちろん、どこからともなく突然あらわれた集団などではない。ヒッピー世代が中心となった対抗文化の運動は、一九六〇年に就任したジョン・F・ケネディ大統領のもと、戦後から続くリベラルな時代の最終局面にあらわれた。五〇年代の体制順応的な時代精神に反するように、一九六〇年代のアメリカで、自然発生的に、かつ公民権運動やベトナム反戦運動とシンクロするように、アメリカ国内に広がっていったヒッピー・ムーブメントは、七〇年代に入ると徐々に衰退していった。彼らはどこへいったのか。対抗文化の火は完全についえてしまったのか。

こうした問いは、六〇年代の対抗文化あるいはヒッピー世代が、どの世代とも異なる唯一無二の存在などではなかったことに気づかせてくれる。ヒッピーは自分たちの前の世代にあたる、ビート・ジェネレーションの作家たち、ジャック・ケルアックやアレン・ギンズバーグ、ウィリアム・バロウズ、ゲーリー・スナイダーといった存在に同調する人々だった。さらには、もっと前の世代のヘンリー・デイヴィッド・ソローやウォルト・ホイットマンらへの敬意を抱いた人々だった。さらに言えば、運動が衰退した後にも、ヒッピーという存在が消え去ったわけではない。ヒッピー的な生活や文化を保持している人びとは、アメリカに留まらず、いたるところに存在する。われわれはヒッピーを、あるいはヒッピーを代表とするアメリカの対抗文化的な思想信条を、さまざまなところに見いだすことができるのである。

現在のアメリカ合衆国は、トランプ大統領率いる共和党政権の時代にある。自国中心的で白人至上主義とさえ表現される保守的な政策運営は、前オバマ大統領時代のリベラルで民主主義的な理想へと向かう姿勢とは逆行するものとなっている。たとえば最近でも、二〇一九年七月、トランプの差別発言が話題となった。就任から二年目を迎えたトランプが、二〇一八年の中間選挙で躍進した非白人系女性議員たちを念頭に、「もといた国へ帰れ」とツイッターでつぶやいたものだが、ここでトランプのヘイトスピーチの標的となった女性議員たちの出自や背景（イスラム教徒、先住民族、アフリカ系、同性愛者など）をみれば、トランプが移民排斥の主張をあらためて強調する姿が浮き彫りになる。しかし、こうした徹底した排外主義を推し進めるトランプの主張は、政治の場にとどまらず、一部の不寛容なアメリカ市民に伝染し、さまざまな憎悪犯罪を引き起こしている。いや、むしろアメリカ内部に胚胎していた不可視の憎悪や怒りこそが、トランプ現象を出来させたともいえよう。

こうした保守化の傾向は、アメリカ以外の多く国でも現在進行形で継続している。こうした動きは、まさに六〇年代から七〇年代さらには八〇年代へと移行していくなかで、保守化傾向を強めていった時代と軌を一にする。現在のような保守化が進む時代に、リベラルな傾向を強めていた過去の時代を顧みることは、今後のアメリカのあり様、さらには日本を含めた世界の情勢を考える上でも、非常に重要なことではないだろうか。

本書のアイディアは、こうした問いかけに対する一つの応答として生まれた。二〇一五年一一月に行われた日本英文学会東北支部第七〇回大会にて、「ヒッピー世代の諸先輩――Thoreau, Hemingway, Miller」というテーマでシンポジアが行われた。当時、東北支部の中心的人物であった村上東氏（元秋田大学教授）の呼びかけにより、東北支部会員の大森昭生氏（共愛学園前橋国際大学教授）と井出達郎氏（東北学院大学准教授）に加え、その後東北支部の会員となる中垣恒太郎氏（専修大学教授）が、それぞれヒッピー文化の先人たちについての論考を発表した。さらに、この企画は二〇一七年一〇月、日本アメリカ文学会第五六回全国大会（鹿児島大学）のシンポジア「対抗文化と伝統、対抗文化の伝統」へと発展した。シンポジア講師は右記と同じメンバーであったが、この時点ですでに村上氏による共著企画は進行しており、すでに数名に声がかかっていた。

この企画の中心となった村上氏が、私をほぼ自動的にこの企画に巻き込んだのは、もちろん偶然ではない。今からさかのぼること約一〇年、二〇〇九年の日本アメリカ文学会第四八回大会は秋田大学で行われた。このときのシンポジア「今一度冷戦を振り返って」を企画し、司会を務めたのも村上氏であった。私はこのときに講師の一人として登壇させていただいた。この企画はのちに『冷戦とアメリカ――覇権国家の文化装置』（臨川書店）へと発展することとなった。つまりアメリカの対抗文化に関するわれわれの研究は、この企画に端を発していた。このときの六〇年代の冷戦表象を振り返る企画は、さらに六〇年代を一九世紀末の時代から見つめなおす企画へと発展し、日本英文学会第八八回大会（二〇一六年五月、京都大学）の塚田幸光氏（関西学院大学教授）の司会によるシンポジア「メディア、帝国、一九世紀末アメリカ」へと接続されることとなった。このときも、村上氏とともに私は講師を務めさせていただいた。

こうして、二つの流れが合わさる形で、本書は企画された。村上氏から「編集」の大役を引き継ぐ形で任されたのは、いつのことなのか明確には記憶していない。この仕事は身に余る仕事であるし、自分に務まるものだとも考えていなかった。しかし、私にはこの任を断る選択肢はなかった。身分不相応を自覚しつつも、編集という立場を引き受けたのは、こうすることが私なりの村上氏への恩返しと考えたからだ。

このような経緯で、編集を引き継いだ私は、この企画に関心を抱いてくれそうな人を探し、以前から知る方だけではなく、研究会や学会などの発表を聴いて声をかけた。快く賛同いただいた方にはこの場を借りて心から感謝申し上げる。

本書は、全体で一三の論考から成っている。二部構成のうちの第一部には七つの論考を、第二部には五つの論考を、そして終章に一つの論考を所載した。

第一部「反逆と文学、反逆の文学」は、ソロー、エマソン、ポーといったアメリカン・ルネサンスの時代の作家たち、さらにはヘミングウェイ、ミラー、サローヤンら、二〇世紀前半の作家たち、最後にヒッピー世代に近いヴォネガットをとりあげ、アメリカ文学における伝統への反逆、そして反逆という伝統が対抗文化やヒッピー文化の精神とどのように結びついているか考察している。第一章の小椋論文は、ビート世代のケルアック『オン・ザ・ロード』とソロー『コンコード川とメリマック川の一週間』を比較検証する形で、ケルアックへのソローの影響、とくに超越主義の伝統について再考を試みている。ケルアックの描く旅の行程とソローの思索が、「川」と「音」によってつながれて読み解かれていく。続く第二章の亀山論文は、右記のソローに比較してヒッピーとの関連で検証されることが圧倒的に少ないとされるエマソンの反権威主義に注目し、「自己信頼」の思想とヒッピー世代の合言葉「ビー・ヒア・ナウ」との間に共通点を見いだしている。さらに第三章の貞廣論文は、カウンターカルチャー世代への直接的な影響を検討するのではなく、一九世紀後半のアメリカ文学史形成の時代に、ポーがどのように「抵抗文化の作家」として位置づけられていったか、トランス・アトランティックなポー受容を巡る関係性から読み解いている。

第四章の大森論文は、積極的に「ラブ&ピース」を体現する作家であったにもかかわらず、政治的にも文学的にも「主流化」していくヘミングウェイの姿を整理することで、対抗文化が容易に主流へと取り込まれていく過程と、対抗と主流の距離の近さを検証していく。続く第五章の井出論文は、カウンターカルチャーを「エンカウンター」という試みへと再定義する。前掲大森論文が指摘するように、対抗文化は主流文化の強化に過ぎないという批判にもとづいて、ミラーの「偶発的な出会い」をエッセイ風に綴るスタイルの考察を通じて、主流へ抗うのではなく、「攪乱」することに一つの対抗のあり方を読み解いていく。第六章の舌津論文は、ホイットマンとケルアックの間に忘れ去られた対抗文化の先駆的作家サローヤンをとりあげる。舌津は、ケルアックが心酔したサローヤンの作品を、ヒッピー文化とは何かという問いに重ね合わせながら精緻な論を展開し、サローヤンに胚胎する対抗文化的な諸特性を確認することで、サローヤンという作家の再定位を試みている。第七章の中山論文は、ヒッピーの指導者と目されたヴォネガットが創作の源の一つとして意識的であったコメディ、とくにドタバタ喜劇に焦点をあて、笑いがヴォネガットをヒッピー文化につないだ可能性を指摘する。

第二部「抵抗とメディア、抵抗のメディア」の論考は、音楽と映画を扱っている。第八章の村上論文は、対抗文化にまつわる主要なイベントや人物の名を接続させながら、六〇年代後半を中心としてロックおよびロック周辺の音楽を概観し、そうした音楽に先行し彼らの栄養源となった過去の音楽へと遡及しつつ、ボブ・ディランおよびその後の音楽シーンに目を向けた。続く第九章の飯田論文は、古き良き時代とされる五〇年代のプレスリーの楽曲に、対抗文化の兆しを見いだしている。黒人音楽と白人音楽の交差を強めつつあった時代に、黒人音楽をロックンロールの名のもとに白人青年層へ浸透させたプレスリーは、早すぎた対抗文化の歌い手であったと論じている。

以下の章からは、映画を扱う論考が並ぶ。第一〇章の塚田論文は、反体制を描く対抗文化時代のアメリカン・ニューシネマを、五〇年代ハリウッド映画がいかに育んでいたかを論じる。異質なものを矯正しようする戦後アメリカの保守的な力学を、文化的・政治的コンテクストにおいて読み解いていく。続く第十一章の中垣論文は、映像文化においてソロー的な要素がいかに対抗文化的な振る舞いと結びついてきたかに目を向け、特にホーボー像の変遷とソロー受容史を整理しながら、アメリカの精神文化形成にソローが及ぼしてきた影響について検討している。第二部最後の第十二章の白川論文は、六〇年代の『ナット・ターナーの告白』を軸に一九世紀と二一世紀を架橋する。対抗文化の文脈によって「抵抗する主体」としてようやく再認識されることになった一九世紀の黒人主体の物語が、人種・性差の表象をめぐって複層的に絡み合う現代的な事情が克明に紹介される。

終章に配したのは、本書が志向する「対抗文化の伝統」が、六〇年代を超えてどのように継承されるのかを問う「ヒッピー世代の後輩たち」に関する論考である。藤井論文は、六〇年代の対抗文化は、二一世紀においてどのように反復されているのかについて、アダム・ジョンソンとウェルズ・タワーの小説を題材に、小説という表現形式、あるいは「クリエイティビティ」をめぐる問いに結びつけながら論じている。

本書の目的は、企画の端緒となったシンポジアのテーマ「ヒッピー世代の諸先輩」にあるように、六〇年代対抗文化が、先行するどんな「先輩」たちの影響を受けたのか、また、どのような「先輩」

たちがヒッピー世代と同じような「抵抗」の種子を宿していたのか、そうしたことを考えることにあった。しかしながら、新たな対抗文化・ヒッピー文化の継承を考える「後輩」枠を用意したのは、本書全体の議論が明らかにするように、対抗文化の精神は、ヒッピーの魂は、六〇年代を超えても継承される可能性を示唆したいと思ったからだ。いわば本書全体が示すのは対抗文化やヒッピー文化の精神は、六〇年代に限定されることなく、アメリカの歴史において遍く存在してきた、ということである。そうした「遍在するヒッピーたち」の「伝統」への「反逆」が新たな流れを生みだし、「反逆」はアメリカの「伝統」となったのだ。アメリカが生み出した「対抗文化の伝統」を再考する本書が、混迷する時代のアメリカの未来をうらなう試金石となり、さらなるアメリカ文学・文化研究の一助となることを願いたい。

本書は、不慣れな編集担当の拙い仕事のため、当初の予定よりも刊行が大幅に遅れることとなった。執筆者の方々には、この場を借りてお詫び申し上げるとともに、さまざまなところでご協力いただいたことに感謝申し上げる。最後になったが、企画の段階から親身になって助言くださり、また至らぬ点ばかりの私に、理解と忍耐を示してくださった、小鳥遊書房の高梨治さんに心から謝意を表したい。

中山悟視

二〇一九年九月一三日

第Ⅰ部——反逆と文学、反逆の文学

第一章　超越主義の伝統と音楽的身体の共振（エロス）
――『オン・ザ・ロード』からソローへ

小椋　道晃

一　ケルアックとソロー

一九五〇年の末、『オン・ザ・ロード』の草稿（通称スクロール版）に取りかかる直前に、ジャック・ケルアックは、親友であるニール・キャサディに宛てた手紙で、「ささやかながら僕ら自身のアメリカン・ルネサンス、つまりは、アメリカ文学の黄金時代のパイオニア」を目指すことを宣言する（Kerouac, *Letters* 247）。作家として成功することを夢見ながら、いまだ独自のスタイルを確立していないケルアックは、自らを一九世紀半ばのアメリカ作家たちと重ねあわせることで、新たな文学的革新を目論んだ。

なるほど、ケルアックとアメリカン・ルネサンスの作家、詩人たちとの影響関係についてはこれまでもつとに指摘されてきた。ジョン・タイテルは、ビート世代の作家たちについて、彼らの「ロマンティックな好戦性は、アメリカの超越主義にルーツを見出した」とし、ラルフ・エマソンやヘンリー・ソロー、ハーマン・メルヴィル、そしてウォルト・ホイットマンの影響を挙げている（Tytell 4）。「エマソンやソローの『自己信頼』のエートスに同一化していた」ビート派にとって、「個人の救済と文化的救済は密接に結びついていた」し（Lardas 17）、戦後の物質主義的な社会から抜け出して、「真の自己」を探求する態度において、彼らはすぐれて超越主義の伝統に立脚している。そして、彼らの超越的な自己の探求は、しばしば、「性の解放と重ねられる」（Mackay 179）。[1]

出版をめぐるさまざまな紆余曲折を経て、ようやく一九五七年に世に出ることになったケルアックの『オン・ザ・ロード』は、戦後の体制順応主義に抵抗し、性の解放を謳うビート世代、ひいては対抗文化を代表する作品とされつつも、興味深いことに、性描写に関しては、より直接的な（同）性愛描写で物議を醸したアレン・ギンズバーグやウィリアム・バロウズと異なり、控えめである。この一因は、本作を出版するにあたり、編集者マルカム・カウリーの意向もあって、「性にまつわる言及、とりわけ同性愛についてあからさまに言及している箇所は全て削除された」ことによる（Vlagopoulos 61）。しかしその削除には、熱心なカトリック教徒の家庭で育ったケルアック自身の規範意識も作用していたに違いない。事実、冷戦下における同性愛嫌悪の空気を内面化するケルアックは、実生活において同性間の性的関係をもちながらも、「ホモフォビックな同性愛者」的傾向を有していた（Amburn 54）。

このような作家の曖昧なセクシュアリティとその抑圧を念頭におくならば、『オン・ザ・ロード』とは、しばしば比較されるホイットマン的友愛の理想（ホモエロティシズム）だけでなく、（一見すると）性を忌避したソローのクィア性とも結びつくのではあるまいか。[2] 従来、ケルアックの反体制的、反物質主義的な価値観や、後期作品における、彼の東洋思想やウィルダネスへの志向に、『ウォールデン』（一八五四年）を書いたソローの影響が見出されてきた一方で、セクシュアリティの観点からいかに両作家が共鳴しあうかについては充分に議論されていない。たとえば、デニス・マクナリーは、ケルアックが「利己的な資本主義アメリカ社会を拒絶したソローを愛していた」と指摘するが（McNally 179）、社会に背を向けてひとり小屋で暮らしたソローの（単純化されたかたちでの反社会的）イメージは、彼の「市民的反抗」という政治思想とともに、対抗文化を語るさいに決まって持ち出されてきた。しかしながら、ソローの、社会からのドロップアウトや、消費社会の批判といった側面が強調されればされるほど、多様なはずのソローの作家像が固定されてしまうことは否めない。そこで本稿は、対抗文化やヒッピー世代の若者たちによる『ウォールデン』再評価の影に隠れたソローの第一作『コンコード川とメリマック川の一週間』（一八四九年）を取り上げ、ケルアックに流れる超越主義の伝統を再考してみたい。

ソローの『一週間』は、一八三九年に彼が兄ジョンとともにした二週間の川旅に基づき、それを一週間に凝縮することで再構成した作品である。雑誌『ニューヨーカー』に寄稿されたイアン・フレイザーの記事「マージナル」（二〇一〇年六月二八日）によると、ケルアックはソローの『一週間』を、出版からちょうど一世紀を隔てた一九四九年に地元の図書館から借り出し、「真実かつ誠実な旅」にまつわる以下の箇所に下線を引いている（Frazier）。[3]

> 真実かつ誠実な旅は暇つぶしではなく、死と同じように、あるいは、人生行路のすべてと同様に真剣である。そこにうまく割り込むには長い見習い期間が必要である。卵を孵すためにじっとしている雛鶏は、ただじっと座っているだけとわけが違う。座って旅している人、ずっと座って足をぶら下げている旅行者、こうした単なる怠惰の典型のことではなく、旅が足の活力源であり、最終的には死でもある人々のことを私は言っているのである。そうした旅人はその途上で生まれ直し（The Traveler must be born again on the road）、彼にとってもっとも重要な力である自然の力から旅券を得るに違いない。
>
> （Thoreau, *A Week* 306）

ケルアックが下線を引いた一節における「旅の途上（on the road）」とは、言うまでもなく、彼の代表作のタイトルと重なりあうが、前出のフレイザーを含め、両作品を並べて論じる試みはいまだなされていない。[4] 思えば、作中で「路上とは人生だ」（Kerouac, *On the Road* 192）と述べる語り手サル・パラダイス／ケルアックは、ソローの、「旅が足の活力源であり、最終的には死でもある人々」に自らを重ねた可能性は充分にあるだろうし、ソローにとって川が「あらゆる人々にとっての自然の公道（natural highways）」（12）であったならば、ケルアックの路上にソローの川をあわせ見るのもあながち的外れなことではないだろう。[5]

そもそも、ケルアックの故郷であるマサチューセッツ州ローウェルとは、ソローが作品冒頭で説明する通り（6）、コンコード川がメリマック川に流れ込む、まさにその合流点の街である。さらに、ソローは自らの作品に失われた兄への哀悼の意を込めたが、ケルアックもまた、幼い頃もっとも深く慕っていた兄ジェラルドを病気で亡くしたという事実は強調しておかなければならない。ポール・マーによるケルアックの伝記では、「ジーザスとジェラルドとローウェルという、ケルアックの私的世界が、彼の美的感覚に織り込まれ、その独自の芸術を作った」と指摘されるように、失われた兄の存在は故郷の思い出とともに、彼の生涯を通じて大きな影響を与えていた（Maher 20）。そうであれば、ケルアックが、亡くなった兄との旅に基づいたソローの第一作品に対して特別な感情を抱いていたとしても不思議ではない。実際に、『オン・ザ・ロード』のサルは、破天荒な友人ディーン・モリアーティに、「長い間失っていた兄」（9）を見出してもいる。このような両作家の重なりを念頭におき、以下では、彼らの音（楽）への意識に着目しつつ、『オン・ザ・ロード』を通してソローを読み直すことで、超越主義の伝統に、身体に根ざすクィアな欲望の共振を跡づける。

二　路上のユートピア

『オン・ザ・ロード』におけるケルアックの曖昧なセクシュアリティを考えるさい、注目すべきは、サルとディーンが、サンフランシスコで同性愛者の運転する車をヒッチハイクし、東部に向かう場面である。二人はその後部座席で、前夜に見たジャズのライブでのテナー吹きについて語り合ううちにエクスタシーの境地に至る。そのライブで、ディーンは「トランス状態だった。テナー吹きの目はやつに釘付けだった。目の前にいるのは、自分が知っていることだけでは満足できず、もっともっと知りたくてうずうずしている狂人であり、ほとんどもう決闘のようなものが始まっていた。サックスから全てが吐き出され、フレーズはすでに消え、ただの叫び声、絶叫になっていった」(180)。そこでは、即興的なビバップのリズムと絶叫に合わせて、みんなが「揺れに揺れていた(rocked and rocked)」(180)のだが、前夜のライブと共振するように、車の中のサルとディーンは「汗だくで話し」ながら、「前にいるやつらのことはすっかり忘れていた」(189)。

連中はバックシートで何が起きているのか気にし始めていた。あるところでドライバーが言った。「なあ君たち、ボートに揺さぶりをかけるのをやめてくれるかな(rocking the boat)」。確かに揺さぶっていた。むちゃくちゃに気持ちのいいことがどっさり僕らの生命のなかにじわじわ入り込んできているという、空っぽになるような恍惚感（the blank tranced end）を覚えておしゃべりをしているうちにその最高にエキサイトした歓びのリズムと「あれ（IT）」にあわせて、ディーンと僕は体を揺さぶり、車が揺れていたのだ。（中略）「俺たちは『あれ』が何か知っているし、『時間』についてもわかっている。」（189）

彼らは、昨晩の記憶とともに、自分たちの会話が音楽のリズムと同一化するのを経験する。ビバップのライブを媒介としたサルとディーンの会話とは、その内容自体に意味があるわけではなく（実際に、夢中で話していた会話の内容は提示されない）、語ることのできない、分節化されえない身体的「揺れ」として、つまりは、音楽的身体の共有として提示されている。

ヒッチハイクした車の馬力のなさを揶揄して、「おかまのプリマス（fag Plymouth）」や「女々しい車（Effeminate car）」と呼ぶディーンは、なるほど、同性愛嫌悪と自身のマッチョイズムを誇示している。しかし、それにもかかわらず、車の後部座席で汗を流しながら興奮して語り合う二人の揺れる様子は、あきらかに性的なコノテーションを含んでいる。ちなみに、サルはディーンの額から流れる汗を見つめるが（「純粋な興奮と疲労によって彼の額から流れ落ちる大きな汗の玉」［127］）、作中、このようなサルの男性キャラクターの身体への眼差しは、映画のクロース・アップのように繰り返し描写されるのに対し、サルと関係を結ぶ女性の身体に向けられる眼差しがほとんど描かれないことは強調されねばならない。

さらに、サルとディーンにとって、「汗だくで」行われる熱烈な会話とビバップのリズムの共鳴は、

「あれ（IT）」としか名指すことのできない、「空っぽになるような恍惚」とともに、「時間」を超越する経験となる。このことは、別の箇所で、サルが「いつも到達したいと願っていた恍惚の地点」に到達する瞬間とも響きあう。恍惚の状態とは、「通常の時間軸を超越した時のない影のなかに、荒涼とした死の領域の驚異のなかに、完全に踏み込んだ」状態であるからだ（156-57）。

興味深いことに、ケルアックは、ディーンのモデルとなった親友キャサディに宛てた長い手紙（一九五一年一月八日）のなかで、サルとディーンの車内での熱烈な会話の原型となるようなヴィジョンを書き綴っている。

> ［こんな長い手紙を書いて］君を退屈させることがないという確信に浸らせてくれ。とにかく書き続けるよ。それは君と僕とでアメリカじゅうを車で横断しているようなものなんだ。夜に、不可解な読者や、文学的要請といったものはまったく気にせず、僕らが話し続ける以外に何もなく、僕が一九四七年のクレイジーなノートブックに書いたように「僕らが知っている何百万のものごとについて熱心に話しながら」どこにもたどり着かないけれど、ある目的地に近づいていくように、何マイルもの道がひらけていくんだ。（Kerouac, *Letters* 274）

ここでケルアックは、路上を、あらゆる規範や詮索好きな「読者」のいないスペースとして理想化している。話される内容というよりも、夜の暗闇のなかで、「君」と「僕」との親密な会話自体に重きをおくプライベートな空間——それは、路上にしか存在しないのだが——、そのような場をケルアックは夢想する。

このように考えてみると、『オン・ザ・ロード』のサルたちが経験する「空っぽになるような恍惚感」とはまさに自己の身体からの超越とともに、「僕」のうちに「君」が、「君」のうちに「僕」が存在するという相互浸透的な官能的体験ともなりうる。つまり、車というプライベートな空間のなかで経験する彼らの音楽的身体の共振を通したつかの間の忘我状態とは、赤狩りと同性愛者の弾圧が激化したマッカーシズム時代のパラノイアから逃れる唯一の手段であり、また目的でもあった。だからこそ、動き続けることは、規範や制度に絡め取られている「現在」というリニアな時間を超越する（したがって、死に限りなく近づく）欲望となる。かくして、『オン・ザ・ロード』における男同士の友情の親密さは、音の官能性、ないしは、官能的なリズムとの共振によって、クィアなユートピアを路上のうちに幻視することになる。

三　音と官能

音（楽）やリズムを契機としたエクスタシーの境地は、ケルアックにとって常に時間の超越と連動しているが、聴覚の官能性に意識的であったソローもまた、『一週間』のなかで、音楽を通して超越的体験に導かれる。ある夜、メリマック川のほとりで眠りにつこうとするソローたちは、不意に遠くから聞こえてくる太鼓の音に耳をすませる。「夜の太鼓奏者(drummer of the night)」のビート、その「単純な音は私たちを星々に結びつけた」。

この音には非常に力強い論理があったので、人類という共通の意識があるのだとしても、この音が生み出す効果に私は疑いを差し挟むことはなかった。まるで鋤が突然、地球の外皮を深く耕したかのように、私は習慣的な考え方をやめる。自分の生命という沼地の中で、このような底知れぬ天窓をまたいでしまった私は、どのようにして生きていくというのか。すると突然、古い「時間」が私に目配せした――ああ、いたずらな君は私を知っているのだね――そして「あれ(IT)」は満足しているという知らせが届いた。古代の森羅万象はこうした見事な健全さのなかにあり、それは決して死滅することはないと私は思う。(173)

この一節の意味は汲み取りにくいが、「星々」と結びつく太鼓のビートは、天上の果てしなく遠いものに憧れるモードを醸成する。そしてソローは「古い時間」に語りかけられることで、つかの間の啓示を与えられる。ケルアック同様に、「あれ(IT)」としか名指すことのできない存在は、時間を超越した永遠の存在(「決して死滅することはない」)を指すが、重要なことは、これが聴覚的な体験を基底としている点だろう[6]。

通常、ソローにとって音とは、超越性と結びつけられる。天上の音楽、すなわち「聞こえない音楽を聞くこと」が、ソローの思索の根底にある感覚であったとみなされるように(後藤 二七)、彼は音(楽)を天上の超越的な真理と結びつけて自らの音楽理論を練り上げている。しかし、『一週間』のソローが「思考のうちにあるはずの音楽」が「言語のなかにはその位置を占めてはいない」ことを嘆き、音楽の「リズム」によって作り直される言語を夢見るのは（308）、言語の物質性ないしは身体性を、言語そのもののうちに回復することであり、また、そのような言語（詩）を身体的に享受するいとなみでもあったはずである。

今福龍太によれば、いかなる複製技術も開発されていない時代、つまり「音楽が、楽器や声による生身の、アクースティックなものとしてしか存在しない」時代に、ソローは「聴くだけでなく、身体ごとその響きや振動を受けとめ、みずからその震えと共振しようとした」（今福 一五八、一六一）。また、音について、高橋勤は、ソローが「詩というものの本質を言語以前の自然のリズムに求めた」と指摘し、その身体性に着目して考察している（高橋 一九八）。このことは、ソロー作品における振動する音の「純粋な物質性」に着目し、「音の振動」がマテリアルなものとして聞き手の内部に侵入していることを指摘する、ブランカ・アーシッチの主張とも通底する（Arsić 169）。

このように、音と共振する身体そのものに意識を向けるソローにとって、音楽とは、超越を志向するのと同時に、きわめて身体的なエロスとしても体感されるものであった。マイケル・ウォーナーは、早くも一九九二年の論文で、ソローの「音楽的サウンドに対するエクスタシー」が彼のセクシュアリティと結びついている可能性を指摘しているが（Warner 67）、音や響きに対する身体を通したソローの「共振」について、それをもっともよく表すように思えるのは、一八五一年一〇月二六日の日記の一節である。ソローが見た夢について書かれたこの日記は、性的な夢とも解されることがある。(7)ここで興味深いのは、自らの身体を楽器、ひいては音楽と結びつけ、全身がひとつの感覚器官と化すさまである。

再び目覚めたとき、私は自分が楽器になったと思った——そこからひとつの旋律が次第に弱まっていくのが聴こえた——らっぱ——あるいはクラリネット——あるいはフルート——自分の身体がメロディの器官や回路であって、それはフルートが息を吐くことを通して音楽となることと同じだった。私の身体はさらにその旋律に共鳴し共振した——そして私の神経はリラの弦であった。（中略）私は目覚めたとき、楽器としての自分の身体が奏でる華やかな演奏の最後の旋律を聴いた。このようなことはかつてもあったし、再びあるかもしれないとわかっていた——が、今自分の身体がいかに楽器とほど遠いかを意識して後悔の念が生じた。（Thoreau, *Journal* 4; 155）

夢と覚醒のあわいで、自らの身体が楽器となって音楽を奏でていたことを、それらが消え去った後に気だるく後悔するソローにとって、この夢のなかでの体験を綴った表現は、決して単なる比喩ではない。むしろ、これは文字通り、言葉にはできないエロティックな情動を書きとめたものだと言えよう。

弦楽器が振動する様子が、ソローの複雑な情動的経験と結びついていることは、「愛」というエッセイにもたしかめられる。ソローは、「このような［愛に満ちあふれた］感情の影響のもと、男はエオリアン・ハープの弦であり、それは永遠の朝のそよ風と共に揺れる（vibrates）」（Thoreau, *Essays* 269）と書いている。[8] このことはつまり、ソローにとって、音や音楽が、彼の「詩的言語」の根底にあるのと同時に、音に共鳴する身体の官能性にも等しく基づいている可能性を指し示す。

『一週間』のソローは、「ある人々の話を聞くのが好きである。もっとも、話している内容は聞かないのだけれど。彼らが呼吸するまさにその空気は豊かで芳香を発し、彼らの声は、木の葉のカサカサという音や火の燃えるパチパチという音のように耳に訪れる」と記す（380）。『オン・ザ・ロード』のサルたちによってひたすら交わされる会話の親密さが、話される内容ではなく、話すことそのものを重視していたように、ソローにとっても、話の内容というよりも、まさに話される呼気の豊かさと香りに重点が置かれている。息づかいを肌で感じるという表層的快楽は、会話の意味に還元されえないマテリアリティをそなえた声の働きであり、意味ではなく声がもつ官能性に意識が向けられている。

その意味では、ソローが『一週間』において、自分の家を訪ねてくる友人との交流を回想している場面も、音の振動や聴覚と官能性とが結びついたエピソードの一つとなりうる。「［友人たち］は沈黙した状態で充溢している。そして私のピック（plectrum）が彼らのリラの弦をかき鳴らすのを待つ」（264）と、ソローは、友情の親密さと音楽のイメージを引き合わせる。ここで「彼らのリラをかき鳴らす私のピックを待つ」という表現は、濃密なエロティシズムをたたえながら、友情の親密さと音楽を通じた身体的共振とを結びつける。さらに、この友人との「交わり（intercourse）」は、引用した文章に続き、語り手が自身のピックに導かれて一つの「楽節／文（sentence）」に出会うことを期待している。強調すべきは、沈黙に続いて生じるであろう「一楽節」を求めるソローにとって、その欲望が最終的に満たされることよりも、来るべき触れあいを「待つ」状態の現在にこそ、もっとも充足した関係性が見出されている点である。このように、楽器としての身体というイメージは、ソローの作品においてしばしば同性間の交流を語るさいに用いられるが、空気の震えを通じた音楽的身体の共振とは、規範や制度に限定されない親密な関係に対するソローの欲望の基盤となっている。

四　川を想う旅人たち

『一週間』、『オン・ザ・ロード』ともに、旅の途上で、哲学的思索へと逸脱する語りを内包しているが、以上の議論からもわかるように、その物語の根底には、彼らが超越的な「真実の自己」を探求するのみならず、音楽的身体を基盤とする親密な関係をロマンティックに追い求めるという運動がある。ここで、両作品におけるセクシュアリティの主題をさらに掘り下げるべく、自他の境界を溶解させる水の流動的イメージに着目したい。というのも、川や水のイメジャリーは、ソロー作品は言うに及ばず、ケルアック作品においても、その探求の旅の核心にあるからだ。そもそも、二節で引用したサルとディーンの乗った車が「ボート (boat)」と規定されていたように、作中でサルたちが自らの運転する車を「ボート」と結びつけることはめずらしくない(9)。

その意味でまず見逃せないのは、作品冒頭で、西部に向けた路上の旅を始めるにあたって、サルがハドソン川の水辺にたたずむ場面である。彼は、「もし薔薇を一輪、アディロンダック山脈のハドソン川の神秘の水源に落とせば、いくつもの絶景のなかを旅して永遠の海にたどりつくことを考えてみたまえ」と興奮気味に語りかける (11)。サルはここで、自分を一輪の薔薇に重ね、自らの意思をこえて川を辿り「永遠の海」に漂い出ることを夢想する。つまり、路上を通じたサルの探求の旅は、はじめから必然的に水のイメージを引き寄せている。このことは、物語の最後で再びマンハッタンに戻ったサルが、ハドソン川の「古い朽ち果てた桟橋」（281）からあらためてアメリカ全土を想う身振りとも呼応する。

さらに、水のイメジャリーは、アメリカを横断・縦断するサルにとって、場所の感覚の混乱と結びつく。サルがサンフランシスコを空腹のなかさまよい歩くうちに「恍惚」となる場面があるが、そのさい、彼は自らの今いる場所がサンフランシスコのマーケット・ストリートなのか、ニューオーリンズのキャナル・ストリートなのかわからなくなってしまう。自分のいる通りが「水のあるところへ、あいまいにあまねく広がる水のあるところへ続いている」ことを感じとるサルにとって、それは「ニューヨークの四十二丁目がやはり水のあるところへ続いているのと同じことだった」（156）。そして彼は、「自分のいる場所などわかりはしないのだ」と嘆息する（156）。空腹でうちひしがれた状態からくる混乱とはいえ、ハドソン川、イースト川、そしてミシシッピ川へと通じるストリートの攪乱は、サルが今いるサンフランシスコ（西）から、ニューヨーク（東）、そしてニューオーリンズ（南）といった都市を、水という磁場で流動化し、川で結ばれたオルタナティブな「アメリカ」を想像的に構築しているとも考えられる。

このような、川で結ばれた「アメリカ」という空間認識をもつサルは、同時代に始まる合衆国全土をつなぐ道路網の整備とは異なる「道」のネットワークを見出している。この文脈で注目すべきは、ニューオーリンズでサルたちが実際にミシシッピ川のフェリーに車ごと乗り込む場面であろう。そこで彼らは「手すりから身を乗り出して、堂々とした茶色の父なる川（the great brown father of waters）」を眺める。それは、悲嘆の魂の奔流（the torrent of broken souls）のようにアメリカ中部から流れてきた——モンタナの丸太を、ダコタの泥を、アイオワの谷を、そしてスリーフォークスに沈んでいた一切合切（その氷がこの川の神秘の源である）を運んできた川だ。（127）

ここでサルは、ミネソタ州を水源とするミシシッピ川本流だけでなく、モンタナ州（スリーフォークス）に水源をもつミズーリ川にも想いを馳せている。川に、運ばれてくる「悲嘆の魂（broken souls）」を見出すサルは、移動を重ねるしかない「うちひしがれた人間たち（broken souls）」に対する共感をも込めている。さらに、本流に流れ込む支流への想像力とは、合衆国のほとんどの地域にまたがる網目状の「川」を幻視することでもあったはずだ。実際に、地図で確認するかぎり、ミシシッピ水系は、小さな支流を含めると、東はアパラチア山脈、西はロッキー山脈まで広がり、アメリカの三一の州にまたがっている。

このように、川の流れに、自らの人生、さらには合衆国中に散らばっている「うちひしがれた」友人たちを重ね見るサルの想像力は、ニューイングランド地方を流れる川をくまなく探索し、その流域に点在する人々の生活を想うソローの『一週間』とたしかに連続している。その冒頭で、「しばしばコンコード川の岸辺に立ち、その静かな流れを見つめる」ソローは、「川のふところへ、運んでくれるところどこへでも漂っていこうと決心」する（13）。さらにソローは、メリマック川という「海に向かって穏やかに大きくなり堂々とうねっていく洪水」の「快活な流れに共感」し、「海に幸運を探しに行くこともある」と考える。そして、この川が「より自由な水の平原に迎えられ、川岸の代わりに海辺を打つ（beat）ときを予想した」（110）。

しかしながら、ケルアックと比較して、ソローの『一週間』で奇妙に思われるのは、その川旅のあいだ、ソローたちが「身体そのもの」であったと記されるにもかかわらず（「私たちはコンコード川を揺られているあいだずっと身体そのもの（bodily）であった」[377]）、ボート上の二人の様子がいかなるものであったかについて、作中ではまったく描かれない点である。そのかわりに、彼らの舟上の様子は、引用された詩を経由して語られることになる。たとえば、彼らの「ボートは、チョーサーが『夢』のなかで述べたものに似ていた」（317）と記され、チョーサーの「夢」の一節（これは実際には、「婦人たちの島」（"Isle of Ladies"）という十五世紀末の作者不明の宮廷風夢物語詩）が引用される。「島から出発した騎士」は、「結婚のために旅をして／身分の低い者も高い者もみな結婚できるような／大勢の人を連れて戻ってくる。」

その舟とは人の想いのようなもので、
喜びへと彼を連れていった。
王妃もまた、同じ舟で
遊ぶことを常としていた。
舟は帆柱も舵も、
操る船長も必要としない

わたしはそんな船など聞いたこともない。
その舟は想いと喜びで進む
苦労なく西へ東へと
凪も嵐も変わることなくひとつで。(317)

この詩は、自らのボートを、男女の結婚の主題とともに、騎士が王妃を求める探求(ロマンス)の旅に重ね合わせ、舟が「想いと喜び」という欲望を原動力としていることを提示する。それはつまり、ソローたち二人の舟旅もまた、「想いと喜び」に基づき、「西へ東へ」と流れ漂うさまで喩えられていることを示唆する。船長による舵取りも凪の推進力も必要としない、「想いと喜び」を原動力とする騎士の舟は、王妃との結婚を目的としつつも、詩の後半部が示すように、ある意味では、明確な対象を欠く(性的)欲望のありようをなぞっているようにも読める。

さらに、彼らの「身体そのもの」としての舟旅は、夜に停泊した岸辺へと引き継がれていく。メリマック川の岸辺で野営をするソローたちは、「半分目覚めている夢うつつで、夜に目覚める」が、そのとき、「風がいつもより強く息をし、テントの幕を叩き、綱を揺らしている」のに気がつく。

私たちの頭は草の中のとても低いところにあるので、川が渦を巻き、岸辺を舐めるように洗い、下流に向かって通り過ぎながら岸辺に接吻し、時によるといつもより大きな音でさざ波を立てるのが聞こえる。そして再び、川の力強い流れが静かなちょろちょろと流れる音を作り出していた。あたかも水瓶に漏れ口が不意にでき、かたわらの草の中に水が流れていくかのように。

With our heads so low in the grass, we heard the river whirling and sucking, and lapsing downward, kissing the shore as it went, sometimes rippling louder than usual, and again its mighty current making only a slight limpid, trickling sound, as if our water-pail had sprung a leak, and the water were floating into the grass by our side.（332; 下線部筆者）

ここで、"l"という子音の反復は川の流れる音を喚起させるが、岸辺を「舐め」、「接吻する」川の水と、草むらにかかった水のしたたり落ちるイメージとは、身体性と官能性をともに暗示する。このように、ソローにとって川とは、微かな官能性をたたえつつ、探求と漂泊のロマンティックな夢想の源泉となっている。

しかしながら、一人称複数の語り手「私たち」という、一貫して緊密な「二人の旅人」がいみじくも示すように、旅の道連れとは、ソローが共にいることを期待した（けれども執筆時にはその不在を痛切に認識していた）兄、ひいては「友人」でもあった。語り手は「兄を思い出すだけでなく、兄の*ために*思い出し、その声は、二人のために話されているように見える」と論じるデイヴィッド・ロビンソンは、このようなソローの一人称複数の代名詞について、「きわめて緊密に結びついた『私たち』は、本質的にジョンのビジョンを彼［ヘンリー］に没入させ、ある意味では、彼の目を通して、ジョンに新たな生命を吹き込むものである」（Robinson 60; 強調原文）と論じる。[10] 一人称複数の「私たち」に、兄に対するソローの強力な同一化願望が見られることは、裏を返せば、その道連れが決定的に失われてしまったことを暗示する。そして、いまここに存在しえない「旅の道連れ」との堅固な結びつきを繰り返し強調することによって、ソローは、失われてしまった兄の存在だけでなく、より普遍的な「友人」の親密性へとその主題を拡大しているのではないだろうか。そもそも、作品の巻頭におかれたエピグラフ中の「唯一の永遠の岸辺（the only permanent shore）」が、失われた兄に重ね合わされていたことを思えば、ここで描かれる水と岸辺の官能性には、不在の兄／友人に対する切望と満たされぬ想いが明滅している。

このように、ソローの旅とそれに基づいた『一週間』とは、あらかじめ失われている対象との合一を夢見る、終わりのない探求の旅であったが、それはまた、『オン・ザ・ロード』のサルの心性を規定するものでもある。サルが旅のはじめですでに、「究極のものを手に入れることはできない。僕たちはそれがいつか手に入れられることを期待しながら生きて行くしかないんだ」（44）と語る通り、「あれ」に託されたクィアな欲望は、サルたちの飽くなき探求の旅の原動力として、ただつかの間の恍惚を求めて移動を重ねるしかない。だからこそ、小説の最後で、ニューヨークのサルのもとへ会いに来たディーンが「話せない」状態であることが繰り返し強調されるのは、二人の友情関係の変化をもっとも痛切に表現している（278-79）。ディーンと再び別れたサルが、「ディーン・モリアーティのことを想う」（281）と語ることで締めくくられる物語の結末は、舌津智之が指摘する通り、「探求の『道連れ』であるかのように見えたディーンは、サルの視界から失われるとき、究極的には探求の『対象』へと変容」していることを指し示す（舌津 一八〇）。

このことは、ソローの『一週間』とまさに対をなすように思われる。兄の急死を経験したソローが、彼らの舟旅から時間を経て書き記すふるまいには、旅の道連れであった兄が、今は亡き、失われた「対象」となっていることを痛ましくも浮き彫りにする。したがって、このような「友人」に対する（満たされぬ）欲望は、ソローにとって、世俗化ないしは社会化された規範的な回路を経由するものには決してならない。

> 人間の交わりには、いかなる予言者もそれを待ち望むようには言わなかった愛情の道（passages of affection）がある。それは地上での生活を超越し、天を期待させるものである。（中略）「愛情が霊感を与えてきた言葉」は、実際極めて稀ではあるが、旋律のように暗譜でずっと繰り返され、歌われているのである。（268-69）

ここでも音楽と天上（超越性）が結ばれているが、繰り返し「歌われている」愛の言葉とは、万人が聞き取ることのできるものではない。だからこそ、ソローはしばしば迂回を通してのみ「愛情の道」を書きとめようとするのであり、そのような「人間の交わり」とは、我々が通常想定する性の二分法に回収されない、身体の共振（エロス）に基づく新たな関係性の謂であろう。形骸化、ないしは制度化した人間の交わりを嫌ったソローにとって、「天を期待させる」「愛情の道」とはまさに、語りえぬものを「語る／聴く」音楽と、それに共振する身体によってのみ歩むべき道のりを指す。

ソローの旅から一世紀を隔てて、ケルアックが追い求めたのは、彼らのような「うちひしがれた」者をも受け入れる「路上（クィアなユートピア）」という空間であり、それは、同時代の国家によってますます制度化されていく道路網には存在しえない。したがって、サルたちの疾走する道に重ねられた川の流動性とは、過去から流れ続けてきた川の「永遠性」というよりも、移り変わる川の流れの「一回性」に対する切実な認識に由来する。このような認識のもと、ケルアックはソローの「真実かつ誠実な旅」をめぐる一節(passage)に印をつけたはずであり、「死と同じように、あるいは、人生行路のすべてと同様に真剣である」その道のりの困難さを、ケルアックもまた、たしかに共有していたのだと言える。

＊文中の引用は、既訳があるものはそれに従ったが、文脈によって文言を変更してある。
＊本稿は、二〇一八年度日本ソロー学会全国大会(於立正大学)にて、「ソローとケルアックにおける〈私〉語りについて」と題した口頭発表に基づき、大幅に改稿したものである。

【註】

(1) ロバート・ファゲンは、超越主義者たちとビート派作家との間にある類似点は、「それぞれ異なる方法ではあるが、どちらも超越的なものを目指していることだ」と指摘する(Faggen 909)。ケルアックがのちに仏教思想に傾倒していくきっかけとなったのも、ソローの影響が大きいとされる(Douglas xviii)。また、ケルアックはソローのフィルム・バイオグラフィーを作成しようとしたこともあった(Nicosia 274)。『オン・ザ・ロード』におけるソローの超越主義的自己の影響を、時間の観点から考察したものとしてジェイソン・ハスラムの論文がある(Haslam)。ビート世代だけでなく、一九六〇年代の対抗文化において、新たな自我を模索する若者たちは、一九世紀の先達であるソロー、とりわけ彼の『ウォールデン』を参照した(Harding 9-10)。

（２）筆者は以前、『一週間』におけるソローの満たされぬクィアな欲望が作家と読者の関係性に通じることを論じたことがある（Ogura）。
（３）なお、図書館から借り出されたソローの本は返却されず、ケルアックの手元に残されていた。それは現在ニューヨーク公共図書館に保管されており、筆者もケルアックが印をつけた箇所を実際に確認した。
（４）『オン・ザ・ロード』冒頭部の、ディーンは「路上に生まれた "[Dean] was born on the road"」（3）とも明確に響きあう。ケルアックの第一作『田舎町と都会』（一九五〇年）は、自身の故郷であるマサチューセッツ州ローウェルを舞台とした自伝的作品である。このなかで、ケルアック自身を投影したキャラクターであるピーター・マーティンが、ソローのペーパーバックをズボンの後ろポケットに入れて森をひとり歩く描写がある（Kerouac, *Town* 130）。さらに、ケルアックの語り手は、故郷の町を「静かにゆったりと流れるコンコード川」について「ソローが百年前に親しんだ」と付け加えるのを忘れない（48）。また、メリマック川とソローの第一作品への言及は、『ダーマ書』にも見られる（Kerouac, *Dharma* 355）。
（５）ケルアックは、作中でディーンをエイハブ船長になぞらえていることからもわかるが、『オン・ザ・ロード』がメルヴィルの『白鯨』（一八五一年）の影響を強く受けていることは指摘されている（舌津、Dunphy を参照）。ちなみに、一九四八年にケルアックはアルフレッド・ケイジンによるアメリカン・ルネサンスの作家についての講義を受けたが、その講義からの影響について手紙で熱心に語っている（Kerouac, *Letters* 312-13）。後に『オン・ザ・ロード』をヴァイキング社につないだケイジンは、ソローの「日記でもっとも感動させるリフレインのひとつは、彼の音楽に対する切望である」（Kazin 190）と論じている。
（６）ここで「あれ（IT）」とは、神のような存在であると同時に、永遠の存在として、ソローの亡くなった兄を含んでいるとも考えられるだろう。
（７）たとえば、リチャード・ルボーによる伝記（Lebeaux 144-45）。さらに、この日記の一節とソローのセクシュアリティの問題については、ピーター・コヴィエロを参照（Coviello 44-45）。

（8）ソローのエッセイ「愛」は、もともと友人ハリソン・ブレイクに宛てた手紙（一八五二年九月）に付されたものである。

（9）たとえば、シカゴを目指して乗り込んだキャディラックについて、「ボートが水上をつかまえて離さないように道をがっちりつかまえる」と形容されている（209）。この車は、ディーンが言うように、「夢のボート（dreamboat）」であり、「時々現れるカーブは心地よい歌のようだった」と、疾走する車と音楽のリズムを重ねあわせる（209）。

（10）伊藤詔子によれば、『一週間』の「構造決定の動機の一つとなっているのは、ジョンとの舟旅およびその後のジョンの死による〈ジョンとの舟旅という現実〉を超克しようとする意思」である（伊藤 六六）。しばしば指摘される通り、一貫して緊密な「二人の旅人」とは、無論、伝記的には兄とソローであるにしても、作品冒頭で「私たち二人の兄弟」と名指される以外、旅の道連れはその後一度も兄と特定されない。この点を、「ペア＋1」というフレームのもと、一人称複数の語り手について考察した貞廣真紀（15-17）を参照。

【引用文献】

Amburn, Ellis. *Subterranean Kerouac: The Hidden Life of Jack Kerouac*. St. Martin's Griffin, 1998.

Arsić, Branka. "What Music Shall We Have? Thoreau on the Aesthetics and Politics of Listening." *American Impersonal: Essays with Sharon Cameron*, edited by Branka Arsić, Bloomsbury, 2014, pp. 167-95.

Coviello, Peter. *Tomorrow's Parties: Sex and the Untimely in Nineteenth-Century America*. New York UP, 2013.

Douglass, Ann. "Introduction" to *The Dharma Bums*. Penguin, 2007, pp. vii-xxviii.

Dumphy, Mark. "'Call Me Sal, Jack': Visions of Ishmael in Kerouac's *On the Road*." *Melville Society Extracts*, no. 123, 2002, pp. 1-4.

Faggen, Robert. "The Beats and the 1960s." *The Cambridge History of the American Novel*, edited by Leonard Cassuto, Clare

Virginia Eby, and Benjamin Reiss, Cambridge UP, 2011, pp. 909-24.

Frazier, Ian. "Marginal." *The New Yorker*. 28 June 2010. https://www.newyorker.com/magazine/2010/06/28/marginal. Accessed 7 May 2018.

Harding, Walter. "Thoreau's Reputation." *The Cambridge Companion to Henry David Thoreau*, edited by Joel Myerson, Cambridge UP,1995, pp. 1-11.

Haslam, Jason. "'It Was My Dream That Screwed Up': The Relativity of Transcendence in *On the Road.*" *Canadian Review of American Studies*, vol 39, no. 4, 2009, pp. 443-64.

Kazin, Alfred. "Thoreau's Journals." *Thoreau: A Century of Criticism*, edited by Walter Harding, Southern Methodist UP, 1954, pp. 187-91.

Kerouac, Jack. *On the Road*. Penguin, 1991.（『オン・ザ・ロード』青山南訳、河出書房新社、二〇一〇年）

---. *Selected Letters: 1940-1956*. Viking, 1995.

---. *Some of the Dharma*. Penguin, 1999.

---. *The Town and the City*. Harcourt, 1983.

Lardas, John. *The Bop Apocalypse: The Religious Visions of Kerouac, Ginsberg, and Burroughs*. U of Illinois P, 2000.

Lebeaux, Richard. *Thoreau's Seasons*. U of Massachusetts P, 1984.

Mackay, Polina. "The Beats and Sexuality." *The Cambridge Companion to The Beats*, edited by Steven Belletto, Cambridge UP, 2017, pp.179-92.

Maher, Paul, Jr.. *Kerouac: His Life and Work (Revised and Updated)*. Taylor Trade, 2007.

McNally, Dennis. *Desolate Angel: Jack Kerouac, the Beat Generation, and America*. Random House, 1979.

Nicosia, Gerald. *Memory Babe: A Critical Biography of Jack Kerouac*. U of California P, 1994.

Ogura, Michiaki. "Dreaming the Remotest Future: Hermeneutic Friends in Thoreau's *A Week on the Concord and Merrimack*

Rivers." *The Journal of the American Literature Society of Japan*, no. 17, 2019, pp. 19-36.
Robinson, David M. *Natural Life: Thoreau's Worldly Transcendentalism*. Cornell UP, 2004.
Thoreau, Henry David. *Early Essays and Miscellanies*. Princeton UP, 1975.
---. *Journal*. Vol.4: 1851-1852, Princeton UP, 1992.
---. *A Week on the Concord and Merrimack Rivers*. Princeton UP, 1980.（『コンコード川とメリマック川の一週間』山口晃訳、而立書房、二〇一〇年）
Tytell, John. *Naked Angels: The Lives & Literature of the Beat Generation*. McGraw-Hill, 1976.
Vlagopoulos, Penny. "Rewriting America: Kerouac's Nation of 'Underground Monsters.'" *On the Road: The Original Scroll*, Penguin, 2007, pp. 53-68.
Warner, Michael. "Thoreau's Bottom." *Raritan*, vol. 11, no. 3, 1992, pp. 53-79.
伊藤詔子『よみがえるソロー——ネイチャーライティングとアメリカ社会』柏書房、一九九八年。
今福龍太『ヘンリー・ソロー——野生の学舎』みすず書房、二〇一六年。
後藤昭次「音と超越——Henry Thoreau における思索の方法」『英文学研究』七八巻第一号、二〇〇一年、一七—三〇頁。
貞廣真紀「『私たち二人、兄弟、コンコード生まれ』——Henry David Thoreau の *A Week on the Concord and Merrimack Rivers* における友愛」*Strata* 二四号、二〇一〇年、一—二四頁。
舌津智之「越境するケルアック——あるいは、他者への郷愁」『ユリイカ　特集ケルアック　ビートの衝撃』青土社、一九九九年一一月号、一七四—八一頁。
高橋勤『コンコード・エレミヤ——ソローの時代のレトリック』金星堂、二〇一二年。

第二章　エマソンとヒッピーの共振点
——反権威主義と信仰

亀山 博之

一　ヒッピー文化から見るアメリカ思想史の一端

フラワーパワー、ドロップアウト、アシッドテスト、そして、サイケデリック。これらは、ヒッピーという語から連想されるキーワードのうちのいくつかである。ヒッピーといえば、自らの信念や欲求に忠実に生きるために、ときに薬物の助けさえ借りることもいとわず、既成概念や権威をつねに疑い、結果、社会から逸脱するライフスタイルを選択するに至った人々を思い浮かべる人が少なくないだろう。すなわち、多くの人にとってヒッピーとは、サイケデリックな世界に生きる、社会からはみ出した変わり者である。

ケン・キージー（Ken Kesey）は、その行動、容姿ともに、多くの人々が抱くこうした典型的なヒッピー像を体現した人物の一人である。キージーは一九六二年に発表した『カッコーの巣の上で』（*One Flew Over the Cuckoo's Nest*）と併せて、六〇年代に極彩色のペイントを施したバスに大量のドラッグを積んで乗り込み、幻覚作用を人にもたらすＬＳＤの実験をしながらアメリカ中を巡ったことで知られている。[1] ヒッピー文化の嵐がやんでしばらく経った一九九四年、キージーは次のような興味深い言葉を残している。「エマソン、ソロー、ビートルズ、ボブ・ディランがいたから、僕たちは怪物になることなく、愛すること、そして、暴力に訴えない方法を学んだ」（マッキナニー　二四）。ＬＳＤがみせるサイケデリアの住人であったキージーが、彼と同時代のアイコンであるビートルズ、ディランと同じ系譜に、一九世紀の思想家エマソンとソローを置いていることは、アメリカ思想史を語るうえで重要である。

ヒッピー文化と一九世紀の思想家を結びつけるものといえば、反戦運動のための策略の歴史的反復が真っ先に思い当たる。ソローの「市民の反抗」（"Civil Disobedience"）がガンディーを通じて二〇世紀のアメリカに逆輸入され、キング牧師を経て、反戦活動の指南書として当時のヒッピーたちに愛読されたという事実がそれである。端的にいえば、ヒッピー世代は一九世紀の思想家から暴力に訴えない方法を学び、愛と平和の時代を築こうとしたのである。キージーの先の発言は、こうした歴史的背景を評価するものだ。

さて、このソローの師匠格にあたるのがエマソンである。エマソンの一八四一年の有名な論文「自己信頼」（"Self-Reliance"）は、現在も広くアメリカで愛読されている。たとえば、二〇一六年にノーベル文学賞を受賞したボブ・ディランをもっとも愛する詩人の一人であると称賛したオバマ元大統領は、この「自己信頼」を自らの愛読書に挙げている。このように、エマソンからディランまで、大きなひとつのアメリカ的な思想が脈々と受け継がれているのは間違いない。実際、自然回帰志向や非暴力主義など、彼らには多くの面において類似点を見出すことができる。よって、一九世紀の思想家をヒッピー世代の先覚者として見直すことは、ドラッグ漬けの風変りな社会のはみ出し者という負の面に隠されてしまいがちなヒッピー世代の思想を再考、再評価することにもつながるだろう。

本論では、ヒッピーとの関連を取り上げられることがソローと比較すると圧倒的に少ないエマソンを取り上げる。とくに、エマソンの反権威主義的側面、そして、「今」を重視するエマソン特有の時間感覚とそれにまつわる思想活動のふたつに注目することによって、ヒッピー世代の先覚者としてのエマソンを浮き彫りにする。

本論の構成は次の通りである。まず、思想家エマソンが反権威主義者として出発することをエマソンの論文「主の晩餐」（"The Lord's Supper"）に確認する。次に、権威に反発するその主たる目的がエマソンの信仰についての問題にあったのではないかという考えのもと、エマソンの「神学部講演」（"An Address"）を取り上げる。そして、論文「自己信頼」にエマソンの信仰の特徴をもとめつつ、ヒッピー世代の合言葉「ビー・ヒア・ナウ」（Be Here Now）にある「今」という概念を再考する。

二　反権威主義者エマソンの誕生——「主の晩餐」

「コンコードの哲人」と呼ばれるラルフ・ウォルド・エマソン（Ralph Waldo Emerson）は、一九世紀アメリカで生まれた超絶主義運動（Transcendentalism）の代表的推進者である。自然を貴び、人間に秘める無限の可能性を信じようとするこの超絶主義は、アメリカの民主主義を支える基盤になったと評価される。(2) また、今も読み継がれる有名な論文「自己信頼」の名をとって、エマソンの思想は「自己信頼」思想とも呼ばれ、人々の自覚のあるなしにかかわらず、近現代アメリカ国家の土台となっている思想だともいわれている。エマソンはいわばアメリカの誇る大思想家である。しかしもちろん、エマソンは生まれついての偉大な哲人であったわけではない。由緒正しい教会の牧師を父にもつというエリート家系の血を引いてはいたものの、思想家としての出発は、決して順風満帆ではなかった。だが、その苦悩に満ちた若きエマソンの日々こそ、彼をのちに「コンコードの哲人」たらしめる思想基盤ができあがる重要な時期なのである。ヒッピー世代の先覚者としてのエマソンが存在する理由の多くを見つけられるのもまた、この時期である。

エマソンは一八〇三年、マサチューセッツ州ボストンのユニテリアン派の牧師の息子として生まれた。ハーバードで学んだのち、由緒あるボストン第二教会において父と同じく自らも牧師の職に就くも、形式主義に陥った教会の制度に納得できないという理由から、数年でその職を辞してしまう。その際に書いた論文が「主の晩餐」（"The Lord's Supper"）である。「主の晩餐」は聖餐式とも呼ばれ、エマソンによれば、最後の晩餐を模した形式でパンと葡萄酒の食事を信者がとることにより、キリスト信仰を保つという目的をもつ伝統の儀式である。教会の牧師としてこの儀式を行うことをエマソンは拒否したわけだが、次に引用する部分にその理由が述べられている。

> この儀式は自発的な行為に基づくものではなく、権威によって課せられるものになってしまっている。キリストへの感謝の表現が、キリストによって命じられているのだ。祈りは神に向けられている一方で、キリストを心にとどめておく努力がなされている。この儀式は結局、キリストに権威を与えることになってはいるのではないかと思う。その権威とは、キリストは決して求めていなかったものであり、それは礼拝者の心を混乱させている。（*CW* XI, 17）

エマソンがここで訴えるのは、権威をまとわされたキリストにささげる義務的な儀式を執り行うことに対する疑問である。そして、エマソンは神（God）とキリスト（Jesus）をはっきりと区別している。すなわちこれは、儀式の否定であり、キリスト教の信仰の否定ではないのだ。エマソンはのちに行う「神学部講演」において無神論者のそしりを受けるが、牧師職を辞するこのときでさえも、信仰の否定は一切していないことは明らかである。自身が考える理想的な信仰の妨げとなっている権威に対する明確な拒否があるのは、当然、信仰を深めるためである。次の引用には、エマソンのゆるぎない信仰心がみてとれよう。

しかし、キリストは聖書では「仲介者」と呼ばれてはいないか？ 彼が仲介者であるというのは、どのような人間であれ神と人とを仲介できるという意味しかなく、つまり、彼は人間の教師なのだ。キリストは我々に神のようになる方法を教えてくれるのだ。（*CW* XI, 18）

エマソンが権威を否定するのは、神のようになるという方法を授かる信仰のための不必要な媒介を最小限にしたいという思いがあるからだ。役に立たない権威を疑ってかかることこそ、反権威主義の第一義である。そしてこれは、のちのヒッピー世代にそのまま受け継がれていく。「権威を疑え」（Question Authority）とは、一九六〇年代以降、アメリカで若者らに好んで叫ばれた反権威主義的なキャッチフレーズだ。(3) この言葉のルーツをさかのぼれば、エマソンの「主の晩餐」にであうことになる。

エマソンがヒッピー世代に歓迎されるのは、その反権威主義的行動が己の信念にのみ支えられたものであったことによるところが大きい。というのも、エマソンは教会の聖餐式を執り行わない理由として「キリストを記念するこの方法は、私にはそぐわない。これは、私がこの儀式をやめるべき充分な理由である」といってのけるからだ（*CW* XI, 19）。この点について、エマソン研究の第一人者の一人であるロレンス・ビュエル（Lawrence Buell）は、自分にふさわしくない儀式だからそれを執り行わないというのは、画期的な異議申し立てであったと評価している（16）。現在よりもはるかに絶大な権威が教会にそなわっていたエマソンの時代に、個人的理由で儀式をやめるのは画期的であったことは間違いないだろう。しかし、より肝要なのは、エマソンには権威をまとった儀式を拒否するための信念があったことである。「キリスト教の牧師の職に就いて、私の心のすべてをもってできないことはしたくない。これをいえば、すべてをいったこととなる。私はこの儀式にまったく敵意はない」（*CW* XI, 24）とエマソンが述べるように、心のすべてをもって取り組むものへの障害との戦い方として、権威対自己の信念という構図をエマソンが明確に打ち出した点こそ、ヒッピー世代の先覚者の一人としての偉大なる功績であろう。

この構図は、のちの世代の反戦運動の戦略にも受け継がれている。たとえばソローの「市民の抵抗」における人頭税を払わないという選択は、アメリカが行なっていたメキシコ戦争への反対という個人的な意思表示であった。さらに、ジョン・レノンとヨーコ・オノが「ベッド・イン」なるイベントでひたすらベッドに寝転んで髪とヒゲを伸ばし続けるという行動は、ベトナム戦争に加担するアメリカ政府をはじめとする権威をまとった「戦争屋」への個人的な拒否宣言もあった。エマソンの場合、それは「神のようになる」ための信仰の実践のためであった。個人が権威に埋もれないための戦いを、エマソンは牧師を辞めることにより開始したのである。ヒッピー世代以降の人々によるこうした社会との関わり方に対する評価は賛否が分かれるところであろうとも、社会における個人の行動や意思表示そのものに大きな価値を見出したことは意義深い。

三　反権威主義から魂の追求へ――「神学部講演」

一個人が体制に反旗を翻したかたちで牧師の職を辞したとはいえ、一八三二年以降もエマソンは地元の教会でときおり説教を行なっている。これは、ひとつの教会に専属でつとめる牧師ではないとしても、依頼を受けては説教をすることができたという事情がある。なにより、エマソンは信仰や神を否定したわけではなかったから、彼が「主の晩餐」以降も説教壇に立つのは不思議なことではない。声がかかればさまざまな場所へと赴き、エマソンは講演活動を行なった。

そんななか、一八三八年七月一五日にひとつの事件とも呼べる出来事が起こった。この日、エマソンはハーバード神学校の卒業生へ向けた講演、いわゆる「神学部講演」（"An Address, delivered before the Senior Class in Divinity College, Cambridge"）を行うが、これが大きな論争を呼ぶこととなったのだ。エマソンはこの講演を通じて、無意味な形式に邪魔されることなく人は神の意志を直感的に感じ取るべきだと、未来の牧師たちに訴えかけた。だが、この講演がもとで、エマソンは無神論を唱える教会への脅威、危険分子と見なされてしまう。事実、エマソンはこの一件で、以降三〇年近くもの間、ハーバードから声がかからなくなってしまうこととなった。

ヒッピー世代の目から見れば、教会を批判し、ハーバードを敵に回した反権威主義者エマソンは、体制からのドロップアウトを実践した偉大な先覚者だろう。たしかに、この「神学部講演」におけるエマソンには、「主の晩餐」のときと同様、反権威主義的な姿勢が全体を通して見られる。「説教壇が形式尊重主義者に乗っ取られていると、礼拝者は騙され、やるせない気分になってしまうものだ」（CW I, 137）とか、「仲介者やヴェールなしで、恐れずに神を愛しなさい」（CW I, 145）というように、教会制度の形骸化をつねに批判しながら、信仰の本来のあり方を問うているからである。しかし、ジェレミー・リーサム（Jeremy Leatham）は、「神学部講演」の目的は、教会の「拒絶」ではなく、教会における説教のあり方の「改革」が目的であったと述べている（598）。教会が提示する信仰のあり方を拒絶することだけがエマソンの主眼ではなかった点は、確かにリーサムの指摘通りであろう。同じように、単なる拒絶ではなく、関わり方を模索するエマソンのこのような一面を評価する研究は近年多く見られる。[4] だが、この「神学部講演」の核となる部分は、教会の説教の改革でもなく、エマソンの「自己信頼」思想の核心となる「内なる神」の存在を主張する点にあるだろう。この頃のエマソンは、教会という制度の批判に徹する時期の終盤におり、反権威主義者というよりも、信仰の追求に徹する思想家としての歩みを始めているのである。

それでは、「神学部講演」でエマソンが本当に訴えたかったこと、すなわち、エマソン思想における信仰の本質とはどのようなものなのか。次は、エマソンが神をどのようにとらえているのかを示す箇所の引用である。

> 私自身に私を託してくれるものこそ最良なものである。「汝自身に従え」というストア派の偉大なる教えによって、私のなかの崇高なものが刺激される。私のなかに神がいることを示してく

れるものは、私を強く支える。私の外に神がいるというものは、私をつまらぬ者にしてしまう。
(*CW* I, 131-132)

かつて、神の前では人間は卑小で罪深い存在であった。しかし今、「私のなかに神がいる」のだとエマソンは訴える。するとさっそく、この講演のひと月後には、超絶主義思想に否定的な牧師のアンドリュース・ノートン(Andrews Norton)をはじめとするボストンの牧師らからの反論がみられた。[5]ノートンによれば、エマソン思想は無神論につながる危険思想で、社会に嫌悪と強い不満を広げていると訴えた。これは二〇世紀以降にも散見される「自己信頼」思想が自己中心的な個人主義であるという批判となんら変わらない。[6]そのような解釈は、私には神が宿っているのだから私は正しいという理論に基づいてなされるが、「私のなかの神」の存在についてのエマソンの主張はそれとは異なる。このことは、エマソンがどのようにして「私のなかの神」を認識しようとしていたかという問題を考えることで明らかになる。つづく次の引用には、神の認識に関するエマソンの主張が見られる。

道徳的情感の直感とは、魂の法則の完全性を洞察することである。これらの法則は法則自らが実行する。これらは時間、空間の外側にあり、状況に左右されない。このように、即座に全体に報いが生じる正義が人間の魂にはあるのだ。善い行いをする人間は即座に気高くなり、いやしい行いをする人間は、その行為そのものによって縮こめられる。不純さを捨て去る人間は、それゆえ、純粋さを身につける。人間がその心の奥底から神の前に正しいのであれば、その限

りにおいてその人は神だ。（*CW* I, 122）

自らの直感を信じ、ある種の神の意志ともいえる「何か」を感じることが、エマソンの信仰の基本的な態度である。むろん、神を認識することがすなわち全能の神を己の内に宿しているということに直結するのではない。「神の前に正しく」なる可能性をすべての人間が秘めていることを、エマソンの言葉では「その限りにおいてその人は神だ」と述べるのだ。その可能性にこそ、エマソンの信仰の光があるともいえよう。ロイス・エヴェレス（Lois Eveleth）はエマソンを「敬虔な無神論者」と呼んでいる。[7] 特定の教会、決まった形式や儀式、宗派、宗教にとらわれることのない無垢な信仰心を持つエマソンを讃えるのにふさわしい呼び名である。

四　時代を超える「ビー・ヒア・ナウ」――「自己信頼」

エマソンの「道徳的感情」（the moral sentiment）は、エマソン研究のなかでその本質を構築するうえでの重要な概念のひとつとして扱われ、たびたび議論がなされてきた。たとえば、エマソンの「道徳的感情」はヒンドゥーからの影響によって生まれたものであるというスティーヴン・アディサスミト＝スミス（Steven Adisasmito-Smith）による主張がある。エマソンは一〇代のときにはすでに『マニ法典』（*The Laws of Manu*）に触れて強い感銘を受けており、「内なる神」（the God within）という考え方はこれをもとにしているのだと彼は指摘する（137）。エマソンと東洋思想の接近についての研究は、古くは『エマソンとアジア』(*Emerson and Asia*)を著したフレデリック・カーペンター(Frederic Carpenter)が有名であり、エマソン思想を語るうえで東洋思想は欠かせない一側面である。(8)

超絶主義の世代とヒッピー世代の両者は、産業革命によって物質主義が蔓延しだした西洋世界の行き詰まりの解消方法を東洋思想に求めたのだという見方もある。金関寿夫は、エマソン、ソロー、一九二〇年代のロスト・ジェネレーション、五〇年代のビート・ジェネレーションの作家らにはみな同じく、抑圧的な西欧のテクノロジー文化に対抗する、より「人間性開放的な文化」を打ち立てようとする姿勢があったと主張しているが(三四六)、こうした志向性はケン・キージーらヒッピー世代へ移ると、いよいよLSDなどの薬物の服用をともなって顕著なまでに「精神世界」への旅立ちがもてはやされるようになる。そもそもこうした薬物はなぜヒッピー世代に好んで使われたのかといえば、「精神的洞察」(spiritual insight)を得るためであったとエドワード・P・モーガン(Edward P. Morgan)がその著『六〇年代という体験』(*The Sixties Experience*)で指摘している(181)。ケン・キージーのほか、ティモシー・リアリー(Timothy Leary)ら六〇年代のヒッピー世代の先覚者たちは、LSDのみならず、「精神的洞察」の獲得のためにチベットの密教のマントラなどにも手を出したのだという。こうした当時の状況でもっとも有名なエピソードを提供するのは、ザ・ビートルズのジョージ・ハリスンであろう。彼は一九六八年「ジ・インナー・ライト」("The Inner Light")と題された曲を発表している。その歌詞は『老子』(*Lao Tse*)の英訳の一部をほぼそのまま引用したものである。また、ハリスン自身、超絶主義の道のりをたどったが、LSDは答えではなかったという発言も残している(Anthology, 263)。ハリスンの発言にはエマソン思想を彷彿させるものが非常に多く、アメリカのエマソン学会の創設者であるウェスリー・Ｔ・モット（Wesley. T Mott）もその類似性を指摘する論文を発表しているほどである。[9]

そのハリスンの一九七三年発表のアルバム『リヴィング・イン・ザ・マテリアル・ワールド』（*Living in the Material World*）に「ビー・ヒア・ナウ」（"Be Here Now"）という曲が収められている。過去は過去、真実ではない生を生きず、今ここに存在せよとハリスンが訴えるこの曲名は、元ハーバード大の教授のリチャード・アルパート（Richard Alpert）の書物のタイトルから取られていることをその自伝『アイ・ミー・マイン』（*I Me Mine*）で明らかにしている（252）。このアルパートとは、ＬＳＤの実験を行なったためにハーバードを追い出されたティモシー・リアリーとも関係が深い人物であり、フラワーパワーの時代のさなかにラム・ダス（Ram Dass）と改名している。『ビー・ヒア・ナウ』（*Be Here Now*）は、彼のインドの旅における体験を基にした自叙伝のタイトルである。「今ここにあるもの以外は何も存在していない」という彼の主張は、ヒッピー世代の精神世界への探求を後押しするものだ。これには、ヒッピー世代の思想のみならず、エマソン思想にも共通する「今」に対する特殊な感覚が含まれている。

昨今、身体論ないしは情動の理論を援用した文学批判が主流であり、エマソン論文も、この理論を用いた読み直しが行われはじめた。たとえば、草花と自分の肉体が一体化しているイメージにはいり込んだエマソンをとらえて、エマソンは「器官なき身体」を得たという堀内正規による見事な表現がある（九七）。堀内のいう「器官なき身体」が、視覚や聴覚を越えたいわゆる第六感というものだとすれば、ヒッピー世代が瞑想したり、ＬＳＤを服用したりして得ようとした今この瞬間の「意識の拡大」

とか「新しい経験」というものは、堀内の言葉を借りれば、「自己と世界とが互いに反転し合うように結ばれている」（九七）ことを「器官なき身体」を通じて感じ取ることなのだろう。エマソンの「道徳的感情」による魂の法則の洞察もまた、このことを指していると考えてもよいだろう。そしてこの洞察はやはり、ヒッピー世代の「ビー・ヒア・ナウ」の思想と同じく、過去でも未来でもなく、今この瞬間にしか生じない。なぜなら、身体の感覚は過去にも未来にもないからである。

「神学部講演」でエマソンは「人々は、啓示がどこかはるか昔に与えられて、用済みのようなものとして、また、神は死んだものとして語るようになってしまった」（*CW* I, 134）と嘆いていた。しかし、以降、この現在にしか存在しない身体性をもって社会の制度や親交のあり方をとらえ直そうとするエマソンをより多く見つけることができる。次の引用は一八四一年の「自己信頼」からである。

> かつて生きていたものではなく、今、命あるもののみが力を発揮するのだ。静止してしまうとすぐに能力は消えてしまう。能力は、過去から新しい状況へ移り変わる瞬間に存在する。深い淵を飛び越える瞬間、目標を射抜く瞬間に存在する。世界が憎む事実はまさにこの事実、つまり、魂が生まれるという事実だ。そうなれば、過去が永遠にその価値を落とし、あらゆる富は貧困に、あらゆる名声は恥となり、聖者と悪漢を一緒くたにし、キリストとユダを等しく脇に追いやるからだ。（*CW* II, 69）

過去の死んだ制度を批判するエマソンにとっての「今」とは、魂が生まれる瞬間のみを指すのである。そして、その瞬間に魂の光を感じ取る洞察力が、信仰には求められるのである。それはつまり、「内なる神」を「道徳的感情」をもって感じ取ることであり、その瞬間、人は「器官なき身体」となっているのだ。エマソンのこの主張はこうした条件の揃ったときのみにおいて、ヒッピー世代の合言葉「ビー・ヒア・ナウ」とともに響くはずである。

五　神の認識、人間の責任

エマソンもヒッピー世代も、時代は異なれども、ともに反権威主義を掲げ、それぞれが生きる社会において自身の主張を貫いてきた。また、方法はどのようなものであれ、自らの「器官なき身体」を通じて内なる神、内なる光を認識すべく直感的な洞察を得ようと、今この瞬間に重要な意味を見出す点も彼らに共通することを確認した。

最後に、今ここに存在するということ、今を生きるということの意味とはいったい何なのだろうか、あらためて考えたい。

「神学部講演」でエマソンは、次の言葉によって、神意は万人に開かれて存在していると主張している。

神殿のとびらは夜も昼も誰の前にも開かれている。この真理についての神託は決して途絶えることはない。そして、それは厳格な条件、すなわち、直感によって守られている。他人伝えでは受け取れないのだ。真に、他者から私が受け取ることができるものは教訓ではなく誘発だけである。彼が伝えるものが私のなかでも真実であることを知らねばならない。まったくそうでなければ私はそれを拒絶せねばならない。（*CW* I, 126-127）

「自己信頼」思想は独善的な個人主義だという批判があったということに触れたが、実はそれは、まったくの逆である。エマソンの信仰に対する姿勢には、人間としての責任が感じられる。ここでエマソンは、神託を受け取るための今の生き方がつねに問われていると訴えている。これを踏まえれば、社会に生きる人間はみな、神の意志を感じ、神のようになる責任を負っていると言い換えることができよう。責任 "responsibility" とは、応答可能性のことである。今、神の意志というものが存在するのであれば、人間はそれを認識し、可能であればそれに応答する必要がある。つまり、すべての人には神意に基づいて神のように今を生きる責任があるという本来の社会の状況について、神意を受け取る人は神になれるのだと逆説的に論じているのである。「自己信頼」でエマソンが「あなた自身の思想を信じること、あなたの精神の奥深くで真実だと感じたものが、すべての人間にとっての真実であると信じること――それが天才なのだ」（*CW* II, 45）と述べるのも同様の神託を得る責任を論じる際のエマソン特有の逆説的表現だと理解できる。

エマソンが訴えた今という瞬間に神の意志を認識する困難と責任は、ヒッピー世代の時代へ、愛と平和と平等の思想としてかたちを変えて受け継がれたと思われる。少なくとも、反権威主義的行動だけにとどまらず、神託を受けようとする段階へ進んだヒッピー世代の人たちをみる限り、それは確かだ。

【註】

（1）キージーの『カッコーの巣の上で』には、民主主義社会における多数派がつねに正しいわけではないというヒッピーたちのドロップアウトの根拠となる主張がみられる。それは、狂った巨大な機構としての体制に対する正気を保つ個人という構図によって描き出されている。ジャック・ニコルソン主演で一九七五年に米国で映画化もされており、『イージー・ライダー』と並んで、ヒッピー文化を知るうえで欠かせないアメリカン・ニューシネマの代表的な作品のひとつである。

（2）エマソンをはじめとするいわゆるアメリカン・ルネッサンス期の作家たちの作品がアメリカの民主主義社会の構築にいかに影響を与えているかという点に着目した代表的な研究には、F・O・マシーセンによる大著『アメリカン・ルネッサンス』が最初に挙げられる。このほか、ペリー・ミラー（Perry Miller）は、個人の「才能」や「天賦の才」が社会にいかに共有されるべきかという議論を展開しながら、エマソン思想に含まれる民主主義的な要素を指摘、評価している。

（3）たとえば、エイミー・タンの一九八九年の小説『ジョイ・ラック・クラブ』（*The Joy Luck Club*）に、母親との間に生じた軋轢に苦しむ中国系アメリカ人の娘のシャツにプリントされたこのフレーズが登場するように、"Question Authority" とはアメリカにおいて、人間の健全な「成長」に欠かすことのできない精神だと考えることもできる。

（4）スタンリー・カヴェル（Stanley Cavell）は、エマソンの思考を「回避的な思考」（Aversive thinking）と呼ぶ。それには反発の姿勢があるわけではなく、追従を避けながらも社会と関わるための積極性がみられると主張している。また、ジェームズ・M・アルブレヒト（James M. Albrecht）も同じように、エマソンの個人主義の本質は「拒絶」ではなく「関係性」に重きが置かれているものだと述べている。

（5）「神学部講演」が行われた翌月の『デイリー・アドヴァタイザー（ボストン版）』（*Daily Advertiser Boston*）に掲載されたアンドリュース・ノートンによる記事には、エマソンは危険な無神論的思想を流布させる人物だという当時のボストンの宗教界の反応がみてとれる。同じくボストン第二教会の牧師であったヘンリー・ウェア（Henry Ware Jr.）もエマソンの講演に批判的であったが、エマソンはそれに対して反論する手紙を何通か送っている。それらの手紙にも「神学部講演」のときと同じ主張が展開されているのが確認できる。

（6）エマソン思想はあまりに楽天主義的で、人生における負の側面に目をつぶっているという批判は少なくない。D・H・ロレンスは極めて厳しい言葉でエマソン思想を批判しているし（"Model American"）、スティーヴン・E・ウィッチャー（Stephen E. Whicher）もその著『自由と運命』において、エマソンの「代償論」の欠点を指摘して、ときにあまりにロマン主義的な傾向に陥るエマソンを批判している。

（7）エマソンのことを敬虔な無神論者（Pious Atheist）とエヴェレスは呼ぶが、これは堀内正規がエマソンの信仰心のあり様を「宗教なき宗教性」（二四三）と名づけるように、特定の宗派について語るのではなく、人間の信仰心の根源そのものを問題にしていたエマソンを論じる際には極めて妥当な呼び方であろう。

（8）フレデリック・カーペンターによる『エマソンとアジア』（*Emerson and Asia*）は一九三〇年に発表された研究書で、東洋思想という観点からのエマソン思想を論じた古典である。万物が共通の普遍的真理を内部に宿すことを主張するエマソンの大霊（The Over-Soul）思想における神秘主義的汎神論のルーツについて探るものである。

（9）ジョージ・ハリスンのインド音楽やヒンドゥーへの傾倒は有名である。ハリスンの音楽や発言にエマソン思想と共通するものを見出し、モットはハリスンがエマソンを読んでいたのか調査したところ、その事実は確認できなかったという。しかしながら、ハリスンが親交の深かったボブ・ディランを通じてエマソン思想に触れていたということも今後明らかになるかもしれない。

【引用文献】

Adisasmito-Smith, Steven. "Transcendental Brahmin: Emerson's 'Hindu' Sentiments," *Emerson for the Twenty-First Century*. Ed. Barry Tharaud. U of Delaware P, 2010. 131-164.

Albrecht, James M. *Reconstructing Individualism: A Pragmatic Tradition from Emerson to Ellison*. Fordham UP, 2012.

Buell, Lawrence. *Emerson*. Harvard UP, 2003.

Carpenter, Frederic Ives. *Emerson and Asia*. Cambridge: Harvard UP, 1930.

Cavell, Stanley. "'Aversive Thinking', and Emerson's 'Party of the Future'," *Literature and Film: The Idea of America*. Ed. Andrew Taylor. Routledge, 2013, 42-56.

Dass, Ram. *Be Here Now*. Harmony, 1971.

Emerson, Ralph Waldo. *The Complete Works of Ralph Waldo Emerson*. Ed. Edward Waldo Emerson 12 vols. Houghton Mifflin, 1903-4.

---. "To Henry Ware Jr., Concord, July 28, 1832," "To Henry Ware Jr., Concord, October 8, 1838," *Emerson's Prose and Poetry*. Edited by Joel Porte and Saundra Morris. W. W. Norton & Co, 2001, 546-547.

Eveleth, Lois. *Pious Atheist: Emerson Revisited*. Create Space Independent Publishing Platform, 2012.

Harrison, George. *I Me Mine*, Simon and Schuster, 1980

---. *The Beatles Anthology*. Chronicle Books, 2000

Kesey, Ken. *One Flew Over the Cuckoo's Nest*. The Viking Press, 1962.

Lawrence, D.H. "Model American" (1923), *Emerson's Prose and Poetry*. Edited by Joel Porte and Saundra Morris. W. W. Norton & Co, 2001, 648-649.

Leatham, Jeremy. "Newborn Bards of the Holy Ghost: The Seven Seniors and Emerson's 'Divinity School Address'," *NEQ* 86, 2013, 593-624.
Matthiessen, F. O. *American Renaissance Art and Expression in the Age of Emerson and Whitman.* Oxford UP, 1941.
Miller, Perry. "Emersonian Genius and the American Democracy" (1940), *Estimating Emerson: An Anthology of Criticism from Carlyle to Cavell.* Ed. David LaRocca. Bloomsbury Publishing, 2013, 445-456.
Morgan, Edward P. *The Sixties Experience: Hard Lessons about Modern America.* Temple UP, 1991.
Mott, Wesley T. "George Harrison, Waldo Emerson, and Lao Tse: 'The Same Centripetence'" *ESP* 20, 2009, 5-7.
Norton, Andrews. "The New School in Literature and Religion," *Emerson's Prose and Poetry.* Edited by Joel Porte and Saundra Morris. W. W. Norton & Co, 2001, 597-598.
Whicher, Stephen E. *Freedom and Fate: An Inner Life of Ralph Waldo Emerson.* U of Pennsylvania P, 1953.
金関寿夫他「アメリカン・トラディショナルとしての『超絶主義』とビート・ジェネレーション」『ビート読本　ビート・ジェネレーション——六〇年代アメリカン・カルチャーへのパスポート』思潮社、一九九二年、三四五—三六七頁。
堀内正規『エマソン——自己から世界へ』南雲堂、二〇一七年。
マッキナニー、マイク他『サージェント・ペパー五〇年』河出書房新社、二〇一七年。

第三章　〈文化〉への不満としてのポー
――南部、ケルト、アメリカ文学史の形成

貞廣　真紀

はじめに

五〇年代、六〇年代のカウンターカルチャー世代の作品を見渡すと、しばしばエドガー・アラン・ポーの姿が目に止まる。たとえばビートルズの「アイ・アム・ザ・ウォルラス」("I Am the Walrus," 1967)。その終盤、唐突にポーの名が呼ばれる。「あんた、奴らがエドガー・アラン・ポーをのしちまうのを見ておくべきだったな」。あるいはアレン・ギンズバーグの『吠える』(*Howl*, 1956)。詩は「狂気によって破壊されたオレの世代の最良の精神」としてのヒップスターをカタログ化しながら進むのだが、その一例として「プロティナス、ポー、十字架のヨハネ、テレパシー、バップカバラを勉強するやつ」が登場するのだ(Ginsberg 12)。ホイットマンやソローのように、その世代の誰もが参照する作家ではなかったかもしれないが、ポーは「ヒッピー世代の先覚者」としてそれなりの位置を確保しているようだ。

もちろんそれには理由がある。ボストンに生まれボルチモアに住み、ニューヨークで作家活動を実践したポーにはどこか根無し草的なところがあり、その意味で彼が社会のアウトサイダー的存在だったことは間違いないからだ。しかし、より厳密には、カウンターカルチャーの源流としての作家ポーが文学史上に位置を与えられたのは一八八〇年代のことである。この頃、本格的なポーの伝記がイギリスとアメリカでそれぞれ出版され、再評価が本格化するのだ。重要なことだが、それはアメリカ文学史が一つのジャンルとして形成され始めた時期でもあった。東欧や南欧、アジアからの移民の増加、女性の教育機会の拡大、大学の制度改革といった要因により、南北戦争後のアメリカは文化的にも言語的にも急速に多様化したが、同時に、社会の瓦解を防ぐための安全策として、国民が共有すべき「共通文化」が求められていた（Shumway 39-40; Stokes 17-32）。アメリカ文学史はその土壌で作られたものである。コスモポリタン的性質をもつポーは、アメリカ文化の多様化と普遍化のはざまの、いわば新生アメリカ文学史の範例的存在だったのだ。[1]ポーの受容の起源を探ることは、だから、文学史形成の力学をめぐる問いと不可分ではないのである。

本論は、ポーがいかに社会に抵抗し、その状況をいかに作品に落とし込んでいったかを考察するものではないし、ヒッピー世代の作家たちがいかにポーを受容したかをたどる試みでもない。本論の目的は、それからさかのぼること一世紀近く前、環大西洋空間における批評の往還のなかで彼がどのように「抵抗文化の作家」としてアメリカ文学史に包摂されたのかを探ることにある。[2]

一　ポーをめぐる英米批評の対立

「アメリカではそうではないが、ポーはフランスでは偉大な人物になるに違いない」（Baudelaire, *Correspondence*, I, 380. qtd. in Quinn 9）

一九世紀のアメリカにおけるポーの評価がフランスでのそれと大きく異なっていたことはよく知られている。一八四九年に始まるシャルル・ボードレールの翻訳により、五〇年代になる頃すでにフランスで古典としての地位を与えられていたのに対し、アメリカでのポーの評価は辛い。ポーの死の直後に出版されたルーファス・グリスウォルドによる追悼記事と回顧録は一九世紀を通じて強い影響力をもっていた。ポーはアルコール及び薬物中毒者で人間的に評価されえない人物として扱われ続けたのである (Peeples 1-10)。ところが、一九世紀も終盤にさしかかると、ボルチモアの記念碑の設置、フォーダムのコテージの保存、複数のポー全集の出版などを通じてポーの受容が急速に進むことになる。それはウィリアム・ブラウネルをして「アメリカ人のポーに対する過剰な評価にはどこか不条理なところがある」と言わしめる「カルト的」状況だったようだ (qtd. in Hucherson 230)。一九世紀最後の二〇年という時期に、なぜポーは再評価されたのだろうか。

結論からいえば、ポーに対する熱狂を加速したのは、国民文学をめぐるイギリスとアメリカの文壇の緊張関係であった。事実、ポーの受容史は大西洋を挟んだポーの争奪戦とでもいうべき様相を呈する。そもそも、再評価の本格化のきっかけはイギリス人ジョン・イングラムであった。一八七四年の作品集につけた九〇ページにも及ぶ前書きを通じて、彼はグリズウォルド的な従来のポーの人格批判を否定し、一躍ポーの擁護者となった (Hutcherson 219)。イングラムの論はリチャード・ホルト・ハットンのようなイギリス人ジャーナリストに歓迎される一方 (217)、アメリカの『ネイション』の書評では痛烈に批判された。批判の対象になったのは彼のポーに対する態度というよりアメリカに対する態度だった。曰く、「アメリカ嫌いで、またそれを示すことにやぶさかでない」イングラムは、ポーが生まれるという「幸運を享受する価値などアメリカにはないと示唆」している。また、ポーの人物像は彼の手で「あまりに取り繕われているので、アメリカの友人たちにはほとんどそれがポーだとわからないほどであった」と記事は書いている（"Edgar Allan Poe" 209, 208）。

イングラムの例に見られるように、ヨーロッパ文壇のポーに対する好意的な反応は、多くの場合、彼を評価しないアメリカ文壇に対する批判と結びついていた。アメリカにおける受容のピークであるポー生誕百周年に際してでさえ、アイルランドのジョージ・バーナード・ショウ（George Bernard Shaw）はこう発言する。

> アメリカは見出されたが、ポーはいまだ見出されていないというのが現状である。芸術家のなかの芸術家、生まれながらの「文学貴族」はどのようにアメリカで生きてきたのだろうか。ああ、彼は生きていなかったのだ。彼はそこで死に、酔っ払いの落伍者として片付けられてしまった。（中略）もし最後の審判がポーの生誕百周年に訪れるとしたら、独立宣言以来の死者のなかで二人だけ、国家破滅の即時宣告を食い止められる者がいる。（中略）むろん、その二人とはポーとホイットマンである。（601-02）

同時代のアメリカの批評家エドマンド・クラレンス・ステッドマンは、海外におけるホイットマンの受容について、「興味深いことに、ホイットマンについての批評の四分の三は、彼が新聞、雑誌に完全に無視されていると主張する」と書いているが、それと似た事態がポーにも当てはまる（Stedman, "Whitman" 47）。

イギリスの批評家に「アメリカでは理解されない」と思われていたポーだが、実際には（「興味深いことに」というステッドマンの前振りが端的に示すように)、アメリカでもそれなりに読まれていたし、評価されていないわけでもなかった。たとえばホートン・ミフリン社の「アメリカ文学者シリーズ」(American Men of Letters Series)にはコロンビア大学教授ジョージ・ウッドベリー(George E Woodberry)の手によるポーの伝記が一八八五年の段階で組み込まれている。このシリーズは一八八一年からアメリカ文学の確立を企図して開始されたのだが、ポーの巻は全二二巻のうちの八番目にあたる。同年の一八八五年にエマソンが加えられたことを考えれば、そのエントリーは決して遅いものではない。シリーズの売り上げは芳しくなかったようだが、ポーが一定程度まで文壇に受け入れられていたことは間違いないのである。

しかし、アメリカでの評価の高まりは容易にはポーを「アメリカ化」しなかった。イギリスの批評家は、アメリカにおけるポーの評価を頑ななまでに認めず、ポーはアメリカ的ではないと主張し続けた。たとえば『バーミンガム・デイリーメイル』は、生誕百周年を迎え、ポーがアメリカで評価され始めたことに言及しつつ、巧妙にそのアメリカ性を否定する。「世界史上もっとも卓越した文学、とりわけ詩的文学をもつ私たちは、彼ら[アメリカ人]のポーに対する評価を支持する。だが、私たちはそれ以上に、英語文学におけるもっとも偉大な芸術家の一人としてポーに賛辞を送るのだ」(qtd. in Hutcherson 233)。ポーを「アメリカ文学」ではなく「英語文学」の作家として位置付けること、それは「アメリカ文学」の存在を否定することに他ならない。[3] ポーが「アメリカ的」かどうかという問題は、もはや一作家の問題というよりアメリカ文学の存在価値に関わるのである。

さらに、こうした英米批評の対立を複雑にしたのは、文学史形成をめぐるアメリカ国内の地域的な対立だった。ポーがアメリカで評価されていないというイギリス側の主張は、ステッドマンのようなニューヨークの批評家にとっては謂われのない批判だったかもしれないが、まったく的外れというわけでもなかった。事実、一八九三年六月三日に『クリティーク』が行なった「アメリカで生み出されたもっとも偉大な一〇冊の本」の投票企画でポーの名前は二〇位にも入っていない。この結果に噛み付き、「もっとも偉大でもっともオリジナルでもっとも優れたアメリカの詩人」が無視されていることに反論したのは、やはりイギリスの批評家エドマンド・ゴスである（"The Best Ten American Books" 78）。ゴスは別のところで「ポーはまだニューイングランドでは許されていない」と書いたが、その指摘は的を射ている（Gosse 88-90）。投票結果はホーソーンを筆頭に上位一〇位の作家のうちの八人がニューイングランド出身で、当時の文壇の傾向を顕著に表していたからだ（"The Best American Books" 357）。

こうして、ポーの「脱アメリカ化」と「アメリカ化」をめぐる英米批評の拮抗に、アメリカ文学史における「ニューイングランド中心主義」と「脱ニューイングランド化」という別の対立が絡み合う。このような「アメリカ文学史」をめぐるナショナリズムとリージョナリズムの昂揚のなかで、ポーに対する関心はほとんど「不条理なまでに」膨れ上がったのである。(4)

二　アメリカ文学史を編む――抵抗の詩人としてのホイットマンとポー

ニューイングランドとイギリスという二重の仮想敵の存在を鋭く意識しながら新生アメリカ文学

史を確立しようとした人物にエドマンド・クラランス・ステッドマン（Edmund Clarence Stedman）がいる。彼は「ローウェルとハウエルズに次ぐ一九世紀後半最高の批評家」で（Scholnick, *Edmund Clarence Stedman* 5）、『ヴィクトリア詩人』（*Victorian Poets*, 1875）と『アメリカの詩人』（*Poets of America*, 1885）を出版して英米比較文学史の基礎を築き、一八八八年からはエレン・ハチンソンとともに一一巻に及ぶ『アメリカ文学叢書』（*A Library of American Literature: An Anthology*）を出版してアメリカ文学史形成に先導的な役割を果たした。その彼がポーの受容にも重要な役割を果たしたことは実はこれまであまり論じられていない。しかし、『スクリヴナーズ・マンスリー』に掲載のエッセイ「エドガー・アラン・ポー」（一八八〇年）は大きな反響を呼び、翌年にはイギリスとアメリカの両方でモノグラフとして出版された。それは『アメリカの詩人』に再録されるのだが、そのときポーは、ローウェルやエマソンと並ぶ古典としての位置を与えられたといえるだろう。さらに一八九四年から彼はジョージ・ウッドベリーとともに、一〇巻に及ぶポー全集を編集、出版している。

ステッドマンあるいはアメリカ文学史にとって、ポーはどのような意味をもっていたのだろうか。コスモポリタン的であるのみならず、しばしば「非アメリカ的」ないし「反アメリカ的」作家でもあったポーだが[5]、そんなポーを「アメリカの古典作家」に認定するにあたってステッドマンが行なったのは彼を「地方化」することだった。ステッドマンはまず、すでに国際的に評判を得ているホーソーンを足がかりにポーの技量を評価する。曰く、「ポーの散文はホーソーンに劣るが、詩人の本分である形式と均整に関してはポーが勝っている」。ポーとホーソーンの比較は当時よく見られたようだが（Scholnick 258）、彼の比較が独自の展開を見せるのは、その違いが語られる局面だろう。二人を「ロマンス作家の最後の生き残り」と呼んだ後、「物質的な」ポーと「精神的な」ホーソーンは次のように対照される。「ホーソーンは男性的で、たくましい人物に備わる優美で紳士的な性質をもっている。ポーは繊細だが、詭弁的で女性的な性質の弱さをもつ。ポーの洗練と豪奢、移り気なところは熱帯地方のそれで、ホーソーンがもつ北部特有の持続的な忍耐力と情熱とは対照的だ」（Stedman, "Edgar Allan Poe" 118）。今日「女性的」と考えられる傾向が強いホーソーンだが、ここでは男性性は身体的な特性としてのマスキュリニティに還元されることはない。ステッドマンはポーにその対極の位置を与えることで、ニューイングランドに匹敵し、かつ、回収されることのない文学が存在することを示そうとするのである。西部を舞台にしたリアリズム小説に関心をもたなかった「イデアリスト」ステッドマンにとって、北部と合わせて南部作家ポーを文学史に組み込むことはアメリカを包括する統一された体系としての文学史の確立につながっただろう。そして、このようなポー評価は受容史に一定の方向性を与えたといえるかもしれない。生誕百周年の頃、ポーの南部性はとくに強調されたようだ。文学史の教科書では南部作家のセクションに組み込まれ、ジェファソン大統領と並置されることもあった（Peeples 20-24）。[6] 北部人にも同調できる程度のポーの「適度な」南部性は、彼を南部作家であると同時にアメリカ作家にすることを可能にしたのである。

ステッドマンのポー評価が、低く見積もられていた一人の作家の救済などではなく、アメリカ古典文学史の形成のプロジェクトだったことは強調してしすぎることはない。ポーのエッセイと同じ一八八〇年、ステッドマンは『スクリヴナー』に「ホイットマン」というエッセイを載せ、この二人を新生アメリカ文学史の軸に据えようとした。「アメリカ的でない」ポーが今日アメリカの代表のように考えられているホイットマンと並んで彼の関心事だったことはにわかに理解しがたいが、ホイットマンが「アメリカ的」詩人としての地位を確立するのはまさにこの時期であり、ステッドマンこそがその立役者だった。

ステッドマンのホイットマンびいきは彼が国際著作権法制定に関わっていたことからかなりの部分まで説明可能だ。彼は国民文学の確立とその法的なサポートの必要性を訴え、一八八三年に設立されたアメリカ著作権法協会では副会長を務めている。国際著作権は国民文学を守る意味をもっていたが、市場の縮小を警戒する出版業界に対して、アメリカの作家たちは民主的な存在で、利権を独占しようとしているのではないと示す必要があった（Stokes 11）。ステッドマンの文学史の中心に「デモクラシーの詩人」ホイットマンがいたのはそのことと関係している。とりわけ重要なことだが、ホイッグ党の伝統が健在だった一九世紀、「デモクラシー」はアメリカの専売特許ではなかった（Baym 473）。ニューイングランドへのノスタルジーを基調に文学史を編んだハーバード大学のバレット・ウェンデルは、ホイットマンがなぜ本国よりも外国で熱狂的に受け入れられるのかについてこう述べる。「価値基準というものを無視した彼の平等概念はアメリカのデモクラシーのそれではなく、ヨーロッパのものである。端的にいえば、彼のデモクラシーは、私たちの国にその声を見出す土着のものではない」（Wendell 471）。要するに、ニューイングランド中心の文学史からすれば、ポー同様、ホイットマンもまた外国かぶれの「非アメリカ的」作家だった。しかし、そこにこそ、ステッドマンはいわば「原アメリカ的」価値を見出したのである。

ステッドマンにとって、ポーとホイットマンの「非アメリカ性」はそれ自体「抵抗」の身振りであった。ヴィクトリア時代の批評家はモダニズムとの比較で「保守的」「道徳的」と評価される傾向にあるが、当時の状況にかんがみれば、彼はむしろニューイングランド中心の古典観に反旗をひるがえす、いわば挑戦者の側だった。その仮想敵の一人は『スクリヴナー』の編集長ジョサイア・ギルバート・ホランド――文学の倫理的な力が大衆を感化させることを信じ、ニューイングランドの作家だけがこの使命に応えられると主張していた人物である（Scholnick 256-67）。ホランドは一八七八年のコラムにこう書いている。「この時代の真性な天才たちが全面的に評価されるようになれば、彼らは古典としての名声を確立し、私たち国民は、ポー、ソロー、ホイットマンについて論じる事をやめるだろう」（Holland 896）。ステッドマンは、まさに保守陣営に批判された二人のコスモポリタン的作家（ステッドマンがソローを除外したことは象徴的だ）を文学史に組み込むことで既存の文学観に楔を打ちこもうとしたのである。「ポーは形式主義、常識、ブルジョワ精神に対する抵抗を代表する、あるいは、それを導いた最初の詩人の一人である。この抵抗の運動においてポーの芸術の対極にいるのがホイットマンである。だからこそ、この二人が私たちのなかから選び取られ、外国人の間で互いに関連づけられているのだ。」（Stedman, "Edgar Allan Poe" 121）。

　彼の目的がイギリス文学とは違うアメリカ文学の輪郭を描くことにあったとすれば、二人を評価しないニューイングランド文壇だけでなく、二人を積極的に受け入れた旧世界に対して彼が防衛的になるのも不思議はない。彼は『アメリカン・アンソロジー』（*An American Anthology 1787-1900*, 1900）のなかで「エマソン、ポー、そしてホイットマンこそ、旧世界がもっとも学ばなければならない作家である」と書いている（xxiv）。興味深いことに、ステッドマンの手にかかると英米批評の主導権はあべこべになる。外国で人気があったからアメリカ批評が彼らを逆輸入したのではない、アメリカが承認したアメリカの作家から旧世界の側が学ぶべきだ、というのだから。その文学史はつねにニューイングランドを、さらにその向こう側に透けて見えるヨーロッパの方角を意識し、彼らの評価を参照し模倣しつつそれに抵抗したのである。

三　ケルト復興運動に絡め取られるポー

ポーの受容が大西洋の対岸を意識した文学史の確立と連動していたことを意識するとき、さらにもう一つのポー像が浮かび上がる。ケルト詩人としてのポーである。ステッドマンは彼を形容する際、しばしば「ケルト」という語を用いるのだ。「ポーは父親からイタリア、フランスそしてアイルランドの血統を受け継いだ。ケルト特有のプライドと、破滅の要因となるある種の弱さを」(Stedman, "Edgar Allan Poe" 109)。「ケルト」とは「古代ガリー語に近い言語ないしそれを話す人々」で、フランスのブレトン族語からコーンウォール語、ウェールズ語、アイルランド語、マン島語、スコットランド・ゲール語まで広く含む(*OED* 2)。ポーの父方の祖父ディヴィッド・ポーは独立戦争前にアメリカに渡ったスコッチ・アイリッシュで、ポー自身もアメリカにおけるアイルランド人排斥にも関心を抱いていたようだ(池末一七五–八二)。ポーのアイルランド意識について、池末の優れた指摘に本論が加えることはないのだが、受容史においてもまた、ポーはケルト復興運動の言説に取り込まれていた。どういうことか。

先の引用についてもいえることだが、ステッドマンの記述にはアイルランド民族への差別意識が垣間見える。他のところでも彼は、「ケルトと南部の気質に特有の自己節制の欠如を心に留めておく必要がある。自助の務めを果たすよう訓練されておらず、それに耐えられなかったとすれば、彼［ポー］は勇敢な戦いをしたと思う」と書いているのだが（Stedman, "Edgar Allan Poe" 123）、このようなケルト民族観は、同時代のジョン・ベドロウの『イギリスの人種』（*The Races of Britain*, 1885）の議論に近いところがある。そこでは、アイルランド人はアルコールに弱く、責任感が欠如し、子供のような性質をした民族として戯画化され、「優等民族」であるサクソン民族の「他者」としてその対極に置かれた（Kiberd 1）。ステッドマンがケルト民族を南部人同様、何かしら能力の欠如した民族として規定していること、そして、その根底に社会ダーウィニズム的思想があることは否定できないだろう。

しかし、より重要に思えるのは、ケルトにせよ南部にせよ、それ自体を必ずしも肯定できない要素として示しつつ、そのような性質をもつポーをアメリカ文学史に取り入れようとする行為の方である。それは、ステッドマンがケルト的なある種の「後進性」のなかにアメリカ文学の可能性を見ていたことを意味する。じつは、ポーにケルトの性質を見ることはイギリスの批評ではしばしば行われており、それらは概してポーの「非アメリカ性」を補強したのだが[7]、アメリカにも他に例がないわけではない。イングラムがポー作品集の補遺に掲載したヘンリー・シェパードという郷土歴史家の議論は、ステッドマンの方法を理解する上で有益だろう。一八七五年一一月一七日のボルチモアでのポーの記念碑設立の演説でシェパードはポーの詩には「ケルト的な哀愁がある」と述べ、それは「私たちの複合的な知性に対するケルトの影響」として理解できると指摘する（qtd. in Ingram 282）。さらに、ポーの文体の「ケルト的魔術」は「チュートンの血のなかに注入されたケルトの血」のなせる技だというのだ（283）。どうやら彼はポーのなかに、主流派にくみさない、いわばカウンターカルチャー的な素質を見ているようなのだが、「チュートンの血」とか「複合的知性の性質」といった語彙が示すのは、ケルト文化についての彼の理解が、当時アメリカでも広く受容されていたマシュー・アーノルドの『ケルト文学研究』（*On the Study of Celtic Literature*, 1867）に依存していることである。母親がコーンウォール人だったことから、アーノルドは自らのメランコリックで非漸進的気質をケルトの遺産と捉えていたが、それをイギリス人全体に当てはまる性質として理論化しようとした。彼の議論の要諦はイングランド民族の純潔思想に対する批判にあるといってひとまず間違いない。ケルト民族とチュートン民族の間に絶対的な断絶があるという一般通念に対して、イギリス人の起源にはアングロ・サクソン民族によるブリトン民族侵略があり、それゆえにイギリス人は「混血的性質」（"compositeness"）をもつと彼は訴える（Arnold, *On the Study* 88, 157）。そして、イギリス詩には「古代ケルト民族の酵母」（"leaven"）の働き」（iii）、すなわち「事実の専制に対する情熱的で、荒々しい不屈の作用」を見ることができると論じるのだ（108）。ケルトのイギリス文化への貢献あるいはイギリス文化のなかの内なるケルト性――イギリスをアメリカに置き換えれば、アーノルドの議論がシェパードの議論はもとより、ステッドマンの文学史観にも近いことがわかるだろう。

ポーの受容にとってケルト復興運動が重要なのは、ポーがアメリカ古典に取り込まれようとしていたまさにそのとき、ケルト文化の使者たち――問題のアーノルド、もう一人は若きオスカー・ワイルド（Oscar Wilde）――がアメリカを訪れていたためである。二人の訪米講演がアメリカにおけるケルト文化意識を高め、直接間接的にポーの受容を後押ししたとは考えられないだろうか。アーノルドから見ていこう。彼のアメリカについての発言はしばしばアイルランドについてのそれと二重写しになっている。一八八四年の訪米後、アーノルドは「アメリカについてもう一言」（"A More Word about America," 1885）というエッセイを書いているが、全五〇ページ程度のうちアメリカについて論じているのは最初だけで、後半三分の二はグラッドストンの政策など、緊張が高まるアイルランドの現状についての考察である。イギリスからの独立国としてのアメリカと、今まさに独立を目指して暴動を繰り返すアイルランドの状況を重ねているのだ。さらに、アーノルドの関心が、分裂を経験した国としてのアメリカに向けられていることは、彼が南北戦争の英雄で戦後大統領を務めたグラント将軍についてエッセイを二本も残していること、また、アイルランドの統治法をめぐる発言にも見て取れる。曰く「南部諸州が北部に対して独立議会と行政機関を求めた以上には、アイルランドは議会に対して統治法を要求することはできない。もし南部議会と行政機関にそれを与えることが危険であったとすれば、アイルランド政府と責任機関に対して同じことをするのも危険なのだ」（Arnold, "The Zenith" 132-33）。ここでは植民地的状況にあった南部とアイルランドが重ねられている。

南部復興とケルト復興を重ねる想像力は、一八八二年にアメリカを訪れたワイルドにも共有されている。ギルバート・アンド・サリバンによるコミック・オペラ『忍耐』（一八八一）の宣伝に利用される格好でアメリカを訪れた彼は、百回近くもインタビューを受け、一躍セレブリティとしての地位を確立したが、『ニューオリンズ・ピカユーン』（一八八二年六月二五日）の取材に対してこう答えている。「南北戦争における南部の状況は今日のアイルランドの状況と極めて似ているように思えます。それは自治権つまり、国民の自治のための戦いだったのです。私は大英帝国の解体を望んでいるのではなく、ただアイルランドの人々が自由になり、意思をもちつつ、帝国の不可欠な部分となるのを見たいのです」(Hofer and Scharnhorst 157)。

ケルト詩人を自負するワイルドのアメリカにおける受容はしばしば嘲笑に満ちたものだった。たとえば『ワシントン・ポスト』(一八八二年一月二二日)はワイルドとボルネオの猿の似顔絵を並置し、「ここからここまでどのくらいの距離があるのか」と見出しをつけている(qtd. in Eltis 269)。アイルランドの人種的、国家的「後進性」を意識しながら、ワイルドは同じように文学史から除外されたポーとアメリカの中心から除外された南部を重ね、関心を深めたようだ。『アトランタ・コンスティテューション』のインタビュー(一八八二年七月五日)に彼はこう答える。「アメリカにおける芸術の故郷は南部です。南部はもっとも完璧な環境をもっていますし、今は戦争のひどい荒廃から立ちなおろうとしているからです。私はすべての美しい芸術(その大義のために私は自分の青春を捧げたいのですが)があなた方から生まれてくることを疑いません。南部はこれまでにアメリカ最良の詩人、エドガー・アラン・ポーを生みました」(Hofer and Scharnhorst 160)。ワイルドがマラルメの散文を「偉大なケルト詩人エドガー・アラン・ポーのメロディーが喚起した素晴らしい散文のシンフォニー」と呼んだことからもわかるように(qtd. in Ellmann 336)、「ケルト」はしばしば差別語から反転して、詩と予言の能力を示す語となった。人々の直接の利害関係に関わるがゆえに侮蔑や批判を含む「アイルランド移民」と、抽象化神秘化された「ケルト」は表裏の関係にあるといえよう。

アーノルドとワイルドはどちらもケルトの詩的性質を評価し、ケルト復興運動に貢献したことでは共通しているが、実体としてのケルト文化、アイルランドの位置づけをめぐって、その立場に違いが見られる。ワイルドがケルト民族の自立を訴えるのに対して、アーノルドが求めるのはその自立でも保存でもなく英語文化への精神的な「貢献」だった。実体としてのケルト文化の消滅と同化こそアーノルドの理想であるとさえいえる（Williams 42-52）。実際、彼は物理的な意味でのケルト文化や言語の消滅を積極的に進めようとさえしていた。彼曰く、「実際に政治的社会的に用いられる道具としてのウェールズ語が早く消えれば消えるほど、イギリスにとってもウェールズにとってもよいことなのです」（Arnold, *On the Study* 12）。

重要なことだが、アーノルドの同化主義的態度はケルトの言語、文学に対してのみならず、アメリカ文学にも向けられていた。本論冒頭にあげたイギリス人批評家ら同様、アメリカ文学の存在を否定していたのである。アーノルドはいう。「カナダ文学入門やオーストラリア文学入門などありえるのだろうか。我々は皆一つの偉大な英語文学に貢献しているのだ」（Arnold, *Civilization* 61-62）。アメリカ文学の存在を直接否定することも珍しくない。「重要な作品をまだほとんど生み出していないことを認めるどころか、アメリカ人はその文学を、あたかも優れて独自の力をもつかのように扱っている」（183）。アーノルドの理論に従えば、アメリカ文学は独立すべきものではなく、そのエッセンスが英語文学の「るつぼ」に溶け込んでこそその存在意義を認められるということになるだろうか。

一般的にいえば、イギリスの島国根性を批判し、文化の国際性、普遍性を訴えるアーノルドの批評は、アメリカでもそれなりに人気があったのだが（Raleigh 4）、彼のアメリカ文学批判に対して、ホイットマンやローウェルは批判的だった（58-59）。ステッドマンはアーノルドを直接知っていたが、彼もまた心穏やかでなかったようだ。ステッドマンはアーノルドの死に際して記事を寄せ、こう書いている。「彼のアメリカについてのコメントはブロブディンナグの美しく巨大な乙女たちに対するレミュエル・ガリヴァーのそれだ。粗雑さに目が行ってしまい、彼には大きなサイズの美貌と美徳を測ることができないのである」(Stedman, *Life and Letters* 64)。ここで彼がアイルランド作家ジョナサン・スウィフトに言及していることはおそらく偶然ではない。

アメリカ文学の独立を訴えるステッドマンはフェニアン運動やケルト復興運動そのものについて直接発言はしていないが、スコットランド文化とその口承伝統に強い関心を抱いており、アメリカをポストコロニアル的に見る視点はもち合わせていた（Cohen 173-74）。もし、ケルト文化圏がイギリスの植民地としての過去や後進地域としての烙印とともに、イギリスに対するクリティークとしての立場をアメリカと共有していたとすれば（Stubbs 1-3）、ケルトとしてのポーとは、同化の危機にさらされながら、それでもなお独自性を主張し、イギリスに対して抵抗するアメリカ文学を代理表象していたということになるだろう。だからこそ、南部、ケルト、アメリカという三重の意味で抵抗するポーは、ステッドマンの批評活動のなかで主要な位置を占め続けたのではないだろうか。

おわりに

抵抗文化の起源、それは文化の起源と同じところにある。もっとも保守的であることがもっともラディカルでもありうるという逆説——ポーの文学史への取り込みはそれを体現していたといえるかもしれない。ポーのケルト性と南部性はしばしば侮蔑意識と結びつき、彼を非アメリカ的な反抗の作家にしたが、それはアメリカの原点としての、独立の欲望を胚胎したアメリカを指し示すことになった。文学史のアイロニーは、それがアーノルドのケルト復興運動を模倣する試みでもあったということだろう。アメリカ文学を確立する試みはイギリス「文化」を反復することで抵抗し独立を果たそうとするという関係の弁証法のなかで形成されたのである。

＊本稿はポー・ホーソーン合同国際大会（二〇一八年六月二二日）での口頭発表に加筆修正を施したものである。また、JSPS 科研費 JP16K16792 の助成を受けている。

【註】

（1）ポーのコスモポリタン性や生誕二〇〇年周年を取り巻く状況については伊藤を参照。

（2）一九世紀のポーの受容については Hucherson、Peeples、Pollin、Vines を参照。本論の貢献は Sholnick の議論をさらに展開し、環大西洋批評空間で繰り広げられた文学史形成のダイナミズムのなかにポーの受容を位置づけた点にある。

（3）フランスでのポーの評価は英米批評の対立を複雑化させつつ加速する役割を果たした。たとえばコロンビア大学のブランダー・マシューズはフランクリン・ローズベルトの盟友で、その文学観にも多大な影響を与えた人物だが、『アメリカ文学研究入門』（一八九六）ではポーに一章を割いている。マシューズは西部文学を称揚し、リアリズム中心の文学史観を提唱したが、もともとマシュー・アーノルドの影響を強く受け、彼のコスモポリタニズムを受けついでもいた。フランス演劇やイポリット・テーヌの歴史観を重視し、アングロ・

サクソン中心のナショナリズムに基づく文学観を批判的に考察したのである（Oliver 32-34）。世紀転換期のアメリカ批評のフランス贔屓を考えると、ポーに対するフランスでの評価がアメリカでの評価を引き上げる一因になったと考えられる。

（4）ポーの古典化をめぐる英米批評の対立は、ホイットマンやソロー、メルヴィルの受容とも並行している。貞廣を参照。

（5）ボードレールはポーをアメリカの俗悪さや物質的発展に対する「反逆者」として描いた。アメリカは「巨大な檻」ないし「会計組織」で、ポーはそこからの脱出を試みていた、というように（Baudelaire 47）。

（6）たとえば、ポー生誕百周年のヴァージニア大学の式典では、バレット・ウェンデルの講演「ポーのナショナリズム」（"The Nationalism of Poe"）（Kent 117-58）の他にも「ポーのアメリカニズム」（"The Americanism of Poe"）（Kent 159-79）と題された講演が行われた。どちらの講演も、アメリカの地域を描かないポーがいかにアメリカ的であるかを考察しているあたり、アメリカの共同体意識を強く喚起するイベントだったと言えよう。

（7）「ポーの詩はそのケルト的性質を通してでなければボードレールにアピールしえなかっただろう」（Swiggett 165）とか「根本的にポーはアメリカ的でもイギリス的でもない。彼を行動に駆り立てるのはケルトとラテンの血なのだ」というように（Douglass 434）、ケルトへの言及は比較的容易に見つかる。とはいえ、ポーの批評においては、多くの場合「ケルト」という語は「詩的能力」と読み替え可能で、ネガティヴな判断を含むステッドマンのような両義的な語の使用は決して多くない。

【引用文献】

Arnold, Matthew. *Civilization in the United States: The First and Last Impressions of America*. Cupples and Hurd, 1888.

---. *On the Study of Celtic Literature*. Smith, Elder and Company, 1867.

---. "The Zenith of Conservatism." *The Nineteenth Century*, vol. 21, no. 119, Jan. 1887, pp. 148-64.

Baudelaire, Charles. "Edgar Allan Poe: His Life and Works." *Edgar Allan Poe (Bloom's Classic Critical Views)*, edited by Harold Bloom, Robert T. Tally, Chelsea House Publications, 2008, pp. 44-58.

Baym, Nina. "Early Histories of American Literature: A Chapter in the Institution of New England." *American Literary History*, vol. 1, no. 3, 1989, pp. 459-88.

"The Best American Books." *The Critic*, vol. 589, June 3, 1893, p. 357.

"The Best Ten American Books." *The Critic*, vol. 597, July 29, 1893, p.78.

Cohen, Michael. "E. C. Stedman and the Invention of Victorian Poetry." *Victorian Poetry*, vol. 43, no. 2, 2005, pp. 165-88.

Douglass, Norman. "Edgar Allan Poe, from an English Point of View." *Putnam's Monthly*, vol. 5, Jan. 1909, pp. 432-38.

"Edgar Allan Poe." *The Nation*, vol. 20, March 25, 1875, pp. 208-09.

Ellmann, Richard. *Oscar Wilde*. Alfred A. Knopf, 1988.

Eltis, Sos. "Oscar Wilde, Dion Boucicault and the Pragmatics of Being Irish: Fashioning a New Brand of Modern Irish Celt." *English Literature in Transition, 1880-1920*, vol. 60, no. 3, 2017, pp. 267-93.

Ginsberg, Allen. *Howl and Other Poems*. City Lights Books, 1996.

Gosse, Edmund. "Has America Produced a Poet?" *Questions at Issue*. Heinemann, 1893.

Hofer, Matthew and Gary Scharnhorst. *Oscar Wilde in America: Interviews*. U of Illinois P, 2010.

Holland, Josiah Gilbert. "Our Garnered Names." *Scribner's Monthly,* vol. 16, Oct. 1878, pp. 895-96.

Hutcherson, Dudley R. "Poe's Reception in England and America, 1850-1909." *American Literature*, vol. 14, no. 3, 1942, pp. 211-33.

Kent, Charles W. and John S. Patton, editors. *The Book of the Poe Centenary: A Record of the Exercises at the University of Virginia January 16-19. 1909. in Commemoration of the One Hundredth Birthday of Edgar Allan Poe*. U of Virginia.

1909.

Kiberd, Declan. *Inventing Ireland. The Literature of the Modern Nation.* Vintage, 1995.

Oliver, Lawrence J. *Brander Matthews, Theodore Roosevelt, and the Politics of American Literature, 1880-1920*. U of Tennessee P, 1992.

Peoples, Scott. *The Afterlife of Edgar Allan Poe*. Camden House, 2003.

Pollin, Burton R. *Poe's Seductive Influence on Great Writers*. iUniverse, 2004.

Quinn, Arthur Hobson. *The French Face of Edgar Poe*. Southern Illinois UP, 1957.

Raleigh, John Henry. *Matthew Arnold and American Culture*. U of California P, 1957.

Scholnick, Robert J. *Edmund Clarence Stedman*. Twayne Publishers, 1977.

---. “In Defense of Beauty: Stedman and the Recognition of Poe in America, 1880-1910.” *Poe and His Times: The Artist and His Milieu*, edited by Benjamin Franklin Fisher IV, Edgar Allan Poe Society, 1990.

“Shall We Preserve the Poe Cottage at Fordham?” *Review of Reviews,* vol. 13, Apr. 1896, pp. 458-62.

Shaw, George Bernard. “Edgar Allan Poe.” *The Nation*, vol. 4, no. 6, Jan. 16, 1909, pp. 601-02.

Shumway, David R. *Creating American Civilization: A Genealogy of American Literature as an Academic Discipline*. U of Minnesota P, 1994.

Stedman, Edmund Clarence. *An American Anthology*, Houghton Mifflin, 1900.

---. “Edgar Allan Poe.” *Scribner's Monthly*, May 1880, vol. 20, no. 1, p. 107-24.

---. *Life and Letters of Edmund Clarence Stedman*. Vol.2. Edited by Laura Stedman and George Gould, Moffat, Yard and Co., 1910.

Stokes, Claudia. *Writers in Retrospect: The Rise of American History, 1875-1910.* Orient Longman, 2006.

Stubbs, Tara. *American Literature and Irish Culture, 1910-55: The Politics of Enchantment.* Manchester UP, 2017.

Swiggett, Glen L. "Poe and Recent Poetics." *The Sewanee Review*, vol. 6, 1898, pp. 150-66.
The Beatles. "I Am the Walrus." *Sgt. Pepper's Lonely Hearts Club Band*, Perlophone, 1967.
Vines, Lois Davis, editor. *Poe Abroad: Influence Reputation Affinities.* U of Iowa P, 1999.
Wendell, Barrett. *A Literary History of America.* Scribner's Sons, 1900.
Williams, Daniel G. *Ethnicity and Cultural Authority: From Arnold to Du Bois.* Edinburgh UP, 2005.
池末陽子、辻和彦『悪魔とハープ——エドガー・アラン・ポーと十九世紀アメリカ』音羽書房鶴見書店、二〇〇八年。
伊藤詔子『ディズマル・スワンプのアメリカン・ルネサンス——ポーとダークキャノン』音羽書房鶴見書店、二〇一七年。
貞廣真紀「世紀末イギリス社会主義者たちの〈アメリカン・ルネサンス〉」『繋がりの詩学——近代アメリカの知的独立と〈知のコミュニティ〉の形成』倉橋洋子、高尾直知、竹野富美子、城戸光世編著、彩流社、二〇一九年。

第四章　「壁に掛けられない絵」から「出版できない真実」へ
――ヘミングウェイで測る対抗と主流の距離

大森　昭生

一　Inaccrochable～壁に掛けられない絵

対抗文化の特徴が、前の世代への反抗にあるとすれば、アーネスト・ヘミングウェイ（一八九九～一九六一年）はまさに対抗文化の旗手ではなかったか。「Inaccrochable」、すなわち「壁にかけられない絵」。これは、ガートルード・スタイン（一八七四～一九四六年）がヘミングウェイに対して語った言葉である。スタインは、ヘミングウェイのアパートを訪れ、「ミシガンの北で」（一九二三年）を読んだとき、それを「壁に掛けられない絵」だと評したのだ。


……ミス・スタインは床に敷かれたベッドに腰を下ろし、私が書いた作品を見たいといった。そして、「ミシガンの北で」という作品を除いては大体気に入ったと言った。

「いい作品よ。」彼女は言った。「問題はそこじゃないの。だって、この作品は壁に掛けられない(inaccrochable)。つまり、画家が描き上げても展覧会で壁に掛けられない絵のようなものよ。そうだとすると、だれも飾ることができないから買ってもくれないわ。」

「でも、この作品が卑猥かどうかではなくて、ただ人々が現実に使っている言葉をただ使おうとしたのだとしたら？　そういった言葉だけが、作品をリアルにできるのだとしたら、使うべきではないですか？　使わなければいけないでしょう。」

「大切なことがわかっていないのね。」と彼女は言った。「壁にかけらないものを書くべきではないのよ。それは無駄なことなんだから。間違っているし、愚かなことよ。」

（*A Moveable Feast* 24-25）[1]

良い作品ではあるけれども、壁に掛けられなければ、買ってもらうこともできないと言うスタインに対して、ヘミングウェイは、それが卑猥かどうかということではなくて、単に皆が使っている言葉を、作品をリアルにするために使わなければいけないとしたら、使うべきなのであると反応している。それでもなお、スタインは、とにかく壁に掛けられない作品を書いてはいけないと諭す。

スタインにそこまで言わせた、「ミシガンの北で」とはどのような作品だったのだろうか。この作品は、ヘミングウェイの最初期の作品の一つといわれており、おそらく一九二一年ごろに執筆された。妻のハドリーによる原稿紛失事件も免れた作品である。具体的な描写を見てみよう。

寒かったけど、リズは、ジムと一緒だと暖かく感じた。二人で倉庫の中に腰を下ろすと、ジムはリズを引き寄せた。彼女は怖かった。ジムの手がドレスの中に入ってきて、胸を撫でた。もう一方の手はリズの膝の上にあった。彼女はとても怖かった。そしてジムが何をしようとしているのかわからないまま、ジムに寄り添っていた。それから膝の上でとても大きく感じていたその手が、足の上に置かれたかと思うと、上に上がってきた。
「だめ、ジム。」リズは言った。ジムの手はもっと上に上がってきた。
「いけない、ジム。駄目よ。」ジムもジムの大きな手もお構いなしだった。

床板は堅かった。ジムは彼女のドレスをたくし上げ、彼女に何かしようとしている。彼女は怖かったけど、それをしてほしいとも思っていた。そうしなきゃとも思っていたけど、怖かった。「いけないわジム。駄目よ。」「するよ。したいんだよ。二人でしようよ。」「だめ、しちゃだめよ、ジム。しちゃだめ。いけないことよ。ああ、とても大きいし、とても痛い。できないわ。ああ、ジム、ジム、ああ。」

つがの床は堅くて、ささくれ立っていて、冷たかった。ジムは彼女の上で重たいし、痛かった。リズは彼を押しよけた。とても苦しくて、体が引きつっていた。ジムは寝ていた。動かなかった。彼女は、彼の下から抜け出して座り込んだ。スカートとコートと髪の毛を整えた。ジムは口を開けて寝ていた。リズは、かがみこんで、彼の頬にキスをした。彼は寝たままだった。

（"Up in Michigan" 62）（傍線は筆者）

かなり露骨な描写だといえるだろう。この作品を読んだスタインが、壁に掛けられないと言ったのも無理からぬことのように思える。純粋なリズに対する強引な性行為が生々しく描かれ、彼女は悲しくもむなしい初体験を遂げることとなる。ちなみに、本作の草稿を精査した前田は、傍線部について、この部分に削除線が入っており、その脇に手書きで "Pay no attention to" と書かれていたことを指摘し、削除がスタインの指示で、それをヘミングウェイが「無視せよ」とメモ書きしたものではないかと述べている（前田 一三四）。

ヘミングウェイは、スタインの忠告を無視して一九二三年に国外で出版された最初の本『三つの物語と十の詩』に掲載した。その後、一九二五年の『われらの時代に』、そして一九二七年の『女のいない男たち』にも収録したいと出版社に働きかけるが、結局かなわず、アメリカで初めて出版されるのは、一九三八年の『第五列と最初の四九の短編』を待たなければならなかった。

ここでこの作品を紹介したのは、ヘミングウェイの最初期の作品が、いかに前の世代との離別を意図していたかを明らかにしたかったからである。さらに、もう一つのエピソードを紹介したい。『日はまた昇る』（一九二六年）はヘミングウェイの最初の長編作品であり、もっとも有名な作品の一つである。この作品を読んだヘミングウェイの母グレイスは、町の読書クラブの「偉大な才能を最低の使い方に身売りしている。今年のもっとも不潔な本の一つを書くとは、その名誉は疑わしい。」という評価を手紙で送り、自身の感想として、

お前は人生にある忠誠、高貴、名誉、清廉に対する興味を失ったのですか。“damn”とか“bitch”以外にも言葉を知っているはずですよ。どのページも嫌悪感で胸が悪くなります。他の作家がそんな言葉を使って書いた本なら、二度と読まずに火の中に投げ込みます。

（今村・島村　六〇八）

と続けたそうだ。非常に辛辣な批判であるが、これに対してヘミングウェイは、「この本が不快なのは、僕もわかります。でも、全部が全部不快なわけじゃないし、オークパークの家族の内向きな現実

生活ほどに不快なものではないと思います。」(*Letters* 243)と返事を送っており、明確に親たちの世代、そして厳格なピューリタニズムとお上品な伝統を残す故郷オークパークとの決別を宣言しているのである。

短編「兵士の故郷」(一九二五年)のベーコンが冷めるシーンは、あまりにも有名だ。


母は卵とベーコンをクレブスの前においた。……そして、彼の向かいに座った。

「ちょっとの間、新聞を置かないこと、ハロルド？」母は言った。

クレブスは新聞を置いて、畳んだ。

「これからどうするかはもう決めたの？」メガネをはずしながら母は言った。

「いや。」クレブスは言った。

「もう、そろそろ時期が来たと思わない？」

「そのことは、まだ考えていないんだ。」クレブスは言った。

「神様は、すべての人にやるべき仕事をお与えなのよ。」母は言った。「神様の王国ではさぼらせておく手は存在しないわ。」

「僕は神様の王国になんか住んじゃいないさ。」

「私たちはみな王国に住んでいるの。」……「心配しているのよ、とても、ハロルド。」母は続けた。「いろいろ誘惑があることもわかるわ。……私はあなたのためにお祈りしている。一日中お祈りしているのよ、ハロルド。」

クレブスはベーコンの油が皿の上で固くなっていくのを見ていた。（"Soldier's Home" 115）

戦争から戻った息子と、いつまでたっても働こうとしないその息子を心配して口やかましく言う母との間の距離が、すなわち、世代間の距離が、冷めたベーコンに凝縮されている。ここでは、宗教に対する違和感も述べられており、まさに対抗文化的であるといえるだろう。そもそも、ロストジェネレーションとは、前の世代との確執を痛感し、そこと決別しようとした世代であったはずだ。この時代のもう一つの姿がジャズエイジであり、ジャズは、六〇年代のロックがそうであったように、まさに前の時代の価値観への反逆を象徴していたのではなかったか。

二　ヘミングウェイの愛と平和、そして自然への回帰

対抗文化を象徴するヒッピー、そのモットーは "Love and Peace" そして "Return to Nature" であったといえるだろう。そのことをヘミングウェイのなかに読み取ることはあまりにも容易であり、おそらくは、誰もが、何のエビデンスも無しに、"Love, Peace, Nature" を彼の作品に見出すことができるのではないだろうか。

『日はまた昇る』は、先述の通り、ヘミングウェイの最初期の長編小説である。ブレットという女は、まさに「新しい女」で、ヴィクトリア朝のお上品な伝統、あるいはピューリタニズムが色濃く残る故郷オークパークのパラダイムでは、到底理解できない作品であったかもしれない。主人公ジェイ

クの傷による不能という題材がそのまま性を描く作品であることを規定し、そのうえでブレットがさまざまな男との関係をもつ、いわば「卑猥な」作品である。それだけではなく、高野がいうように、ブレットは自ら見せる女であり、見る女でもあった（高野 二〇一二）。加えて、闘牛のシーンのエロチックな描写と、ロメロや闘牛士たちの同性愛的コノテーション、まさに性に満ち溢れた作品である。また、ブレットとジェイク、あるいはブレットとロメロとの間のセクシュアリティは、挿入を伴わない性の営みをも視野に入れて解釈することができるかもしれず、だとすれば、セックスの持つ生殖という「神聖さ」と縁遠い作品でもある。

次の場面は、『日はまた昇る』の冒頭四章でのジェイクとブレットの会話である。


「触らないで」彼女は言った。「お願いだから触らないで。」

「どうしたんだい？」

「我慢できないのよ。」

「ああ、ブレット。」

「だめ。わかるでしょう。我慢できないのよ。ああ、ダーリン、お願いだからわかって。」

「僕を愛していないのかい？」

「愛している？　あなたに触られるとゼリーみたいになっちゃうの。」

「僕たちができることは何かないのか？」

彼女は座り直した。僕の腕は彼女を抱いていた。彼女は背中を僕にもたせ掛け、僕たちは黙った。

彼女は、僕の目を覗き込んだ。……

（*The Sun Also Rises* 25-26）（傍線は筆者）

ここでは、「何かできることがないのか」というジェイクに、ブレットは黙り込んでしまうのだが、次に示す、一八章のブレットがロメロと一夜を過ごした翌日のシーンでは、「何かしてほしいことはないか」というジェイクに対して、ブレットは明確に"No"を伝えている。

「すべてが変わった気がする。」ブレットは言った。……
「何かしてほしいことはないかい？」
「ないわ。闘牛に連れて行ってくれればいい。」
「お昼に会える？」
「いいえ。お昼は彼と食べる予定なの。」

（*The Sun Also Rises* 207）（傍線は筆者）

この二つのシーンについて、谷本（一九九九）の論に助けを借りて解釈するならば、そこにはブレットの気づきと変化、そしてこの作品の前時代の性規範に対する対抗を見ることができるのではないだろうか。四章のシーンにおいて、ブレットが黙り込んでしまうのは、してほしいことがあるのにそれを口に出せないからである。それはジェイクを傷つけることになるからなのか、彼女のなかに「お上品さ」が残っていたからなのかは定かではない。しかし、一八章のシーンで、ジェイクはまるで用無しである。単純にはジェイクにはできないことを、ロメロが満たしてくれたと読むことができるだろう。しかし、モントーヤの言動からロメロのセクシュアルオリエンテーションが同性に向いていると仮定すると、ロメロとブレットは必ずしも異性としての夜を過ごしたとは限らない。それでもブレットが「変わった」といえるということは、これまでにない何かで満足を得たということにもなる。そのことを踏まえて、作品の最後に、ブレットが一緒に暮らすことをジェイクに問いかけるシーンを読めば、それは、性的不能のジェイクとも暮らしていける光が、彼女には見えたからであると考えることもできる。もし、そのような読みまでもしていくことができるとすれば、この作品は、オークパークの母にとって、つまりは、前時代の伝統にとって、不潔極まりない作品だったことだろう。

ヘミングウェイのジェンダーやセクシュアリティが盛んに議論されるのは、フェミニズム批評を超えて、一九八六年に『エデンの園』が死後出版されてからであるが、実はこの『日はまた昇る』の時点ですでに、自由な性のありようをヘミングウェイは提示しており、過敏な反応を示す母グレイス、つまり読者は、逆に言えばその性の奔放さをしっかりと読み取っていたということになる。

『日はまた昇る』は、同時に戦争の物語でもある。しかしそこに戦場は登場しない。戦争については、『武器よさらば』（一九二九年）がよりわかりやすいのかもしれない。フレデリックはいわゆる自称「単独講和」を結び、川に飛び込んで戦場から逃避する。そして、「Love」へと向かうことになるのだ。しかしながら、ヘミングウェイはしばしば戦争作家と目されるものの、戦場を舞台とした作品が多数あるわけではない。自らの戦場経験を反映した作品がいくつかあるのみである一方、レポーターとしてのヘミングウェイは、多くの戦争記事を残している。その記事のいくつかを見てみよう。

市場から帰る途中の老婆が殺された。……片足が突然切り離され、ぐるぐると飛んで近くの家の壁にぶつかった。

別の広場では、三人が死んだ。彼らは、……土埃と噴石にまみれ、ちぎれた古着の束のように横たわった。

……車が、閃光と轟音の後、急停車し、ハンドルを切った。運転手は頭皮が両眼の上に垂れ下がった姿で車を降りると手で顔を覆って歩道に座り込んだ。

（"Shelling of Madrid" 259）


これは、「北米新聞連盟」（NANA：North American Newspaper Alliance）にヘミングウェイが送った一九三七年四月の記事で、スペイン内乱のさなかにスペイン市民が命を落としていく様を生々しく描いている。


彼は言った。最悪なのは、死んだ赤ん坊を抱えた女たちだよ。死んだ赤ん坊をあきらめさせられないんだよ。もう六日も前に死んだ赤ん坊を抱えているんだぜ。

（"On the Quai at Smyrna" 63）


これは、作品「スミルナの桟橋で」（一九二五年）に描かれた避難民の様子で、この母と赤ん坊のモチーフは、避難しながら出産する女たちなどに姿を変えて、ヘミングウェイ作品に度々使われている。

……間もなく避難民をのせた馬車に何台も出会ったからだ。そのうちの一台を御していた老婆は、むちを振りながら、あるときは声を上げ、あるときは声を殺して泣いていた。……他の馬車には八人の子供が後ろからついて歩き、急な登り坂に来ると一人の少年が一方の車輪を押した。

（"The Flight of Refugees" 281）

これも一九三八年四月に「北米新聞連盟」に寄稿されたものであり、荷車、老婆、子どもの姿を通して、戦争避難民の悲惨さを伝えている。

その他にも、ノルマンディ上陸作戦に随行したときの『コリアーズ』の記事では、同じ上陸船に乗り合わせた兵士の一人一人の名前を紹介したり、船から見える海岸の様子について、片腕だけがついたドイツ兵の体の一部が空中に舞いあがる様子を描いたり、第二次世界大戦の最激戦といわれるヒュルトゲンの森の戦のなかで、戦車に轢かれてぺちゃんこになった死体の様子などを記述している。ここに描かれる戦場は、凄惨極まりない戦場であり、そこには、一人一人の生と死が刻み込まれている。そのまなざしは、確かに戦争という渦の中でもがき苦しむ個々に向けられているのであり、ヘミングウェイが声高に反戦を叫ばなくとも、そのまなざしから、彼が反戦作家であることを我々は知るのである。

そのことを逆説的に裏付けるかのように、たとえば、一九四〇年の『ニュー・リパブリック』に掲載されたアーチボルド・マクリーシュ（一八九二～一九八二年）が書いた記事では、ヘミングウェイを反戦作家と名指しして、アメリカの力を弱体化させているという批判的な内容が書かれている。

そして、ヘミングウェイ自身が、一九三八年八月の『ケン』の記事のなかで、次のように語ってもいるのだ。

もう一度、戦争とは何かについてだが、戦争は殺人だよ。許し難く、弁護の余地もない。どんな目的も、侵略戦争を正当化できはしない。

（"A Program for U.S. Realism" 291）

さらに、第二次世界大戦の後に編纂した『自由な世界のための名作集』（一九四六年）の序文で、ヘミングウェイは、ヒロシマの前と後で、我々の世界が抱える根本的な問題がどのように変化するのかを学ばなければならず、どのような兵器も道徳的な問題を解決したためしがないことを覚えなくてはならないと前置きしたうえで、次のように述べる。

侵略戦争は大罪であるが、自衛のそれもまたすぐに必ずや侵略戦争へと変容するのであり、それも、重大なカウンタークライム（仕返し）だ。「戦争が、たとえいかに必要であろうと、いかに正義であろうと、それを罪ではないと考えることは決してあってはならない。一兵卒と死者たちに尋ねるが良い。

（"Foreword" xv）

ヘミングウェイはまさに反戦作家なのであり、ゆえに、もとより"Love and Peace"の作家であるのだ。"Return to Nature"については、あえて事例を出さなくてもよいだろう。戦争で傷ついた精神を癒してくれるものとしての自然は、「大きな二つの心臓のある川」（一九二五年）を引き合いに出すまでもない。もちろんポストコロニアルな視点からは問題も孕んでいるわけだが、とはいえ、『アフリカの緑の丘』（一九三五年）では、アメリカは既に終わった、荒らされた土地で、アフリカにこそ楽園があると述べている。

このようにみてくると、ヘミングウェイは立派な六〇年代の先覚者であり、ヒッピーの先輩であるといえるのではないだろうか。ジョン・リーランドは著書『ヒップ　アメリカにおけるかっこよさの系譜学』のなかで、"HIP"とはヨーロッパとアフリカの融合した"Americanization"の所産であり、ヘミングウェイは立派にその系譜に位置づくとしたうえで、次のように述べる。

…この時代［一九一〇〜二〇年代］、日常生活には人種的区別と不平等があり、リンチが急増していたにもかかわらず、国民は自身のもっと純粋な像を、黒人的要素と白人的要素とが分かちがたく存在するポップ・カルチャーのなかに求めたのである。
ヒップは両者の交差点となった。アーネスト・ヘミングウェイ（一八九九〜一九六一）のブルージーな散文から、ルイ・アームストロング（一九〇一〜七一）のボーダレスなサウンドに至るまで、この時代に生まれた文化はその起源をヨーロッパとアフリカの両方ともに負っているが、しかしやはりアメリカでしか生まれなかっただろうものである。なぜならアメリカは、これらふたつのルーツが、喜ばしくも絶望的にからまり合っている場であるからだ。

（ジョン・リーランド　八八〜八九）

やはり、ヘミングウェイは対抗文化の先覚者であったということができそうだ。そうであるならば、たとえば六〇年代のあのムーブメントのなかで、もっとバイブル的にもてはやされてよかったはずだ。しかし、六〇年代の対抗文化に、ヘミングウェイが大きな影響を与えたというエビデンスはあまり見られないし、対抗文化とヘミングウェイの連関に関する議論がこれまで盛んになされてきたという痕跡もない。いったい、それはどういうことなのか。

三　キャノン、セレブ、パパ、そしてマッチョ——つくられるヘミングウェイ像と出版できない「真実」

じつは、六〇年代の社会が、ヘミングウェイを忘れていたということでは決してない。むしろ、一九六一年にこの世を去った後にも、たとえば、多数の伝記が出版され、ヘミングウェイをコンテンツに加えた教科書も多数出版されていく。さらにいえば、死後出版も相次いでいる。研究論文の数も五〇年代よりはるかに多く書かれるようになる。そのことを表して、“Hemingway Industry” などという言葉も生まれたほどである。

次頁の【図版１】に見られるように、多くの伝記が出版され、死後出版された作品も少なくない。ただし、注目すべきは、いわゆる学者による研究成果としての伝記は、一九六九年のベイカーを待たなければならなかったということである。すなわち、ヘミングウェイの人生は研究の対象というより

1961	*Ernest Hemingway: The Life & Death of A Man* by Pete Hamill, Alfred Aronowitz
1961	*Portrait of Hemingway : The Celebrated Profile* by Lillian Ross
1962	*The Private Hell of Hemingway* by Milt Machlin
1962	*At the Hemingways: A family portrait* by Marcelline Hemingway Sanford
1963	*My Brother, Ernest Hemingway* by Leicester Hemingway
1964	*A Moveable Feast*
1965	*Hemingway: An Old Friend Remembers* by Jed Kiley
1965	*Papa Hemingway : a personal memoir* by A E Hotchner
1966	*Hemingway in Michigan* by Constance Cappel
1967	*Ernest Hemingway: A Comprehensive Bibliography* by Audre Hanneman
1969	*My Friend Ernest Hemingway: An Affectionate Reminiscence* by William Seward
1969	*Ernest Hemingway, a Life Story* by Carlos Baker
1969	*The Fifth Column and Four Stories of the Spanish Civil War*
1970	*Islands in the Stream*
1971	*Ernest Hemingway's Apprenticeship: Oak Park, 1916-1917*
1972	*The Nick Adams Stories*

【図版1】60年代に出版されたヘミングウェイの伝記や死後出版

も、むしろゴシップの対象であったということもできるのではないだろうか。売れるから出版するのである。人々は、ヘミングウェイという稀有な人生を楽しみたかったのであり、それは、同時に、ヘミングウェイがセレブであることの証拠でもあろう。ヘミングウェイが、メディアのなかで次第にセレブへと「成長」していったことは、長谷川（二〇〇六）やジョン・レイバーン（一九八四）によって明らかにされている。そのレイバーンは、ヘミングウェイの死について、ルーズベルト大統領の死と同じくらいのインパクトを持っていたと述べ、新聞各紙等々の報道の様子を伝えている。また、最近になって日の目を浴びることとなった「中庭に面した部屋」（二〇一八年）は第二次世界大戦下の解放されたパリを描いた短編であるが、この作品を分析したスーザン・ビーゲル（一九九四）は、解放されたリッツホテルの庭に面した部屋を舞台にしたこの作品には、まさにヘミングウェイのセレブリティが描かれており、そしてそのことこそが彼が作品を出版しなかった理由の一つではないかと推測している。

加えて、先述の通り、この時期には、ヘミングウェイ作品をコンテンツに備えた多くの教科書も出版されていた。このことについては、ピーター・ヘイズ（二〇一一）の記述を見てみよう。

ヘミングウェイは、今やみな公認のキャノン作家であった。だから、六〇年代には、ヘミングウェイのさまざまな作品に関する、教科書が無数に出版された。……これらの教科書は、二つの新しいことを裏付けた。一つは、現代アメリカ文学は今や高校や大学で教えられているということ。なので、出版社は以前は成立していなかったマーケットとしてそれを見ているということ。二つ目は、ヘミングウェイはそのマーケットの重要な部分を担っているということ。……アンドレ・ハーネマンの書誌には、一九五〇年代に、英語で書かれた六冊のヘミングウェイ単独に関する本と一つのパンフレットがリストアップされ、七冊の外国語の本がリストされている。四冊は日本語で、後は、ドイツ語、ベルギー語、オランダ語であった。対照的に、ハーネマンは、元のリストと補遺を合わせて、また、教科書や書誌や百科事典を含めて、六〇冊の本とパンフレットが六〇年代に出版されたとしている。（Hays 47）

このように、まさに出版ラッシュが訪れており、ヘミングウェイは売れるコンテンツとなっていたのだ。そして、そのことはすなわち、ヘミングウェイがすでにキャノンになっていたことをも意味する。そう、「学校で教わる作家」となっていたのである。

（左から）【図版 2】1944 年 D-Day に海軍将校に作戦を聴くヘミングウェイ (Buckley)、【図版 3】1944 年ノルマンディ上陸後、フランスへの進軍中に兵士と。兵士からパパと呼ばれるようになる。(Buckley)、【図版 4】 盟友 Buck Lanham 大佐とジークフリード線（ヒュルトゲンの森の戦い）にてドイツ軍から押収した戦車の前で (Plath)

同時に、ヘミングウェイは、すでに「みんなのパパ」にもなっていったのであり、かつて反戦の記事を書き続けた彼は、第二次世界大戦下において、兵士を、市民を鼓舞し続けたのであった。【図版2、3、4】の写真は、第二次世界大戦中に米軍に従軍しているヘミングウェイの写真であり、激戦の地で兵士と共に「闘う」ヘミングウェイは、いつしか「パパ」と呼ばれるようになるのである。

ヘミングウェイは、第二次世界大戦前に編纂した『戦場の男たち』（一九四二年）という戦争小説のアンソロジーの序文に次のように書いている。

先の戦争で、戦争を終わらせるために戦場へ行き負傷したこの選集の編集者は、戦争を嫌っており、……この戦争を引き起こし、避けられないものにしているすべての政治家を嫌っている。しかし一旦戦争が始まったならば我々がすべきことは一つである。……我々は勝たなければならない。我々は何のために戦っているかを決して忘れることなく勝たなければならない。我々がファシズムと戦っている間、我々はファシズムに陥らないようにしなければならない。……我々は、全体主義に陥らずに戦争全体を戦うことができる。

（"Introduction" xi~xii）

ヘミングウェイは、このなかで、あからさまに戦争への嫌悪を表明している。しかし、一方では、戦争に勝たなければならないとも述べており、それはファシズムを駆逐しなければならないからだともいう。

先述の「中庭に面した部屋」の他に、ヘミングウェイは、第二次世界大戦を描いた短編を四編、合計で五編書いている。そのなかで、我々がこれまで目にすることができてきたのは「十字路の憂鬱」と題されて『フィンカ・ビヒア版ヘミングウェイ全短編集』（一九八七年）に収められたもののみであった。そして、ヘミングウェイは、それらの作品について、

五つの物語は……不正規軍のこと、戦闘のこと、そして実際に人を殺した人たちの物語なので少しショッキングなものになっていると思います。……とにかく、私が死んだ後ならいつでも出版して構いません。

（*Letters* 868）

と言っている。「十字路の憂鬱」に描かれるのは、敵のドイツ軍の少年兵を殺すシーンであり、そこには勇猛なパパの姿はなく、戦争のむごさに寄り添うような作品になっている。大森（二〇一一）が論じるように、ヘミングウェイは、今やセレブであり、大きな影響力を持っていたし、ファシズムを

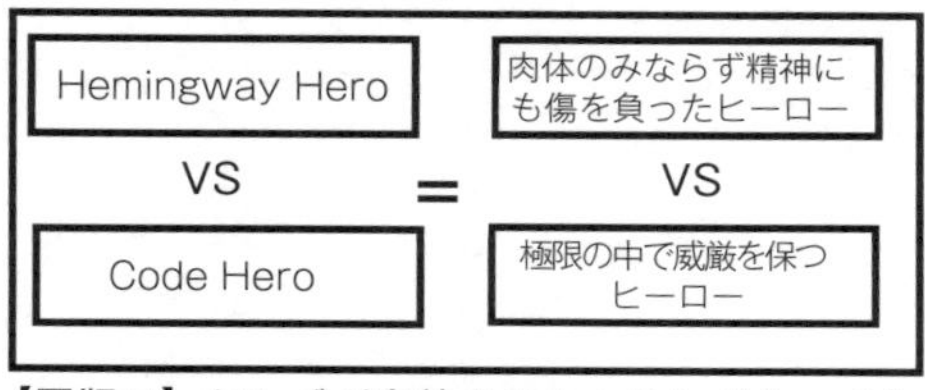

【図版５】ヤングが定着させたヘミングウェイ作品の男性像。コード・ヒーローはヘミングウェイ・ヒーローのチューターで、ヘミングウェイ・ヒーローを男にする。

The Sun Also Rises (Cliffs Notes) 1st Ed.
"CONTENTS"
Life and Background • • • • • • • • • • • • 5
General Introduction • • • • • • • • • • • • 10
List of Characters • • • • • • • • • • • • 13
Critical Commentaries • • • • • • • • • • 15
Notes on Main Characters
Jake Barnes • • • • • • • • • • • • • • • 61
Brett Ashley • • • • • • • • • • • • • • • 62
Robert Cohn • • • • • • • • • • • • • • • 63
Pedro Romero • • • • • • • • • • • • • 64
The Hemingway Code Hero • • • • • • • 66
The Nada Concept • • • • • • • • • • • 69
The Discipline of the Code Hero • • • • 70
Review Questions and Essay Topics • • • • 74
Selected Bibliography • • • • • • • • • • • 77

【図版６】『クリフスノート』の『日はまた昇る』の初版目次

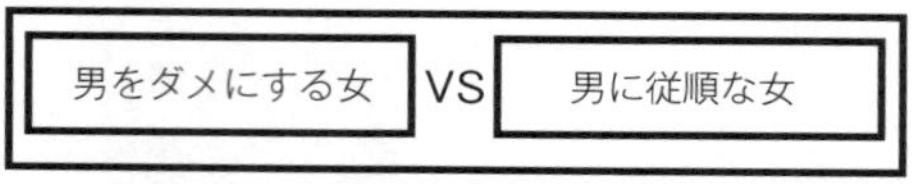

男をダメにする女　VS　男に従順な女

【図版７】Carlos Baker ら多くの批評家が分類するヘミングウェイ作品の女性像。ヘミングウェイは女性を描くのが下手で、女性登場人物はこのどちらかに分類されるとされてきた。

駆逐するためには、国民を鼓舞もしなければならなかった。ところが、彼が第二次世界大戦を描いた作品は、あまりにも戦争のショッキングな部分、言ってみれば反戦につながるような作品であったと推測される。そして、彼の作品は、彼の思惑を超えて、大きな影響力をもつことを彼は知っており、ゆえに彼が見たこの戦争の「真実」を、このときの彼は披露することができなかったのである。

　ところで、六〇年代はその後のヘミングウェイ研究を方向付ける重要な研究書が出版された時代でもあった。フィリップ・ヤングの『アーネスト・ヘミングウェイ——再考』（一九六六年）である。

今さらヤングを持ち出そうというのではない。しかし、当時の批評状況を検証すると、スーザン・ビーゲル（一九九六）がヘミングウェイ批評は七〇年代までずっとヤングの影響下にあったというほどに、その影響を無視することはできず、ゆえに、ヤングが何を言ったかを復習しておく必要がある。【図版５】に見るように、ヤングは、ヘミングウェイの男性登場人物に二つの類型を与えた。ヘミングウェイ・ヒーローとコード・ヒーローである。そして、傷を負ったヘミングウェイ・ヒーローを男にするチューターの役をコード・ヒーローに付与することにより、マッチョなヘミングウェイ作品像を形作っていった。この作品像は、さらに、若者の学びのなかで再生産されることになる。【図版６】は、『クリフスノート』の『日はまた昇る』の初版目次であるが、コード・ヒーローが明確に記されている。

さらに、ヤングは扱うに足りない作品として、「雨の中の猫」（一九二五年）等、女性を中心に据えた作品を挙げている。今日的に、もっとも面白い、もっとも議論の的となるような作品群を取るに足らないと言ってのけたのだ。この頃から、長い間信じられてきたヘミングウェイの女性像は、【図版７】に示したように、男をダメにする女か、天使のような女かのどちらかに女性を分類するものだった。ビーゲル（一九九六）によれば、六〇年代には、女性の問題も人種の問題も、ほぼ研究の対象になっていない。つまり、アカデミズムはこのとき、ヘミングウェイの新しい性の試みや、反戦作家ヘミングウェイに気づいていなかった。むしろ、男のなかの男ヘミングウェイ、戦時下でも威厳を保つ男ヘミングウェイを信じて疑わなかったというわけだ。その意味では、ヘミングウェイの自己プロデュース戦略は成功したといえるかもしれない。

しかし、このようなヘミングウェイは、対抗文化の世代の若者にどのように映ったのだろう。文学界のキャノンであり、マッチョな男のなかの男。セレブで、戦争を鼓舞したヘミングウェイは、"Love and Peace"を叫ぶ若者たち、反戦と、自由恋愛と、自然への回帰を旨とした対抗文化には響かなかったことだろう。むしろ、もうすでに「オワコン」として映っていた、当時の言葉でいえば「スクエア」として位置づけられていたとしても不思議ではない。ビーゲルは言う、

フィリップ・ヤングのコード・ヒーローという考え方は、七〇年代まで影響力を保っていた。……案の定、ポストベトナム世代はヒロイズムのためのヒロイズムにはあまり興味を示さなかった。そして、ヘミングウェイの読みに関するヤングのパラダイムに、不満の兆しが見えてきた。フィリップ・K・ジェイソンは、ある論文で、遠まわしに「ヘミングウェイのコードブックを投げ捨てよう」と主張した。一方、チャールズ・ステラーとジェラルド・ロックリンは、『ヘミングウェイノート』に寄せた論文で、「ヘミングウェイ・ヒーローを復号化すること」を主張した。

(Beegel, 1996 281)

四　対抗と主流の距離

「壁に掛けられない絵。」スタインは「ミシガンの北で」をこう評し、『日はまた昇る』を読んだ母は、「今年のもっとも不潔な本」という読書クラブ評と共に「どのページも嫌悪感で胸が悪くなる」という感想を息子に送った。ヘミングウェイは、この時点で、前時代のハイカルチャーへカウンターを

打ち、第一次世界大戦後の若者文化の旗手であったはずだ。彼の技法は新しさに満ち、『エデンの園』を待つまでもなく、彼の描くセクシュアリティはお上品な伝統を「逸脱」していた。彼は同時に「反戦作家」でもあり、「単独講和」を結び恋人へと走る主人公のみならず、記者ヘミングウェイが残した多くの記事は、一人一人の兵士や民衆の悲劇を見つめるまなざしに満ちている。そして、帰還兵ニックは自然のなかに治癒を求め、作家ヘミングウェイはアフリカを称賛する。"Love and Peace"、"Return to Nature"は対抗文化の旗印ではなかったか。自由な愛、奔放な性、反戦、自然への回帰、それらはもうヘミングウェイが成していたのである。

ところが、対抗文化の盛りし頃、本来、その先覚者として参照されるべき彼は、そう受け入れられていなかった。時代が対抗的作家としての彼を見つけられなかったのだ。コード・ヒーローが男らしさを教え、女を画一的にしか描けないという批評はブレットを発見できなかった。教科書に出てくるヘミングウェイは、もはやノーベル賞作家でキャノンになっていた。加えて、第二次世界大戦とその後における、作家自身による時代と折り合う戦略は、人々をして彼を「パパ・ヘミングウェイ」と呼ばしめ、皆にとってのパパは「憧れの男」でなければいけなかった。釣、狩猟、ボクシング、彼のスポーツは男のそれであり、飛行機事故に遭っても不死身の身体をメディアに見せつけ、勇敢に戦場に赴き、ファシズムを打破しなければならなかった。対抗文化がメインストリームとなり、若者文化が大人の嗜みになるように、ヘミングウェイは今や「セレブ」になったのである。結局、彼は、新たな戦争へと向かうアメリカにあって、第二次世界大戦の「真実」を出版できなかった。

対抗文化と主流との距離は、「反戦作家」であり、「多様な性の描き手」としてのヘミングウェイと、

「パパ」であり「セレブ」であり「キャノン」であるヘミングウェイとの間の距離を測ることで見えてくるだろう。しかし、それは同時に対抗と主流との距離が意外に近いものであることを我々に教えてくれる。

ヘミングウェイが新しい時代の旗手として登場した二〇年代から、ほんの四十年で、彼の立ち位置は変化した。しかし、およそ同じ年月が流れた現在から、対抗文化花盛りの六〇年代を照射すれば、当時の対抗文化そのものが主流へと移行していてもおかしくはない。事実、今、我々が享受するさまざまな大人の文化には、あのころの対抗文化が色濃く残存してはいないだろうか。すなわち、今の対抗は未来の主流になりえるのであり、その繰り返しを社会は生きてきたといえるだろう。ただし、対抗的な作家を大御所のキャノンへと作り上げたのは、すなわち、対抗を主流にシフトさせたのは、単なる時間の経過のみではなかった。その営みは、極めて経済的であり、政治的であるという事実もへミングウェイは教えてくれたのだった。その観点で今を見つめなおすとき、未来の主流となりえる対抗的な文化の芽は、はたして、現在の強大な政治経済の隙間から芽吹くことができているのだろうか。

【註】

（1）日本語訳はとくに断りの無い場合、筆者（大森昭生）によるものである。以下、本論中の日本語訳はすべて同じ。

【引用文献】

Baker, Carlos. *Hemingway: The Writer as Artist*. Princeton UP, 1952.

Beegel, Susan F. "'A Room on the Garden Side': Hemingway's Unpublished liberation of Paris." *Studies in Short Fiction.* Vol31.4,1994.

---. "Conclusion: The Critical Reputations" *The Cambridge Companion to Ernest Hemingway*. ed. Scott Donaldson. Cambridge: Cambridge UP, 1996.

Buckley, Peter. *Ernest*. NY: The Dial Press, 1978.

Carey, M.A. Gary. *The Sun Also Rises (Cliffs Notes)* 1st Edition. NY: Hungry Minds, 1968.

Hays, Peter L. *The Critical Reception of Hemingway's The Sun Also Rises*. NY: Camden House, 2011.

Hemingway, Ernest. *The Sun Also Rises.* NY: Charles Scribner's Sons, 1926. Rpt.1956.

---. Introduction. *Men at War: The Best War Stories of All Time*. Ed. Ernest Hemingway. NY: Crown Publishers, 1942.

---. "Foreword." Ben Raeburn. ed., *Treasury for the Free World*. NY: Arco, 1946.

---. "The Flight of Refugees." *By-Line Ernest Hemingway: Selected Articles and Dispatches of Four Decades*. ed. William White., NY: Scribner, 1998(Paperback Edition).

---. "A Program for U.S. Realism" *By-Line Ernest Hemingway: Selected Articles and Dispatches of Four Decades*. ed. William White., NY: Scribner, 1998(Paperback Edition).

---. "Shelling of Madrid." *By-Line Ernest Hemingway: Selected Articles and Dispatches of Four Decades*. ed. William White., NY: Scribner, 1998(Paperback Edition).

---. "Up in Michigan." *The Complete Short Stories of Ernest Hemingway: The Finca Vigia Edition*. NY: Collier Books, 1987.

---. "Soldier's Home." *The Complete Short Stories of Ernest Hemingway: The Finca Vigia Edition*. NY: Collier Books, 1987.

---. "On the Quai at Smyrna." *The Complete Short Stories of Ernest Hemingway: The Finca Vigia Edition*. NY: Collier Books, 1987.

---. "Black Ass at the Crossroads," *The Complete Short Stories of Ernest Hemingway: The Finca Vigia Edition*. NY: Collier

Books, 1987.

———. "To Grace Hall Hemingway, Gstaad, 5 February 1927" Baker, Carlos, ed. *Ernest Hemingway Selected Letters 1917-1961*. NY: Scribner, 2003.

———. "To Charles Scribner, Jr, La Finca Vigia, 14 August 1956" Baker, Carlos, ed. *Ernest Hemingway Selected Letters 1917-1961*. NY: Scribner, 2003.

———. *A Moveable Feast: The Restored Edition*. NY: Scribner, 2009.

Plath, James. *Historic Photos of Ernest Hemingway*. Nashville, Tennessee: Turner Publishing, 2009.

Raeburn, John. *Fame Became of Him: Hemingway as Public Writer*. Bloomington: Indiana UP, 1984.

Young, Philip. *Ernest Hemingway: A Reconsideration*. University Park and London: The Pennsylvania State UP, 1966.

今村楯夫、島村法夫監修『ヘミングウェイ大事典』勉誠出版、二〇一二年。

大森昭生「「戦争作家」の「真実」——出版されなかった第二次世界大戦」日本ヘミングウェイ協会編『アーネスト・ヘミングウェイ——21世紀から読む作家の地平』臨川書店、二〇一一年。

高野泰志『下半身から読むアメリカ小説』松籟社、二〇一八年。

谷本千雅子「同性愛と女の性的快楽——『日はまた昇る』のブレットと『エデンの園』のキャサリン」日本ヘミングウェイ協会編『ヘミングウェイを横断する——テクストの変貌』本の友社、一九九九年。

長谷川裕一「ヘミングウェイとフォト・ジャーナリズム——『エスクワイア』、『ライフ』、そして『老人と海』へ」今村盾夫編著『アーネスト・ヘミングウェイの文学』ミネルヴァ書房、二〇〇六年。

前田一平『若きヘミングウェイ——生と性の模索』南雲堂、二〇〇九年。

リーランド、ジョン、篠儀直子・松井領明訳『ヒップ——アメリカにおけるかっこよさの系譜学』スペースシャワーネットワーク、二〇一〇年。

第五章　流れと対抗
――ヘンリー・ミラーの「エンカウンター」という試み

井出　達郎

はじめに

「カウンターカルチャーとはメインストリーム（mainstream）への対抗である」という単純な定義は、その定義の妥当性とは別に、そこに含まれる「流れ（stream）」という比喩を通して、アメリカにおけるカウンターカルチャーの困難さを考えるうえで、改めて注目されるべき豊かな問いを含んでいる。[1] 一九六〇年代当時のアメリカは、自らの主導によるさまざまな国際機関の設立や、共産主義の広がりを抑制するための積極的な他国への介入といった出来事にみられるように、アメリカの「外」なるものを地球規模で排除しようとしていた。言い換えれば、いわゆるヒト・モノ・カネをめぐり、すべての「流れ」が操作可能となるような、ネットワーク化された空間の実現を強力なかたちで進めていたのである。それは、メインストリームとは別の反主流たる流れをつくる、あるいは、メインストリームとは無縁の場所へ行くといった対抗のあり方それ自体を不可能にさせる空間の創出であるといってよい。事実、カウンターカルチャーが結局のところ資本主義に回収されてしまい、対抗すべき体制を逆に強化してしまったという批判はこれまでも数多くなされてきたし、当時の音楽や映画を含む広義の文学作品もまた、メインストリームの外を目指す移動を描くようでありながら、最終的にはその不可能性こそを露呈しているものが少なくない。

メインストリームの外なき世界でいかなる対抗が可能なのか。ヘンリー・ミラーの二つのテクスト――『北回帰線』（一九三四年）と『南回帰線』（一九三九年）――は、この問いを先駆的に生き、そこに「エンカウンター（encounter）」というひとつの対抗の試みを提示している点で、カウンターカルチャーの「先覚者」たりえる大きな可能性を秘めている。一見すると何ものからも自由になって放浪しているだけのように読まれがちなミラーの作品は、『北回帰線』におけるアメリカからの妻の仕送りや、『南回帰線』における通信会社の仕事といった細部にみられるように、自らがネットワーク化された空間の中にあり、その外たる場所が存在しないという認識に貫かれている。しかしその一方で、放浪の中での「偶発的な出会い（encounter）」をそのまま書き連ねるというエッセイのようなかたちを通して、自らが生きるネットワーク化された空間を攪乱させていくという、ひとつの対抗のあり方を描き出していく。本稿は、「対抗文化とアメリカの伝統」という大きな主題の中で、そうしたミラーのエンカウンターという試みを論じるものである。

一　カウンターカルチャーの定義再考――流れと外をめぐって

カウンターカルチャーを定義するとき、「メインストリームへの対抗」という表現、すなわち「流れ」という比喩が使われることは、カウンターカルチャーという時代的な出来事とアメリカの伝統との結びつきを極めて容易に想起させる。そもそもアメリカとは、イギリスという本国から大西洋を渡るという移動に端を発しつつ、東海岸から西部へと拡大する移動を通して形成された国、すなわち大きな移動、大きな流れを通して生まれた国であった。国の形成の根幹にあるこの流れが、いわゆるロード・ナラティブとして文学、映画、音楽といった諸分野に色濃く反映していることは、アメリカの伝統を理解するうえでの一つの基本了解となっている。[2]それゆえカウンターカルチャーの定義で使われる「ストリーム」という表現は、単なる日本語の「主流」という意味には還元しきれない、歴史において実際に展開された、極めて具体的な流れのイメージが付与されているといってよい。事実、カウンターカルチャーの代名詞として挙げられる作品群には、こうした具体的な流れのイメージを喚起させるものに事欠かない。たとえば、ジャック・ケルアックの小説『オン・ザ・ロード』、映画『イージー・ライダー』や『真夜中のカーボーイ』といった作品は、登場人物たちが乗り物に乗って大規模な移動をする、という構造を物語の骨格にしている。彼らは、どこかに向かって移動するという点において、文字通り、アメリカの伝統の流れをそのまま反復している。

カウンターカルチャーを「メインストリームへの対抗」とする前提からみれば、これらの移動の物語は、一見すると、メインストリームとは別のどこかを目指す移動の物語であるかのように思える。しかしここで見逃せないのは、そうしたメインストリームの外を目指す流れを体現しているかのように思える物語はどれも、最終的には、そうした対抗のあり方の不可能性こそを暗示していることである。『オン・ザ・ロード』の語り手サル・パラダイスは、彼を放浪生活へと導いたディーン・モリアーティへの思いで自身の語りを閉じるが、そこで最終的に言及されているのは老いの感覚である。『イージー・ライダー』では、主人公らは目指していたはずの謝肉祭に到達することなく、通りがかった南部の農夫に打ち殺されてしまう。『真夜中のカーボーイ』では、カウボーイというアメリカ初期の流れの象徴的な恰好をした主人公が、最終的には長距離バスの移動中に友人の死を看取り、それまで身に着けていたカウボーイ・ファッションをゴミ箱に捨て去ることになる。[3]「メインストリームへの対抗」の物語として挙げられがちなこうした物語の結末は、じつのところ、メインストリームとは別の流れをつくるという対抗が不可能であること、メインストリームとは無縁の場所へ行くという対抗が不可能であることを伝えている。

こうした物語が示す対抗の不可能性は、それらが対抗しようとしていた当時のメインストリームが、何よりも「外」という場所を徹底的に排除しようとしていたという事態を照らし出している。[4] カウンターカルチャー全盛といわれる一九六〇年代において、西へ西へと向かうアメリカ国内の大規模な移動は、すでに遠い昔に終焉を迎えていた。しかしそれは、あくまでも国内という空間の中での終焉であり、移動そのものの終焉を意味するものでは決してなかった。その移動は国外へと拡張されるばかりではなく、移動そのものの実質を変えていくことになる。二つの世界大戦を経て、とくに第二次世界大戦以降のアメリカは、自らの主導のもと、積極的に国外への介入を深めていくことになった。国際連合をはじめ、国際通貨基金、世界貿易機関、世界保険機関といった国際機関の設立に、その具体的なかたちをみることができるだろう。そして同時に、ベトナム戦争に端的にみられるように、共産主義の広がりを抑制するために、一九世紀末までの孤立主義とは対照的に、遠い他国への干渉を深めていく。こうした事態を歴史家のウィリアム・Ｈ・マクニールとジョン・Ｒ・マクニールは「コスモポリタン・ウェブ」という語で表現しているが、それは「ウェブ」という語の「蜘蛛の巣」という意味そのままに、自らがどこかを目指すというよりも、むしろそのようにどこかへ移動するもの、外へと移動しようとするものをとらえる空間をつくりだすことを意味していた。いいかえれば、アメリカという国の歴史を通底するメインストリームの流れとは、自らがどこかへ移動するというだけではなく、すべての流れを操作可能にするようなネットワーク化された空間の実現へと向かっていったのである。先に挙げたカウンターカルチャーを代表する物語群が描き出しているのは、こうしたメインストリームの外の消滅という事態である。

このように流れと外という視点からみたとき、改めてカウンターカルチャーとは、メインストリームへの対抗である以上に、その不可能性の露呈である、と定義し直すことができる。メインストリームとは異なる流れを試みながら、その外へ行くことの不可能性と直面すること、それこそがカウンターカルチャーを特徴づけている。

二　流れへの偏愛と外なき世界という問い――ヘンリー・ミラーとカウンターカルチャーの接点として

メインストリームの外なき時代においていかなる対抗が可能なのか。しばしば快楽主義という安易な共通項で括られがちなミラーとカウンターカルチャーは、何よりもこの問いを共有していることによって接続される。一方でミラーの作品は、流れというものに対する偏愛とその実践に溢れている。しかし他方で、自らの生きている場所が、すべての流れを操作可能にしようとするネットワーク化された空間であり、その外たる場所が存在しないという認識に貫かれている。この流れへの偏愛と外なき世界という問いこそが、ミラーとカウンターカルチャーとの真の接点をなしている。

一般的なイメージにおいては、ミラーとカウンターカルチャーとは、とくにミラーをポルノ作家とみなす単純なラベル付けによって、しばしば安易な仕方で結び付けられやすい面があるのは確かである。ジョセフ・ヒースとアンドルー・ポターは、共著『反逆と神話――カウンターカルチャーはいかにして消費文化になったか』の中で、対抗文化の原理の一つとして快楽主義を挙げている。ヒースとポターによれば、カウンターカルチャーはまず、敵である体制側が大量生産・大量消費のために規格化された欲望を個人に押し付けているという構図、簡単にいえば、個人の欲望を抑圧しているという構図を前提にしていた。それゆえ、その抑圧に対する対抗とは、本来は無秩序であるはずの快楽を追い求めることによってなされる、という考えをもつにいたったのである。対抗文化について指摘されるこうした快楽主義は、ポルノ作品として読まれるミラーの作品と極めて簡単に接続することができる。実質的な第一作にあたる一九三四年の『北回帰線』がアメリカにおいて発禁処分になったように、ミラーの作品に快楽主義的と読める描写が散見されるのは事実だからである。

だが、ミラー作品を専門的に論じる批評家の多くが指摘するように、ミラーに対するポルノ作家という安易なラベル付けは、そのテクストがもつ豊かな可能性を見えなくするものでしかない。ミラーとカウンターカルチャーが結びつくのは、そうした単純な快楽主義ではなく、何よりもまず、流れに対する問題意識にある。ミラーの流れへの偏愛は、まずは『北回帰線』に分かりやすいかたちでみてとることができる。『北回帰線』は、一九三〇年代のパリを舞台に、ミラー自身を思わせる作家志望の語り手「ミラー」が、日々の放浪を語り継いでいくテクストである。もともとミラーのテクストは、現実的な描写の中に突如としてシュールレアリスティックなイメージを伴った思索的な独白が現れるのが特徴だが、そうした独白において、流れへの偏愛が明白に宣言されている箇所がある。深夜に友人と娼婦らと部屋に一緒にいる場面からはじまる長い独白を経て、語り手は「流れるもの」という思想に至り、次のように述べる。「「私は流れるものすべてを愛する」とわれらの時代の偉大な盲目の詩人ミルトンは言った。……そうだ、僕は自分に向かって言った。僕もまた流れるものすべてを愛する。川を、下水道を、溶岩を、精子を、血液を、胆汁を、言葉を、文章を」(*Cancer* 257)。ここで語り手は、「流れるものすべてを愛する」という宣言とともに、具体的に流れるものを列挙していくことで、流れるものへの偏愛をはっきりと表明している。

この流れるものへの偏愛は、作中の一箇所だけに登場する気まぐれな言葉では決してない。この偏愛は、『北回帰線』というテクストそれ自体が、流れるものの具体的な実践にもなっている点にこそ如実に表れている。ミラーのテクストの主要部分は、語り手がパリの街中を放浪し、そこで出会った人々や出来事を書き連ねることで成り立っている。その中で語り手は、作家志望であるにもかかわらず、自分の部屋にあるタイプライターは壊れてしまったと告白しながら、自身の創作活動が部屋の中でタイプライターを打つことではなく、街中を歩くという行為によって何よりも活性化されていくことに気づいていく。「シャンゼリゼ通りを歩いていると、アイデアが僕の中から汗のように流れ出る。歩きながら口述筆記をさせる秘書を雇えるぐらいの金持ちにならなくてはいけない。僕の最良の考えはいつもタイプライターから離れているときに思い浮かぶのだから」(*Cancer* 48)という語り手の言葉は、彼にとっては書くという行為そのものが、流れるものと不可分であることを端的に物語っている。

このように『北回帰線』は流れへの偏愛の表明とその実践としてのテクストとしてあるが、ここで重要なのは、そこで描かれる流れとは、決して単純な自由奔放なものではないということ、メインストリームとは無縁な外へ行くものではないことである。パリにいて日々原稿を書きながら放浪しているだけにみえる語り手は、一見すると自由に動き回っているように見えながら、その語りの中にアメリカにいる妻との金銭面のやりとりを断続的に挿入している。「ホテル合衆国。エスカレーター。僕らは真っ昼間からベッドに入る。起きるとすでに暗くなっている。まず一番にしなければならないのは、アメリカへ電報をうつだけの金を手にいれることだ（the first thing to do is to raise enough dough to send a cable to America）」（*Cancer* 21）、「僕は妻が一生懸命アメリカから送ってくれた百フランほどの金で余裕があり、ボールマルシェ通りをうろついていた（I was strolling along the Boulevard Beaumarchais, rich by a hundred francs or so which my wife had frantically cabled from America）」（*Cancer* 41-42）、こうしたアメリカへの言及は、語り手にとってパリという異国が、決してアメリカの外を意味するものではないことを示している。二つの引用中の cable という語がもつ「綱」という意味そのままに、語り手にとってアメリカとパリとは、空間的な距離を越え、ネットワーク化されてつながっている。語り手は端的に次のようにも言う。「パリ！　それはカフェ・セレクトであり、ドームであり、蚤の市であり、アメリカン・エクスプレスである」（*Cancer* 17）。この言葉が示すように、語り手は自分がアメリカの外たる場所にいるのではないことを自覚している。

ネットワーク化された外なき世界に生きている状態は、次作の『南回帰線』の中にも色濃く描かれている。『南回帰線』は、時系列としては『北回帰線』より前、ミラーがヨーロッパに行く前の一九二〇年代のニューヨークでの生活が題材となっている。この作品もまた、ミラーと思しき語り手が放浪の中で出会う出来事をそのままに書き連ねる文体を通して、テクストそれ自体が流れるものへの偏愛の実践になっている。しかしその一方で、ここでもまた、その流れは単純に語り手を外へ連れていくことは決してない。それどころか、語り手が痛切に実感するのは、流れを操作可能なものとするネットワークの存在の方である。第一次世界大戦後、経済的な理由から何らかの仕事をしなくてはならなくなった語り手は、一連のドタバタ劇を経て、電信会社の雇用主任の職に就くことになる。雇用主任としての語り手は、会社への就職希望者の情報を管理するうちに、自らが生きるネットワーク化された空間のあり方をはっきりと感じとる。

> 僕は彼らの身長、体重、肌の色、宗教、学歴、職歴、その他を把握する。すべての情報は台帳に写され、アルファベット順に、そして年代順にファイルにまとめられる。名前と情報。時間に余裕があれば、指紋もだ。何のために？ アメリカの国民が史上もっとも速いコミュニケーションの手段を享受するために、彼らが商品をもっと素早く売るために、通りでぽっくり逝ったときに、そいつの近親に迅速に、一時間以内に知らせることができるためにだ。(*Capricorn 57*)

一見すると自由奔放にみえるミラーのテクストは、実のところ、ネットワーク化された世界の中に生きざるをえないという認識に貫かれている。

このようにミラーの二つのテクストは、流れへの偏愛と外なき空間の認識という点において、カウンターカルチャーの代名詞的作品を先取りしている。一方で語り手は、明確に「流れるものを愛する」と宣言し、自らがその流れを体現することでテクストを紡いでいく。だがその一方で、その流れが彼をどこか外へ連れていくということはない。ミラーがカウンターカルチャーへと接続されるのは、流れという比喩への偏愛とともに、この外なき世界への問いを具体的に生きていることにおいてなのである。

三　エンカウンターという試み――異なる対抗（counter）のあり方として

ではミラーの作品は、外なき世界への問いに対し、やはり外へ行くことの不可能性を露呈するだけで終わっているか。そうではない、というのが本稿の提示する答えである。ミラーの作品は、確かに外たる場所がないという認識に貫かれており、ミラー自身を投影した語り手がどこか満足のいく場所に到達するといった結末に至ることはない。だがその一方で、流れることを実践する中で偶発的に出会う人々や出来事をそのままに書き連ねるというエッセイのような文体を通して、自らが生きるネットワーク化された空間を攪乱させていく、という別の対抗のあり方を描き出していく。ネットワーク化された世界の「中（en-）」にありながら、「偶発的な出会い」を通じてそれに「対抗（counter）」すること、それは、本書全体の主題であるカウンターカルチャーと関連させて表現すれば、文字通り「エンカウンター（encounter）」と呼ぶべき対抗のあり方にほかならない。

ミラーのテクストを「エンカウンター」という一つの鍵言語を用いて論じるのは、一般的なミラーのイメージからは奇異に映るかもしれない。一貫性を徹底的に欠いた断片の集積にしかみえないそのテクストは、批評家や作家からも、全体を貫くような主題を見つけることの困難さを指摘されている[5]。しかしこの鍵言語は、ミラーの文学に対する考えの根底にあるものとして、ミラー自身のエッセイの中から確かに取り出すことができる。『わが人生の書』においてミラーは、本を読むことは「生の体験（vital experience）」であるとしたうえで、そうした意味での本とのエンカウンターについて次のように述べている。「私は本との邂逅を他者の生や思考との邂逅に比すべきものと考えている（My encounters with books I regard very much as my encounters with other phenomena of life or thought）」（*Books* 12）。ここでミラーが二度繰り返している encounter という語は、単なる「出会い」ではなく、「偶発的な」という意味を帯びていることによって、彼自身が書くテクストにもそのまま当てはめることができる。繰り返し述べているように、ミラーのテクストは、語り手が流れの中で偶発的に出会う人々や出来事を書き連ねることで成立しているからだ。その意味でエンカウンターとは、ミラーのテクスト全体の根幹をなす出来事だといってよい[6]。

　ミラーのテクストにとってこのエンカウンターという生の体験は、文字通り、ネットワーク化された空間に対する根源的な対抗としてある。なぜなら、ネットワーク化された空間とは、『南回帰線』の語り手が明確に認識したように、流れを可能な限り早く正確に操作可能なものとすること、言い換えれば、偶発性を可能な限り排除するものであるからだ。言い換えれば、ミラーの描く流れとは、ネットワーク化された空間を早く正確に流れるものではまったくない。それは、偶発的な出会いをもたらすことで、ネットワークそのものを撹乱する流れにほかならない。このミラー独自の流れのあり方は、ミラーが友人に宛てた手紙の中に興味深いかたちでみることができる。ミラーは友人に、書くことについて次のように述べる。「書くものが私の中からまるで下痢のように溢れ出てきた」（*Letters* 58）。ここで使われている「下痢」という比喩は、その流動性によって、まずは容易に流れへの偏愛に関連づけられる。だがそれ以上に重要なのは、「下痢」とは何よりも、身体の消化器官の正常なネットワークが異物に出会い、そのネットワークが攪乱されて発生する流れであることである。いうまでもなく、早さと正確さを目的とした正常なネットワークにとって、下痢とは避けるべき偶発性にほかならない。だがこの手紙の中のミラーは、身体の正常な状態では「病気」と認定される下痢を、すなわち、正常なネットワークでは避けるべきその偶発性を伴った流れをどこまでも肯定している。ミラーが偏愛する流れるものとは、どこかある目的地に辿り着くための移動ではなく、こうした正常なネットワークを攪乱させ、そのネットワークの流れの中では予期できないものに出会うためのものとしてある。[7]

事実、『北回帰線』と『南回帰線』という二つのテクストは、「下痢」という比喩で提示されたネットワークを攪乱する流れ、ネットワークに対抗するエンカウンターを引き起こす流れを重層的に提示している。[8]まず『北回帰線』において、それは語り手の遊歩者という性格に表れている。冒頭で挙げたカウンターカルチャーの代名詞的作品の主人公たちが乗り物で移動しているのとは対照的に、『北回帰線』の語り手の移動はほとんどが歩くことによってなされる。その徒歩による移動は、整備された道路や予定された時刻を通した移動では起こりえない、予期せぬ出会いを語り手にもたらしていく。たとえば、「空腹のまま通りをうろついて時々見も知らぬ人々を訪ね回った。マダム・ドロルムのその一人だ。マダム・ドロルムの家に一体どうやって辿り着いたのか、自分でもわからない」（*Cancer* 15）というマダム・ドロルムの家への訪問はその際たる例である。このように語り手の徒歩による移動は、個人個人に定められた領域を侵犯するように、ネットワーク化された空間をかき乱していく。

徒歩によって移動することで偶発的な出会いへと至ることは、単なるエピソードのひとつでは決してない。むしろ、ミラーのテクストは、「道に迷うこと」を主要な構成要素にしているといってよい。たとえば、セルジュという名前のロシア人に出会う経緯を、語り手は次のように説明する。「僕はいささか奇妙な状況のもとでセルジュと出会った。ある日のお昼近く、食い物の匂いを嗅ぎ回っていると、気がついたら僕は（I found myself）、フォリー・ベルジェールの周辺にいた」（*Cancer* 69）。原文のI found myselfという表現からわかるように、彼がこの場所に行きついたのは、自らの意図ではまったくない。むしろ、自らの意図から逸脱するかたちで、道に迷ったからこそである。こうした道に迷うという事態は、ミラーのテクストにとって、目指すべき目的地からの逸脱という否定的な出来事ではない。それどころか、それは偶然の出会いをもたらす契機として、積極的に目指されるべきものなのである。[9] ミラーはパリの生活について書いた友人へ宛てた手紙の中でも次のように言っている。「街路を曲がるたびに沸き起こる強い喜び。ここでは迷うことは比類なき冒険なのだ」（*Letters* 18）。『北回帰線』の語り手は、この「道に迷うこと」への絶対的な肯定をそのまま実践することにより、彼が生きるネットワーク化された空間に対し、根源的な対抗のあり方を示している。

ネットワーク化された世界の中にありながらそれを偶発的な出会いによって攪乱する行為は、『南回帰線』において、語り手が就職した電信会社での業務の仕方に分かりやすく描かれている。電信会社の雇用主任として雇われた語り手は、会社への就職希望者に対し、素性の良くわからない人間も含めて全員雇うという暴挙に出たために、会社が手掛ける郵便配達の業務に多大な混乱を巻き起こす。

むろん、早く正確に届けることを目的とする郵便配達の業務にとって、その混乱は何よりも忌避すべきものだろう。だが語り手は、その混乱を何よりも喜びをもって語る。

僕は笑った。なんて最高に不愉快な騒ぎを起こしたのだろうと考えて一日中笑いが止まらなかった。街のあらゆるところから不平不満が湧き出てきた。サービスは不全になり、消化不良を起こし、窒息してしまった。ぼくが雇ってやった馬鹿のなかにはラバよりも遅いやつがいたのだ。

(*Capricorn* 18)

こうして語り手は、郵便業務の混乱を通し、ネットワーク化された空間を促進するはずの電信会社に勤めながら、正しい宛先に正確に届くというネットワークのあり方を、まさにその中から攪乱していく。

正しい宛先に正確に届くというネットワークを攪乱させることとは、言い換えれば、誤った宛先に予期せぬかたちで届くこと、すなわち、偶発的な誤配を肯定することを意味する。『南回帰線』というテクストは、その成り立ちを通じて、そうした誤配という事態そのものを実践している。『南回帰線』は、序言として、フランス中世のスコラ哲学者であるピエール・アベラールの自伝の中から、アベラールが自伝を書くに至った理由を述べた箇所を引用している。その中でアベラールは、自身の悲しみが過去の人々の実例によって慰められたという経験から、自分もまた自身の経験をひとつの実例として書き残すことで、「今はここにいなくとも、自身もまた常に慰めを与える人に読まれるように」

(*Capricorn* Foreword) と述べている。ここで興味深いのは、日本語版『南回帰線』の「解説」で松田憲次郎が論じているように、このアベラールの自伝とは、もともと書簡形式で書かれたものを、アベラールの恋人であるエロイーズが思いがけず読んだところから生まれた作品であるという事実である。もともと書簡形式であったこと、それがアベラールの本来の意図とは関係なく読まれてしまったことを考えれば、アベラールの作品はまさに、誤配された手紙として生まれたテクストであるといってよい。そしてその誤配された手紙としてのアベラールのテクストは、さらにミラーのテクストとして反復されることになる。引き続き松田の「解説」に従えば、『南回帰線』は当初、作者ミラーと妻ジューンとの生活を描くことを意図されながら頓挫していたものが、作者ミラーがアベラールの自伝を読んだことにより、自らの悲しみの実例の物語を書く勇気を得ることで、当初の構想とは異なるかたちで現在のテクストになったという。すなわち、「今はここにいなくとも、自身もまた常に慰めを与える人」という、ネットワーク化された空間からすれば実に不確実な宛先へ向けられた手紙は、国や年代を超えて偶発的にミラーに誤配されることによって、『南回帰線』というテクストが生まれたことになる。正しい宛先に正確に届くというネットワークの攪乱とは、こうした偶発的な出会いをもたらすという契機にほかならず、その偶発的な出会いこそがミラーのテクストを構成している。

ネットワーク化された空間に対するエンカウンターという対抗のあり方は、ミラーのテクストに通底する「プロット」に対する嫌悪によっても裏づけられる。ミラーの作品のひとつである『ネクサス』において、語り手は友人から、彼が小説を書くことができないのは小説の「筋(plot)」の感覚がないからだと非難される。それに対して語り手は、「小説にはプロットがなくてはならないのか(Does a novel always have to have a plot?)」と答えることで、プロットそのものに対する根本的な疑念を表明する（*Nexus* 252）。ここで重要なのは、語り手が言うplotという語が「区画」という意味を含んでいることである。「区画」が明確である限り、迷うことのできる道はどこまでも排除されてしまい、その空間にはエンカウンターという出来事が決して起こらない。その意味においてプロットへの嫌悪は、『北回帰線』における道に迷うことへの肯定や、『南回帰線』における郵便業務の攪乱への喜びと正確に重なり合っている。

このプロットを欠いたテクスト、『ネクサス』の友人に倣えば小説とも呼べないテクストに対して、それは単に主観的な感情に従って断片的なエピソードを集めたエッセイにすぎず、そんなものに社会的な文脈における対抗という意義を見出すことなどできるのか、という批判は大いにありうるだろう。だがミラーのテクストは、このエッセイのような相貌そのものの中にこそ、対抗という意義をはっきりと宿している。ドイツの哲学者テオドール・W・アドルノは、一般的にジャンルとして軽んじられているエッセイという形式について、essayという語に含まれる「試み」という意味を引きながら、そこに含まれる伝統的な方法や体系への対抗の意義を浮き彫りにする。アドルノによれば、エッセイは「暗黙のうちに、非同一性の意識を斟酌している。それはラジカリズムを標榜しないことにおいてラジカルであり、原理への還元を極力慎しみ、全体に対して部分を強調する点において、断片的なものにおいて、ラジカルである」（アドルノ　一一）。それゆえエッセイにおいては、「方法に反することが方法（methodisch unmethodisch）」（アドルノ　一六）となる。この英語でいうmethodをめぐる逆説的な言い回しは、この語が語源的に孕む「道（hod）」という意味において、ミラーのテクストと強く共鳴している。道に迷うこと、早く正確な郵便業務を混乱させること、プロットを無視すること、それはすべて、ミラーのテクストがアドルノのいう「試み」としてのエッセイであることを示している。アドルノが言うように、エッセイは明確な始まりも終わりもないゆえに、伝統的な意味での「道」とは異なり、どこか明確に定まった外へと連れていくものでは決してない。ミラーのテクストは、そうした外へ行くことの不可能性をはっきりと認識している。そのような外に行くのではなく、その「中(en-)」にあっていかに「偶発的な出会い(encounter)」を実現するか、ミラーのエッセイに思えるテクストは、その「試み」の実践として、多分に対抗の意義を備えている。[10]

おわりに

このようにミラーの二つのテクストは、流れと対抗という視点から読み直すことで、単純な快楽主義とは異なった意味で、ミラーがカウンターカルチャーの先輩であることを示している。ミラーのテクストは、流れへの偏愛を描きながら、その流れがどこか外へいくという結末には決して至らない。語り手たちは、メインストリームとは無縁の外へ行くことの不可能性に充分に自覚的である。文字通りそのなかにあっていかなる対抗が可能なのか、その問いに対してミラーのテクストは、「偶発的な出会い」、すなわち「エンカウンター」というひとつの解を提示している。

残された問いは、ではこのミラーの対抗のあり方は、果たしてどのような「後覚者」を持つに至ったか、ということだろう。ミラーのテクストがアメリカではポルノ本として発禁処分を受け、言語が異なるフランスで出版されたという経緯は、本稿の文脈からすれば、ある意味では幸福な事態だったといえるかもしれない。図らずもそのメインストリームからの逸脱は、ネットワーク化された空間を撹乱させ、エンカウンターを起こすという対抗のあり方そのものを体現することになったからだ。しかし時代が下ったカウンターカルチャーの快楽主義の原理は、ヒースとポターが論じたように、メインストリームへの対抗がそのままメインストリームへと回収されるという結末に陥ってしまった。そして二一世紀以降の今日、ミラーの時代からみれば極めて皮肉なことに、ミラーをメインストリームから逸脱させたポルノは、最大のネットワークといえる現代の「ウェブ」上において、もっとも流通している商品になっている。だが本稿の要点をもう一度繰り返せば、ミラーがカウンターカルチャーの先覚者であるのは、そうした快楽主義ではない。ミラーがカウンターカルチャーの先覚者であるのは、メインストリームの外なき空間という問いを生きたことにこそあった。むしろ、外なき空間の徹底化が進んでいる今日だからこそ、ミラーのエンカウンターという対抗のあり方は、ますます対抗の意義を強く帯びているだろう。(11)「対抗文化とアメリカの伝統」の今後は、そうした意味でのミラーの後覚者の新たな試みに賭けられている。

＊本稿は、二〇一七年一〇月一五日に行われた日本アメリカ文学会第五六回全国大会シンポジア「対抗文化と伝統、対抗文化の伝統」での口頭発表を加筆修正したものである。

【註】

（1）カウンターカルチャーを論じる際にmainstreamという単語が登場することは、たとえばRoszakのxl頁を参照。また、一般的な定義の中で使われている例として、WikipediaのCountercultureの記事での説明A counterculture (also written counter-culture) is a subculture whose values and norms of behavior differ substantially from those of mainstream society, often in opposition to mainstream cultural mores（二〇一九年三月三〇日閲覧）も参照。

（2）この主題についての近年の研究としては、Ann Brigham, *American Road Narratives: Reimagining Mobility in Literature and Film* や、松本昇、中垣恒太郎、馬場聡編『アメリカン・ロードの物語学』などが挙げられる。

（3）カウンターカルチャーの代名詞的に挙げられがちな映画作品の多くに失意や挫折が描かれていることを詳細に論じたものとしては、竹林の第六章「インディペンデント・シネマに描かれたヒッピー世代の挫折」を参照。

（4）現代小説を題材にアメリカのロード・ナラティブを「外」という主題から詳細に論じたものとして、Fujiiを参照。

（5）ミラーの作品の中に一貫した主題を見つけることの困難さについてはMänniste を参照。Männiste が挙げている例を引けば、John Parkin, *Henry Miller, the Modern Rabelais* は、ミラーの中に一貫した思考の体系（a coherent system of thought）を突き止めようとすることは全くの時間の無駄であると断言し、またミラーと親交のあった作家アナイス・ニンは、ミラー本人に「あなたには何らかのひとつの哲学というものがない（You don't have a philosophy）」と伝えている。

（6）「本を読むこと」をめぐって使われているencounterという語がミラーの「本を書くこと」にも関連づけられることは、ケイティ・マスガが本稿とは別の文脈で指摘している。マスガは『わが人生の書』の同じ個所を引用しながら、ミラーのテクストが直接的にも間接的にも多様な作家の声が混交した間テクスト性を強く帯びているという点から、ミラーの文体そのものがエンカウンターという体験に似ていると述べている。

Masuga, *Henry Miller and How He Got That Way*, p.2 を参照。

（7）正常なネットワークを攪乱するという問題意識は、ミラーの同世代の映画作品であるチャールズ・チャップリンの『モダン・タイムズ』（一九三六年）にもみてとることができる。『モダン・タイムズ』では、ベルトコンベヤが高速で流れる工場の中で、労働者扮するチャップリンが、ナットを締め損なったり歯車に巻き込まれたりすることを通し、流れが攪乱させられることによる喜劇が描かれている。この『モダン・タイムズ』における流れの攪乱については、安冨歩『マイケル・ジャクソンの思想』を参照。安冨はそこで、マイケル・ジャクソンの一九八〇年代から九〇年代の「スムーズ・クリミナル」や「ジャム」といった曲を取り上げ、「スムーズであること」と「詰まっていること」をめぐる問題について論じている。ミラーの問題意識を同時代や現代に拡大しようとするとき、安冨の議論は有力な手掛かりを与えてくれる。

（8）そもそもミラーのテクストは、『南回帰線』の有名なエピグラフ「卵巣の市電に乗って（On the Ovarian Trolley）」に代表するように、身体という場所と都市という場所を重ねる表現が散見される。ミラーのテクストにおける身体と都市の関係については、井出を参照。

（9）ミラーのテクストや本人が提示する「道に迷うこと」の肯定をめぐっては、ヴァルター・ベンヤミンの「遊歩者」の概念の再考を通して近代における「道に迷うこと」の積極的な意味を浮き彫りにする近森の研究が極めて参考になる。

（10）ミラーのテクストのジャンルをめぐる問いについては、Katy Masuga, *The Secret Violence of Henry Miller* が本稿とは別の視点から論じている。マスガは、ドゥルーズ&ガタリの「マイナー文学」という概念を使用しながら、ミラーのテクストが既存の文学ジャンルへのカテゴライズ化を拒否し、既存の文学ジャンルそのものや言語の伝達のあり方を問い直すものであると論じている。

（11）たとえば思想家の東浩紀は、自身が一九九八年に発表した『存在論的、郵便的――ジャック・デリダについて』で取り組んだ「郵便」という主題を発展させるかたちで、二〇一七年の著書『ゲンロン０　観光客の哲学』

において、「郵便的マルチチュード」という連帯のあり方を提唱している。それは「誤配から生まれ、誤配によってつながる」（東 一六〇）連帯、「偶然に開かれている」（東 一六〇）連帯として、ミラーのエンカウンターという対抗のあり方に響きあっている。

【引用文献】

Brigham, Ann. *American Road Narratives: Reimagining Mobility in Literature and Film*. U of Virginia P, 2015.
Fujii, Hikaru. *Outside, America: The Temporal Turn in Contemporary American Fiction*. Bloomsbury, 2013.
Männiste, Inderek. *Henry Miller: The Inhuman Artist*. Bloomsbury, 2013.
Masuga, Katy. *Henry Miller and How He Got That Way*. Edinburgh UP, 2011.
---. *The Secret Violence of Henry Miller*. Camden House, 2011.
McNeill, J. R., and William H. McNeill. *The Human Web: A Bird's-Eye View of World History*. Norton, 2003.
Miller, Henry. *The Books in My Life*. 1952. New Directions, 1969.
---. *Letters to Emil*. Edited by George Wicks, New Directions, 1989.
---. *Nexus*. 1959. Panther Books, 1980.
---. *Tropic of Cancer*. 1934. Grove P, 1961.
---. *Tropic of Capricorn*. 1939. Penguin, 2015.
Roszak, Theodore. *The Making of a Counter Culture: Reflections on the Technocratic Society and Its Youthful Opposition*. 1968. U of California P, 1995.
"Counterculture." Wikipedia: The Free Encyclopedia. *Wikipedia, The Free Encyclopedia*, 3 March 2019. Web. 30 March 2019, en.wikipedia.org/wiki/Counterculture
東浩紀『ゲンロン0　観光客の哲学』ゲンロン、二〇一七年。

第５章　流れと対抗（井出達郎）

アドルノ、テオドール・W「形式としてのエッセー」一九五八年、『アドルノ　文学ノート一』三光長治、恒川隆男、前田良三、池田信雄、杉橋陽一共訳、みすず書房、二〇〇九年、三〜三三頁。

井出達郎「流れの場としての都市と身体――ヘンリー・ミラー『北回帰線』が描く生のあり方」『北海道アメリカ文学』第二八号、二〇一二年、三六〜四八頁。

竹林修一『カウンターカルチャーのアメリカ――希望と失望の一九六〇年代』大学教育出版、二〇一四年。

近森高明『ベンヤミンの迷宮都市――都市のモダニティと陶酔経験』世界思想社、二〇〇七年。

ヒース、ジョセフ&アンドルー・ポター『反逆の神話――カウンターカルチャーはいかにして消費文化になったか』二〇〇四年、栗原百代訳、NTT出版、二〇一四年。

松田憲次郎「解説」ヘンリー・ミラー『南回帰線』松田憲次郎訳、水声社、二〇〇四年、三六九−三八三頁。

松本昇、中垣恒太郎、馬場聡編『アメリカン・ロードの物語学』金星堂、二〇一五年。

安冨歩『マイケル・ジャクソンの思想』アルテスパブリッシング、二〇一六年。

第六章　ウィリアム・サローヤンとヒッピー文化
――「美しい白い馬の夏」を読む

舌津　智之

はじめに——ケルアックとサローヤン

ヒッピー文化ないしは対抗文化の精神を先取りする——あるいはそれに同期する——アメリカ文学史上の人物は少なくない。たとえば、三巻本の大著『アメリカの対抗文化——合衆国史における非順応主義者、代替的ライフスタイル、急進的思想の事典』に項目が立っている米国の詩人や作家は五〇人をこえている（Misiroglu 1: xix）。一九世紀を振り返るなら、社会規範に公然と立ち向かったソローやホイットマンやトウェインが注目されるのは当然だが、ブルック・ファームの実験、メスメリズムやスピリチュアリズムの伝統、あるいは奴隷制廃止論や女権運動の広がりなどに鑑みるとき、ポー、ホーソーン、エマソン、フラー、ダグラス、ビアスの名前がヒッピーの先達として挙がるのも決して不思議ではない。二〇世紀に入ると、対抗的ないし偶像破壊的な試みはさらに多様化し、右記の事典に詳述されている主だった人物だけでも、ロンドン、デュボイス、カミングズ、ミレイ、オニール、シンクレア、スタイン、パウンド、バーンズ、（スコット／ゼルダ）フィッツジェラルド、ヘミングウェイ、ヒューズ、ハーストン、ミラー、ライト、ボールドウィン、ギンズバーグ、ケルアック、バロウズ、ファーレンゲッティ、レクスロス、シュナイダー、サリンジャー、ブローティガン、ヴォネガット、キージー、バラカ、ブコウスキー、ピンチョン、ディック、モリスンといった名前が並ぶ(1)。

しかし、このリストから——のみならず、米国六〇年代文化のルーツをめぐる従来の一般的議論から——ウィリアム・サローヤンの存在が抜け落ちていることは、対抗文化の歴史的生成を見晴らすうえで重大な欠落であるように思われる。サローヤンは、ヘイト・アシュベリーがヒッピーの聖地となる四〇年ほど前から、サンフランシスコを含む西海岸の土地を文学空間へと昇華した先駆的なカリフォルニア作家である。彼に特定の文学的恩師やヒーローはいなかったが、あえて米文学史のなかに彼の先達を見出すとすれば、東海岸のホイットマンを忘れてはなるまい。「既成の権力組織との闘い」や「体制順応の拒絶」（Kouymjian 72, 73）を貫き高らかな人間賛歌を謳いあげる点、ホイットマンとサローヤンが連続性を有することはすでに指摘されている。もし『草の葉』の詩人がヒッピー文化のひとつの重要な礎を築いたのであるならば、ホイットマンを継承するサローヤンと対抗文化の近しさを見据えることはさほど難しくない。

一方、サローヤン作品をモデルないしは目標に設定して創作活動を行なった戦後の作家がアメリカの国内外に点在する事実をふまえ、筆者は、サローヤンがさしあたり日米の後進作家にいかなる刺激を与えたのか、とある機会に影響関係の整理を試みたことがある。[2] この点に関し、対抗文化とのからみで強調されるべきは、ケルアックと寺山修司がそれぞれにサローヤンを偏愛していたことである。比較文学論を目指さない本章の射程から寺山はいったん措くとして、[3] ここでは、ケルアックがサローヤンに憧れて作家を志したという事情に改めて注意を喚起したい。実際、ケルアックのデビュー作である『田舎町と都会』が、「トマス・ウルフのロマンティックな散文スタイルと、ウィリアム・サローヤンの人間的共感」（Theado 2）に多くを負っている（がその分、模倣的な色合いが滲む）ことは、ケルアックの評伝を読めばしばしば言及されている定説といってよい。その他にもたとえば、ケルアックとサローヤンの連続性を指摘するカナダ系アメリカ人作家のクラーク・ブレイズは、両者の出自をめぐるマイノリティ性に着目し、フランス系カナダ人とアルメニア人という違いがあるにせよ、二人の作家は、「聖典化されない二世の民族的な声」(Blaise 61) を読者に届けたのだと説く。ともあれ、対抗文化に直結するビート派の代表格であるケルアックがサローヤンに心酔したという事実は、サローヤンの潜在的なヒッピー性を逆照射する光源と捉えてよいのではあるまいか。

それでは、具体的にケルアックは、サローヤンのいかなる作品に惹かれたのであろうか。サローヤンの息子で詩人のアラム・サローヤンと親交があったケルアックは、(対抗文化の最盛期といってよい)一九六七年にアラムも交えて行われた『パリ・レヴュー』誌のインタビューで、サローヤンの二つの短編の話題を切り出している。ひとつは「空中ブランコに乗った大胆な若者」で、「子どもの頃これを読んで衝撃を受けた」というケルアックは、この表題作を含む短編集が「悲劇的」な作品であると述べ、サローヤンが悲劇的な作家ではないと言い張る父親とかつて議論になったエピソードにふれている (Berrigan 300)。だが、本章でとくに注目したいのは、ケルアックがこのインタビューで語ったもうひとつの作品、「美しい白い馬の夏」である。ある明け方、ムーラッドという少年が、「農夫から馬を盗み、一緒に乗馬をするためアラムを起こしにやってきた」(301) という作品冒頭の場面を、(登場人物と同じ名の) アラムを前にケルアックは生き生きと語ってみせる。この短編は、サローヤンの代表作といってよい短編集、『僕の名はアラム』(一九四〇年) の冒頭を飾る名作だが、この作品がケルアックの脳裏に深く刻まれていたであろうことは、彼が自身の大学時代を回顧する文章からもうかがい知ることができる。「一八のとき、僕は突如として反抗の歓びを発見した」と題するエッセイを書いたケルアックは、大学へ入ると同時に「ゆったりと尊大なるサローヤン」に感化され「骨抜きにされた」一時期を振り返りつつ、以下のように述べている。

最初の酩酊状態を過ぎると、僕はほどなく手綱を引き締め、反抗という名の大胆な白い馬を、より生産的な方向へと走らせた――究極的かつ完全なる発展と統合の始まりとなるに違いないであろう方向へと。（Maher 83）

ここで、サローヤンに心酔したケルアックが、白い馬を反逆精神の象徴と捉え、自らの人生を乗馬にたとえているのは単なる偶然ではあるまい。馬を愛し、愛し過ぎたゆえに競馬では無謀な負け方をしたサローヤンこそが、ケルアックを「酩酊」させたのち、「生産的」なる「発展と統合」へと導く契機を提供したのである。

そこで以下、当時は十代だったケルアックの心に響いたと思われる「美しい白い馬の夏」という短編小説が、ヒッピー文化を予感させる先駆的テクストであるという仮説のもと、この作品に胚胎する対抗文化的な諸性を確認するとともに、必要に応じ、サローヤンの代表的小説である『ヒューマン・コメディ』（一九四三年）にも目配りしつつ、いまだ文学史上に定位置を持たないこのアルメニア系作家を、ひとつのアメリカ的な系譜の上に再定位することを試みたい。ただし、ヒッピー文化との連続性が自明な作家とは異なり、サローヤンの場合、その連続性の証明自体がまずは必須の作業とならざるをえない。そこで、サローヤン作品の特徴を検証するにあたり、そもそもヒッピー文化とは何なのか、その概念規定も同時に確認していきたい。その際、六〇年代アメリカの社会運動・宗教史に明るいティモシー・ミラーの『ヒッピーとアメリカ的価値』（二〇一一年）に整理された鍵概念を参照枠とすることをはじめに断っておく。

一　平和／愛

ビート派の抵抗とは、体制順応的な五〇年代のアメリカ社会に対する異議申し立てであったが、そこには、朝鮮戦争に起因する軍事的緊張が関わっていたことはいうまでもない。その後、六〇年代に入ると、ベトナム戦争が激化することで、「殺し合わず愛し合おう（メイク・ラヴ・ナット・ウォー）」というスローガンを掲げたヒッピー文化が台頭する。つまり、ティモシー・ミラーがそのヒッピー文化論のなかで述べているとおり、「初期の対抗文化を定義づけるものといえば何よりもまず「平和と愛」であった。ヒッピーとは愛の世代であり、平和、優しさ、花、光、楽天主義を信じる者たちのことだった」（Miller 88）。

サローヤンがもっとも直接的に戦争の主題を取り上げた作品は、一種の反戦小説ともいえる『ヒューマン・コメディ』である。第二次世界大戦中、カリフォルニアで暮らす一家の次男を主人公に、少年が暗い時代のなかで葛藤し、成長していく姿を描いたこの小説中、徴兵され戦場に向かう兄が、弟に手紙をしたためる。そのなかで兄は、「僕は英雄の気分にはなれない。そんなふうに感じる才能は持ってないんだ。憎んでいる相手もいない。自分の国のことは（中略）これまでもずっと愛してきたのだから、今さら愛国的な気分にもなれない」（Saroyan, *Human* 252）と書いているが、これは作者の思いを代弁する言葉と理解してよいだろう。

【図版】1915年のアルメニア人大虐殺

だが、作家サローヤンにとって何よりも深い意味をもった国家的暴力とは、第一次世界大戦中に行なわれたアルメニア人の大虐殺である（図版参照）。これは、ユダヤ人のホロコーストを後押しした事件であるともいわれ、ヒットラーは、一九三九年にポーランドへ侵攻する直前、「いまアルメニア人の根絶について話す奴がどこにいる？」と、時が経てばジェノサイドの過去など忘却されるのだ、という認識を示したとされる（Travis 27）。むろん、ヒットラーの思惑は外れ、二一世紀の今もなおホロコーストの記憶は語り継がれているが、アルメニアの悲劇については、百数十万人が殺害されたにもかかわらず、今日、歴史的な認知度が高いとはいえないし、加害の当事国であるトルコは今なお自らの責任を認めようとしていない。かくして、第二次世界大戦とアルメニアの悲劇は、ヒットラーを補助線として痛ましく結びついている。

サローヤンの「美しい白い馬の夏」においても、アルメニアの過去はひそかなかたちで刻印されている。民族の歴史を体現する登場人物として注目すべきは、主人公アラムの叔父、ホスローヴである。脇役ながら（作品が彼の台詞で結ばれているなど）存在感を放つこの中年男は、「気にするんじゃない」（Saroyan, *My Name* 7, 12, 16）というのが口癖で、誰かが何かに困っていても取り合わない(4)。家が火事になったと、床屋にいるホスローヴのもとへ彼の息子が知らせにやってきても、何ひとつ動じる様子はなく、「そんなもの害はない、気にするんじゃない」(7)と怒鳴りつける。なぜなら、彼の心には、永遠に消えることのない傷が刻まれているからである。短編中、彼は一度だけ、「わしらみんな祖国をなくしたんじゃないのか?」(12)と、彼のトラウマの核心にかかわる言葉を発している。トルコ人に虐殺され、故郷を追われたアルメニア人の民族体験に比べれば、この世のいかなる悩みも取るに足らないことだと彼は感じている。示唆的なことに、この短編を含む『僕の名はアラム』に寄せた序文のなかでサローヤンは、アラム・ガログラニアンという名前が「暗い、もしくは黒い息子たちのアラム」(x)を意味すると説明しているが、これは、一見ほのぼのと明るい物語の背後に、アルメニアの「暗い」記憶が流れていることの暗示とも受け取れる。

このような国家レベルの暴力と大量殺人に対する抵抗として、愛と平和のメッセージを発信するサローヤン文学の本質は、ベトナム戦争を背景とするヒッピー文化の精神性と軌を一にする。「美しい白い馬の夏」に登場するアルメニア人たちにとっては、ジェノサイドをめぐる直接・間接の記憶があればこそ、命の輝きや人生の愛おしさがいっそう有意味なものとなる。とりわけアラムの従兄弟であり、変わり者の気質においてホスローヴの「後継者」(7)とみなされているムーラッドは、「間違ってこの世に生まれ落ちてきた誰よりも、生きていることの歓びを知っていた」(4)。

また、ヒッピー的なる愛とは、「理想としてのコミュニティ」を重視するものであり、「その共同体を稼働させた原動力のひとつは、新たな家族構造の価値観だった。ヒッピーが求めたのは、生物学的な家族より、文化的な一族だった」(Miller 76, 78)。言い換えるならこれは、冷戦期のアメリカが規範として美化した核家族という単位への抵抗である。一方、サローヤンが生まれ育った戦前のフレズノは、血縁の有無を問わず、アルメニア系の移民が同じ土地に暮らし、民族の共同体を形成するカリフォルニアの田舎町であった。「美しい白い馬の夏」においても同様に、血のつながりがない他者とも親しく共生する「文化的な一族」のコミュニティが描かれている。というのも、アラムやムーラッドが属するガログラニアン一族は、「寂しいのでアルメニア語を覚えたアッシリア人の農夫、ジョン・バイロ」(Saroyan, *My Name* 12) を家族同様に受け入れているからである。むろん、アッシリア人は、アルメニア人と同様、オスマン帝国による迫害を受けており、歴史的記憶の共有をとおして異民族の間にも絆が生じていることは間違いない。すなわち、サローヤンが希求した平和と愛の理想とは、生活共同体（コミューン）ないしは拡大家族という、ヒッピー的な親密圏と相似形をなすものであった。それは、夫婦間や親子間では不和の絶えなかったサローヤン――アメリカ的な核家族の理想からは脱落した作家が救いを求めて幻視した幼少時代の民族的ヴィジョンであったのかもしれない。

二　自然志向／反物質主義

一九六二年、レイチェル・カーソンの『沈黙の春』が出版され、今日でいうところのネイチャー・ライティングやエコクリティシズムの古典となるテクストが誕生する。このタイミングからも察せられるとおり、対抗文化とは、再びミラーを引くならば、「一九六〇年代半ばにはっきりと加速しつつあった明白かつ深刻な環境破壊」(Miller 92) に対する応答でもあった。それゆえ、ヒッピーたちは当然、自然ないしは田舎への志向性を打ち出すことになる。「対抗文化はおおむね都市部で育まれ、その実践者は主に大都会の出身であった」にもかかわらず、あるいはそれゆえにこそ、「ヒッピーの生活共同体は田舎に位置することが理想とされた」(77)のである。つまり、「田舎志向とは、人工より自然、合成物より有機物を好むヒッピー文化の一側面」であり、「汚染されていない食べ物を自給自足で得ることができ、きれいな空気を吸うことができ、自由に裸で過ごすこともでき、自然や宇宙的な力を肌で感じることができる」ような環境への憧れであった(78)。

サローヤンは通常、ネイチャー・ライターとはみなされていないが、彼のある種の作品は、カリフォルニアの自然や動植物を描くエコクリティカルな側面をもっている。たとえば『僕の名はアラム』に収録された短編「ザクロの木」は、プロットが展開する物語というよりも、荒地を農場に変えようと奮闘するアルメニア人の開墾記録ノートといった趣の文章である。「美しい白い馬の夏」の舞台もむろん、自然豊かな田舎町である。「ウォルナット・アベニュー」や「オリーヴ・アベニュー」など、通りには植物の名前が付され、「ブドウ園、果樹園、灌漑用水、そして田舎道」に彩られた風景が目の前に広がっている。「空気はみずみずしく、吸い込むと気持ちがよかった」(Saroyan, *My Name* 6)と語るアラムの感性は、ナチュラル志向のヒッピー的世界観に正しく親和する。だが、真の意味でヒッピーの先駆者といえるのは、年少のアラムを導き乗馬と生の歓びを教えるムーラッドであろう。彼は、生きとし生けるものを愛し、人間と動物の序列化を拒む。なるほど、少年たちが乗っているのは盗んだ馬車馬だが、「馬に好きなだけ走らせ」(8)ようとする二人は、ある意味、馬を人間の支配から自由にしてやっているともいえる。アラムが落馬したあと、勝手に走り去ってしまう馬を連れ戻すため、二人は二手に分かれて馬を探し出すのだが、その際、「もし彼を見つけたら優しく接するんだぞ」(9)と、ムーラッドはアラムに（馬を「彼」と呼びつつ）注意を促している。また、ムーラッドが動物へ注ぐ愛情は、その対象を選ばない。あるときには、「桃の木蔭に座って、飛べなくなったコマドリの子どもの羽を治して」（13）やり、その鳥を空へと解き放つ。あらゆる命への敬意を忘れないこの自然児は、六〇年代的な意味での愛と平和に信を置いている。

また、自然志向は、その当然の帰結として、反テクノロジーの姿勢に結びつく。「ミスター・メカノ」と題された『ヒューマン・コメディ』の第三一章には、ドラッグストアのショーウィンドウで薬の宣伝をする「機械人間」が登場する。彼は、「半分機械で半分人間」の存在ゆえ、「生きているというより死んでいる」という触れ込みで、「彼を微笑ませたら五〇ドル、笑わせたら五〇〇ドル差し上げます」（Saroyan, *Human* 220）と書かれたボードが脇に立て掛けられている。資本主義社会における人間の機械化、物象化を象徴するかのようなこの存在を目の前に、主人公の弟である幼い少年ユリシーズは、直感的に「死」の恐怖を感じ取り、その場から一目散に走り去る（222）。テクノロジーや機械文明への疑念はしたがって、商業主義と結びついた諸概念への抵抗とも連動する。これもまた、六〇年代対抗文化の価値観に重なることはいうまでもない。「アメリカ社会の主流を否認すること」が理想だと考えたヒッピーは、「少なくとも消費文化を否認した」し、「金銭と物質主義」に強く抗った（Miller 95）。

再びサローヤンの短編に立ち返ると、そこに登場するアルメニア人たちは、物欲や拝金主義とはまったく縁のない人たちである。そもそも、「ガログラニアン家は世界でもっとも驚異的かつ喜劇的な貧困のなかで生きていた」ので、「腹に食べ物を入れておくだけの金を僕たちがいったいどうやって手に入れているのか、誰一人、一族の長老たちさえも理解できていなかった」(Saroyan, *My Name* 4)。当然、馬を買うお金などもっていない少年たちは、他人の馬を黙って拝借することになるが、「馬に乗るために盗むのは、たとえば金を盗むのとは違う」のではないかとアラムは考える。つまり「ムーラッドや僕みたいに馬が大好きだったら」「その馬を人に売ろうとするまでは盗みにならない」(6)はずだという、子どもらしく少々あやしげな、しかし本質的に間違っているともいえないアラムの論法は、あくまで、金銭目的の窃盗行為と、ヒッピー的に自然な愛の動機とを、別次元の問題に切り分ける。ガログラニアン一族は、たとえ貧しくとも、清貧を信じており、決して金銭に翻弄されることがない。唯一、馬を盗まれた当人であるアッシリア人のジョン・バイロは、高い金を払って買った馬がいなくなったと嘆くのだが、それに対してホスローヴは、「金になんぞわしは唾ひっかけてやる」(12)と言い放ち、物質主義をまさしく唾棄する彼の対抗的/アウトロー的な価値観を表明する。このあたりは、(貧しさゆえに人々が愛や芸術の価値を忘れ去った)大恐慌の時代にデビューしたプロテスト作家・サローヤンの社会意識が反映されていると見るべきだろう。『僕の名はアラム』の出版と同じ一九四〇年、小説に加えて演劇でも成功を収めていたサローヤンの『君が人生の時』がピュリッツァー賞に選ばれた際、芸術が報酬によって評価されるべきでない、と受賞を拒否したサローヤンの有名なエピソードは、規範や金銭に価値を認めない彼の反逆精神をよく表わしている。

三　イノセンス／反合理主義

前節でみた自然志向とは、角度を変えていえば、イノセントであること――素朴であり、正直であること――を重んじる姿勢のことである。そしてそのような姿勢は、子どもに特徴的であるとしばしば考えられている。ヒッピーたちの別名がフラワー・チルドレンであった事実が示すとおり、六〇年代対抗文化は、無垢な子どもの状態に憧れた。このことは、誰もがイメージするサローヤンという作家の特徴ともそのまま合致する。『僕の名はアラム』や『リトル・チルドレン』などの短編集や『ヒューマン・コメディ』を含め、彼の代表作の多くは一種の――というのは、読み手を児童には限定しない、という意味において――児童文学であるとみなしうる。[5]

「美しい白い馬の夏」において、「俺は馬と気持ちが通じあってるのさ」というムーラッドに、アラムが、それはどんな気持ちなのかと尋ねると、ムーラッドは、「素直で正直な気持ちだよ」（11）と答える。これはまさに、ヒッピーの先達であるムーラッドのイノセントな感性を端的に示す言葉といってよい。実のところ、そのような感性は、短編中に描かれるすべての登場人物を特徴づけている。「何より重要なのは、僕たちが正直で有名だったことだ」とアラムは強調する。「およそ一一世紀にわたって」（4）その正直さとは、自他ともに認めるガログラニアン一族の属性であった。アラムはそれゆえ、正直者のムーラッドが盗みをするはずはない、と当初は白い馬の存在を受け止められずにいるのだが、ここで押さえておくべきは、「正直さ（honesty）」と「誠実さ（sincerity）」の違いであろう。前者は、他人の反応を考慮に入れない絶対的姿勢だが、後者は、他人を気遣う相対的態度であり、良くいえば思いやりを含むが、悪くいえば忖度や嘘を伴う概念である。二人の少年はつまり、他人に対して「誠実」だったのではなく、自分(たち)の心に対して「正直」だったのである。そこから、この短編における倫理観の揺らぎと多義性、あるいは決定不可能性が生じている。

すなわち、イノセンスとは、論理的あるいは道徳的な正しさとは次元の異なる概念である。実際、「美しい白い馬の夏」に、理路整然と思考するキャラクターは登場しない。自然児ムーラッドは、アラムをのぞく「みんなから頭がおかしいと思われていた」(3)という少年であり、直感的に行動するタイプの人物である。ガログラニアン一族は、「まず誇り高く、次に正直で、そのあとに善悪を信じた」(5)とアラムが語っているとおり、彼らにとって「正直」であることは、「善悪」の判断よりも重要なのである。本章冒頭で紹介した事典、『アメリカの対抗文化』において「ヒッピー」の項目を担当するジョージ・ライジングによれば、「気持ちよければ、やればいい」(Rising 379)というのがヒッピーの人生哲学である。それは、トウェインのハック・フィンが社会のルールより個人の内なる声を優先させたように、本能的直感を信じる哲学である。イノセンスはしたがって、ときに、理性や合理主義を否認する。ミラーのいうとおり、「テクノロジーの神格化を拒む対抗文化は、その背後にある西洋合理主義も同時に拒絶した」のであり、「理性は、人生における重要な問題を何ひとつ解決してこなかった」(Miller 102)という認識がヒッピーたちを突き動かしていた。

その意味において、ジョン・バイロは、ムーラッドにもましてヒッピー的な人物である。本作品のクライマックスともいえる一場面で、馬を連れた少年たちにたまたま出くわした彼は、馬の口のなかを見て、いなくなった自分の馬と「歯一本一本同じ」であることを確かめる。しかしこのイノセントな農夫は、「疑り深い人間だったら、自分の心ではなく目を信じる」ところだが、自分は「君たちの一族が正直で有名なことをよく知っている」(15) ので、目の前の馬は盗まれた自分の馬ではないと結論づけ、少年二人を問い詰めることなく、何事もなかったかのようにその場を立ち去っていく。ここにおいてジョン・バイロは、みずから、ガログラニアン一族を特徴づける正直さの美徳を実践し、理性的にはありえない判断を下す。

それはしかし、結果的に、少年たちがもし「盗み」を働いているとしたら「正直」でない、との批判的判断となっており、読者は、イノセンスが内包する非倫理性をどう受け止めるべきか、解釈上のディレンマに直面する。とはいえ、子どもたちの「盗み」は愛がその動機であること、そして、いつもは馬車を引く労働のみを強いられていた馬が自由を与えられていることは、少年たちのイノセンスを擁護するべき要因となる。加えて、前記の場面ののち、少年たちによってそっと持ち主のもとへ戻された馬は、しばらくのあいだ好きなだけ運動を許されたことで、けっきょく「前よりもっと元気になっている」し、「性格も良くなっている」ために、ジョン・バイロも最終的には「神に感謝しますよ」(16) と喜んでいる。このプロット展開からも分かるとおり、前節でみたヒッピー的な反資本主義や連帯志向は、労働者の賛美や組合の組織化に向かうものではない。むしろ、労働自体の価値がラディカルに疑問視されることとなる。すなわち、「プロテスタントの倫理に立脚する国家のなかにあって、対抗文化は、遊びが労働より素晴らしいという異端の考え方を打ち出した」(Miller 95) のであり、[6] そこに（ニューディールの）三〇年代と（ヒッピーの）六〇年代との差異が認められようが、三〇年代に活躍したサローヤンの労働観が、すぐれて六〇年代的なのは興味深い。

なお、ここで馬の「自由」という主題をさらに掘り下げるなら、短編テクストの表象レベルにおいて、白い馬は黒人奴隷の記号としても立ち現れてくるだろう。まず、ジョン・バイロは、この馬を買うのに「六〇ドルかかった」（12）といっているとおり、馬は金銭によって売買される「商品」である。また、ムーラッドは、あと一年は馬を自分たちのそばにおいておきたいというアラムの提案に対し、それはとんでもないと「飛び上がって」反対し、「馬は本来の持ち主に返さなくちゃいけない」と、馬が人間に所有された存在であるとの認識を示している。ただし、ではいつ返すのかとアラムに聞かれると、「遅くとも半年後」（13）だと、（一年と聞いて「飛び上がった」割には）ずいぶんのんびりした返却期限を設定するムーラッドは、自分の行いが社会のルールに反していると知りつつも、（黒人のジムを持ち主に返すことをためらったハック・フィンのごとく）もし可能なら馬はずっと返したくないと実は考えている。短編中の馬がいつもアラムを投げ飛ばして「逃げていく（ran away）」（14）という描写は、馬と逃亡奴隷（runaway slave）との連想を補強する細部とも読める。アラム・ガログラニアンという名前が「黒い息子たちのアラム」を意味するという、（本章第一節でふれた）短編集の序文に記された作者の言葉は、こうした人種的文脈においても参照されるべきだろう。

サローヤンが、子どもと黒人の心の通いあいに意識的だったことは、『ヒューマン・コメディ』冒頭の有名な場面のうちに見て取ることができる。幼いユリシーズ少年が、蒸気機関車に向かって手を振ると、貨物列車に乗っている人たちはみな彼を無視するが、一人だけ、「黒くて他のみなとは違う」男が手を振り返し、「小さな少年と黒人は、列車がほとんど見えなくなるまで手を振りあった」（Saroyan, *Human* 4）のである。[7] この文脈において、ムーラッドが盗んだ馬の「白さ」とは、陰画としての「黒さ」

を逆説的にあぶりだすイメージとも捉えうる。それは、トニ・モリスンが『白さと想像力』のなかで述べたように、「アフリカ系の存在が関わってくる際、アメリカ文学に必ず浮かび上がる不思議な白さの表象」（Morrison 32-33）にほかならない。いずれにせよ、ヒッピー・ムーヴメントが公民権運動とも連動していた事実はここに付言しておきたい。

さらに、白い馬の逆説的な人種的含蓄は、セクシュアリティの問題系とも無縁ではありえない。ムーラッドにとって、彼が（アルメニア語で）「マイ・ハート」（Saroyan, *My Name* 14）と呼ぶ白い馬は、最愛の恋人に等しい。実際、ジョン・バイロに自分の「心」を返すことにしたムーラッドは、最後の別れ際、「馬に両腕を巻きつけ、馬の鼻に自分の鼻を押しつけて、ぽんぽんと撫で」ることで（15）、いわば象徴的な抱擁とくちづけを交わしている。（しかも、この馬は牡馬であり、「異性」ではない。そもそも、この短編に描かれるアルメニア人のコミュニティにおいては、アラムの母親をのぞき、女性が登場しない。）人種は異なるが同じ男性のあいだに芽生える友情とエロティシズムは、クーパーやメルヴィルからトウェインの作品に至る古典的アメリカ小説を貫くテーマだが、サローヤンが描く少年と馬との官能的接触は、人種にとどまらず、種さえも越えた関係性を前景化する。

以上、「美しい白い馬の夏」という短編作品が、すぐれて対抗文化的な性格をもち、環境批評から動物研究、あるいはクィア批評など、多様なアプローチに堪えうるテクストであることを検証した。従来、サローヤンの作品は、ユーモアとペーソスにあふれ、人間的ではあるものの、感傷癖に陥りがちで、知的な複雑さに欠けるとみなされてきた。それゆえ、学術的洗練が求められる最前線の批評にはなじまないと思い込まれてしまうのか、そもそもアカデミックな議論の俎上にこれまでほとんど上がってこなかったことも否めない。しかし、知と情の領域を往還するヒッピー文化という参照枠からサローヤンを読み直すとき、その作品は、一九世紀から今日に至る米文学のさまざまな問題意識と批評的可能性に開かれていることが見えてくる。サローヤン文学の歴史性、政治性、そして審美的な多義性について、さらなる批評的考察の進むことが望まれる。

【註】

（1）このリストはむろん、網羅的ではない。たとえば、劇作家のユージーン・オニールを取り上げながら、彼よりも反体制のスタンスが強い劇作家、テネシー・ウィリアムズの項目が立てられていないのは、このリストの選択的な性格を示している。

（2）サローヤンの影響下にある創作者として筆者が主に注目したのは、アメリカ人ではケルアックとサリンジャー、日本人では小島信夫、山本周五郎、そして寺山修司である（舌津 三四四–五七）。

（3）『日本の対抗文化——寺山修司の反体制芸術』を著したスティーヴン・リジリーは、ビート派と（それより世代的に少し若い）寺山との共通点について、どちらも一九五〇年代に登場したこと、ジャズの即興的なモードに心酔したこと、等しくスキャンダラスであったこと、そして対抗文化が花開く一九六〇年代半ばには比較的年長のリーダー的立ち位置にあったことを指摘している（Ridgely vii）。

（4）以下、本稿における「美しい白い馬の夏」（サローヤンの『僕の名はアラム』に収録）からの引用は、柴田元幸訳を参照し、文脈の必要に応じて筆者が部分的に書き換えを施す。従来、この短編は「美しい白馬の夏」（三浦朱門訳）という邦題で日本人読者に親しまれていたが、「白馬」という日本語には「王子様」や異性愛ロマンスや貴族社会の連想が伴う一方、サローヤンが描くアルメニア人たちは、なるほど精神的に高貴であるとしても、極貧生活を送っている以上、「白い馬」というシンプルかつ実直な訳語のほうが、本章第三節で論じる「素朴さ」や「正直さ」の美徳に照らしても、ヒッピー文化に先駆ける作品として読まれるべき本短編のタイトルにはふさわしいように思われる。

（5）本章のはじめに、サローヤンが若きケルアックに与えた影響を確認したが、ステファノ・マフィナは、ケルアックの『田舎町と都会』のなかに、アルメニアの子どもたちを描いたサローヤンの物語を愛するキャラクター（アレクサンダー・マーティン）が登場すること、そしてそれが作者ケルアックの分身といえることを指摘している（Maffina 258）。ビート派の旗手にとっても、サローヤンは、その子どもたちの描き方において魅力的だったようである。

（6）労働を遊びの下位に置く価値観は、ヒッピー文化の鍵概念のひとつである「ドロップアウト」の考え方にも通じている。それはつまり、「仕事、地位や権力を志向する生活の否認」であり、「貧しさ、素朴さと新しい発想の探求」であり、「多数派の社会からの自発的な離脱」（Miller 93）であった。

（7）『オン・ザ・ロード』の語り手サルがフレズノを訪れる際、蒸気機関車の音を聞いてサローヤンを思い出すことから、彼はおそらく、『ヒューマン・コメディ』の冒頭に描かれる少年と黒人のエピソードを念頭においているものと思われる。これについては、拙文（舌津 三四六–四七）を参照。

【引用文献】

Berrigan, Ted. "Interview with Jack Kerouac." *Empty Phantoms: Interviews and Encounters with Jack Kerouac*, edited by Paul Maher, Jr., Thunder's Mouth, 2005, pp. 282-321. Originally published in *Paris Review*, vol. 11, no. 43, 1968, pp. 60-105.

Blaise, Clark. "Kerouac in Black and White." *Selected Essays*, edited by John Metcalf & J. R. (Tim) Struthers, Biblioasis, 2008, pp. 57-64.

Kouymjian, Dickran. "Whitman and Saroyan: Singing the Song of America." *Critical Essays on William Saroyan*, edited by

Harry Keyishian, G. K. Hall, 1995, pp. 72-80.

Maffina, Stefano. *The Role of Jack Kerouac's Identity in the Development of His Poetics*. Lulu.com, 2012.

Maher, Paul, Jr. *Kerouac: His Life and Work*. Taylor Trade, 2004.

Miller, Timothy. *The Hippies and American Values*. U of Tennessee P, 2011.

Misiroglu, Gina, editor. *American Countercultures: An Encyclopedia of Nonconformists, Alternative Lifestyles, and Radical Ideas in U. S. History*, 3 Volumes. Sharpe Reference, 2009.

Morrison, Toni. *Playing in the Dark: Whiteness and the Literary Imagination*. Harvard UP, 1992.

Ridgely, Steven C. *Japanese Counterculture: The Antiestablishment Art of Terayama Shūji*. U of Minnesota P, 2010.

Rising, George. "Hippies." Misiroglu, Volume 2, pp. 378-81.

Saroyan, William. *The Daring Young Man on the Flying Trapeze and Other Stories* (*Selected Works of William Saroyan*, Volume 1). Hon-no-Tomosha, 1994.

---. *The Human Comedy* (*Selected Works of William Saroyan*, Volume 8). Hon-no-Tomosha, 1994, pp. i-x, 1-291.

---. *My Name Is Aram* (*Selected Works of William Saroyan*, Volume 5). Hon-no-Tomosha, 1994.

Theado, Matt. *Understanding Jack Kerouac*. U of Southern California P, 2000.

Travis, Hannibal. "Did the Armenian Genocide Inspire Hitler?" *Middle East Quarterly*, vol 20, no. 1, 2013, pp. 27-35. *Middle East Forum*, www.meforum.org/3434/armenian-genocide-hitler.

サローヤン、ウィリアム『僕の名はアラム』柴田元幸訳、新潮文庫、二〇一六年。

舌津智之「解説」、サローヤン『ヒューマン・コメディ』小川敏子訳、光文社古典新訳文庫、二〇一七年、三三四―六五頁。

第七章　ヒッピーと笑い
――ヴォネガットが愛したドタバタ喜劇

中山 悟視

はじめに

二〇〇七年四月一一日に『ニューヨーク・タイムズ』紙に掲載された、カート・ヴォネガットの訃報を伝える記事を読むと、ヴォネガットの小説が対抗文化と容易に接続される存在であったことが確認できる。

アメリカのカウンターカルチャーの古典となったのは、彼の小説群であり、とりわけ六〇年代と七〇年代の学生にとって、ヴォネガットを文学的アイドルとしたのも、彼の小説であった。学生の穿くジーンズの後ろポケットや、学生の暮らす寮の部屋など、読みあさられたヴォネガットのペーパーバックは、アメリカのいたるところで目にすることができた。(Smith)

右の記事を参照するまでもなく、ヴォネガットは当時の若い世代と対抗文化の運動にとって重要な存在であった。『スローターハウス5』(一九六九年)によって時代の寵児となったヴォネガットは、それ以前から学生を中心に『猫のゆりかご』(一九六三年)がアンダーグラウンドで読まれていたことも相俟って、その後、対抗文化あるいはヒッピー文化の精神的指導者(グル)として認識されていくことになった。たとえば『猫のゆりかご』では、とりわけボコノン教という架空の宗教によって想起されることになるオーソリティへの抵抗や、自由の希求といったテーマや生き方、『スローターハウス

5』に代表される反戦の意識、さらには『ローズウォーターさん、あなたに神のお恵みを』（一九六五年）やその他のエッセイなどで繰り返し提示される「拡大家族」の必要性などを想い起せば、ヴォネガットと対抗文化、ないしはヒッピー文化との結びつきは、なるほど納得のいくものだろう。

六〇年代アメリカにおけるカウンターカルチャー運動のなかでも、「ヒッピー」という存在はとくによく知られたものの一つであった。ケン・キージーをリーダーとするメリー・プランクスターズの共同生活や、その生活を描いたトム・ウルフの『クール・クールＬＳＤ交感テスト』（一九六八年）などによって知られるように、ヒッピーと呼ばれる集団あるいは彼らの運動には、合法的にＬＳＤなどの薬物を服用することで精神的高揚・陶酔を得ようとする、いわゆるサイケデリックな側面があった（McFarlane "Introduction"）。ヒッピーは、愛と平和の精神を標榜する反戦的なメッセージを発信する一方で、ヒッピー暴動やチャールズ・マンソンの殺人事件といった暴力的なイメージがつきまとっていたことも否定できない。しかしながら、ヒッピー文化の先駆的存在ともいえるビート世代の作家たちと比較すれば、ヒッピー現象が醸し出す雰囲気が「よろこび（pleasure）」（David）とも称されるように、前向きな印象を与えてくれる。[1] この前向きなイメージこそが、ヴォネガット自身がヒッピー文化に積極的ではなかったにもかかわらず、[2] 若者がヴォネガットをヒッピー文化に接続する要因となっていたのではないだろうか。

この章では、ヴォネガットが対抗文化の、とりわけヒッピー文化の「グル」と目された理由を、ヴォネガットが育んできた「笑い」と対抗文化的な思想とのつながりから検討してみたい。ヴォネガットが示す対抗文化的でヒッピー文化に親和的な振る舞いは、どういった思想的背景によってもたらされてきたものなのか、ヴォネガットが生涯追求した「笑い」の源泉となったコメディに焦点をあてて論じていく。

一　ヴォネガットが愛したコメディアン

ヴォネガットと笑い、あるいはユーモアについて考える上で、ヴォネガット自身がマーク・トウェインからの影響を自認しているのだが、さらに言えば、これもやはり作家自らが認めているように、「ローレルとハーディ」というコメディアンの存在を抜きにしては語ることができないのではないだろうか。この二人組のコメディアンへの愛着は、『スラップスティック』（一九七六年）がその二人に捧げられていたことによってもっともよく知られているが、同じ頃の言説をまとめた『パームサンデー』（一九八一年）所収のエッセイや「自己インタビュー」でも、ローレルとハーディのドタバタ喜劇の記憶が語られている。ヴォネガットは「自己インタビュー」のなかで、映画での「もっとも滑稽な場面」について次のように述べている。

浅い小さな水たまりとしか見えないところをだれかに渡らせる。ところが、実際には深さ二メートルもあるという場面さ。こんな映画もあったよ。ケーリー・グラントが夜、草地を馬で駆けていく。低い生け垣があるので、ひらりと飛び越えたのはお見事だったが、生け垣の下は六メートルあまりものがけだった。しかし姉とぼくがいちばん気に入ったのは、やはりある映画のなかで、だれかがみんなにお別れのあいさつをしたあと、優雅にドアを開けて立ち去った先が、なんとコート用の押入れさ。男はもちろん、すごすごと出てこざるを得ない——体じゅうハンガーやスカーフをかけた姿で。[3]

（Vonnegut, *PS* 100）

われわれはこの回想から、ヴォネガットがかつて楽しんでいたであろうローレルとハーディの二人組が演じるドタバタ喜劇の一端を垣間見ることができるのだが、その後もこの二人についての言及は後を絶たない。たとえば『青ひげ』（一九八七年）ではラボー・カラベキアンが自作の絵画「さあ、今度は女性の番だ」のなかに、ドイツ軍服を身にまとったエストニア人として二人を描き込んでいるし（Vonnegut, *Novels 1987* 211）、『ホーカス・ポーカス』（一九九〇年）では、サイエンス・フェアーにやってきた主人公ユージン・デブス・ハートキが父親と一緒にいる姿を、この二人のコメディアンになぞらえている（Vonnegut, *Novels 1987* 248）。また、『タイムクウェイク』（一九九七年）では、「ハマグリ焼きパーティ」から五〇ヤード沖で漕ぎ船に乗る二人を確認することができる（Vonnegut, *Novels 1987* 646）。

このような継続的な二人への言及を踏まえるならば、ローレルとハーディへの敬意は、尊敬するユーモア作家トウェインや同時代のコメディアンたち、チャーリー・チャップリンやバスター・キートンに対するよりも強いと感じさせる。さらには、二〇〇五年に出版された『国のない男』のなかでも、ヴォネガットはこの二人について次のように語っている。

わたしは、ローレルとハーディには笑い転げた。彼らのジョークには、かなり悲劇的な要素があったからだ。だが二人のような心やさしい人々は、いまの世界で生き残ることはできない。常に危険な状態にある。あっさり消される可能性もある。

（Vonnegut, *MWC* 4）

ヴォネガットにとって、「笑い」は悲劇的な要素を乗り越えるために必要なものだったが、[4]最晩年になってなお、笑いの力への敬意は消え去ることがない。ヴォネガットが見せた二人の演じるコメディへの情熱は、『スラップスティック』のプロローグで見せたそれと同じものである。ヴォネガットのよく知られた「どうか、愛をちょっぴり少なめに、ありふれた親切をちょっぴり多めに」という言葉は、このプロローグで示されたものだ。それは、ローレルとハーディの喜劇が魅力的で滑稽な理由を語った、彼らへの敬意に基づいて発せられた言葉であり、彼らの「自分たちの運命と真剣に取り組むのを忘れない」姿勢こそが、この言葉の真意と言っても過言ではない（Vonnegut, *Novels 1976* 5-6）。すなわちこの言葉は、ヴォネガット流「メイク・ラブ、ノット・ウォー」とも見なせるのかもしれない。

二人の喜劇については、ローレルとハーディに関する研究書のなかに、ヴォネガットの右の指摘と同様の記述が確認できる。彼らの喜劇は、同時代の多くの喜劇作品と違い、「カタストロフィ」（Bliss xii）で終わっている。彼らの喜劇は、「結婚も、ビジネスも、家も、車も」（xii）最後にはすべて崩壊する。二人の作品がそうした大惨事で終わるにもかかわらず、作品が示す日常生活の細かい描写への配慮によって、ローレルとハーディの苦難には「説得力があり」、それを乗り越えようと努力する二人の姿は、「人の心をひきつける」のだ（Bliss 13）。そして、二人の喜劇は、「その残酷な行動にもかかわらず、二人が見せる否応なしのやさしさによって、魅力的」（xiii）に映り、われわれは彼らとより「親密な関係にある」（xiii）ことを実感させられるのだ。

こうしたローレルとハーディへの評価を踏まえるならば、他のコメディアンよりも二人に対するヴォネガットの思い入れが強い理由も了解されるだろう。

> ぼくはチャップリンに猛烈にほれ込んでいるが、チャップリンと彼の観衆とのあいだにはあまりにも距離がある。チャップリンはあまりにもはっきりした天才だ。彼独自の分野において、ピカソにも劣らぬ才能が輝いていた。それだけに、ぼくには近づけないような感じがするんだな。
> （Vonnegut, *PS* 115）

ヴォネガットにとって、チャップリンよりもローレルとハーディが好みであったのは、喜劇作品と観衆との距離の問題であったわけだが、そのことは、作家ヴォネガットが読者との親密な関係を築いてきたことと無関係ではなかったのだろう。

絶筆を宣言したヴォネガットが、最後に再び小説を書こうとペンを取り、その作品で主人公に据えたのがコメディアンだったこともまた、偶然ではあるまい。

わたしが書き終えることができそうにない『もしいま神が生きていたら』について説明しておこう。さっきも書いたように、主人公はコメディアンで、時代は終末の日。彼が非難するのはわれわれの化石燃料依存症や、化石燃料を麻薬のように売買する連中に加担しているホワイトハウスの面々だけではない。人口が増えすぎていることから、彼は性交にも反対している。

(Vonnegut, *MWC* 117-18)

書き終えることのなかった最後の小説で、ヴォネガットは一人のコメディアンに自身の思いを託そうとした。悲観主義的で、過去と対峙し続けたヴォネガットは、それでもやはり喜劇の力を、笑いの力を信じていたのであろう。笑いこそが、ヴォネガットにとってもっとも重要なものであり、ローレルとハーディという二人のコメディアンのもつ笑いという芸術の力が、ヴォネガットの創作の根源となっていたのである。では、その創作の源となる「笑い」は、対抗文化やヒッピー文化とどのように結びつけられるのであろうか。

二 「笑い」と抵抗

第二次世界大戦でのドレスデン爆撃を経験したヴォネガットが描く小説世界は、その題材ゆえに虚無主義的に捉えられることが多い。扱うテーマの深刻さからか、ユーモアも率直なものよりは、ブラックユーモアという言葉に端的に表れるように、冷笑的なものが目立つ。ニヒリスティックでシニカルな作家という印象が前景化されてきたのは、諏訪部浩一が詳細に論じるように、彼の創作活動が個人的なトラウマとの「戦いの歴史」だったからかもしれない。

ヴォネガットの伝記を著したチャールズ・シールズによれば、大恐慌による社会的地位の急落の後の家族関係のなかで、ヴォネガットはラジオやテレビのコメディアンの話し方をまねることで、人を笑わせる技術を身につけていったとされているが（Shields 27-28）、これは『パームサンデー』での、ヴォネガットによる「ぼくはジョークの言い方を覚えようと思って、ラジオのコメディアンたちのおしゃべりをいっしょうけんめい聞いたものだ」（*PS* 114）という回想を裏書きしてくれる。だからこそ『国のない男』での、「もうジョークを言えなくなったのかもしれない」（Vonnegut, *MWC* 130）という不安は切実である。ヴォネガットが「唯一わたしがやりたかったのは、人々に笑いという救いを与えることだ。ユーモアには人の心を楽にする力がある。アスピリンのようなものだ。」（Vonnegut, *MWC* 130）と回顧する人生において、ヴォネガットは笑いを提供しようと試み続けた。

ヴォネガットが追求した「笑い」について、アンリ・ベルクソンの議論を参照してみよう。その喜劇論とも芸術論ともいえる論考のある箇所で、「笑い」について彼は次のように述べている。

> 要するに笑いは、社会的身体の表面にのこる一切の機械的なこわばりを柔らかく揉みほぐし、しなやかにするのである。したがって、笑いは（無自覚に、しかも多くの個別的事例においては道徳に反してさえも）社会機能全体の向上という実用的な目的を追求しているのである。
>
> （ベルクソン『笑い』第一章）（傍点筆者）

笑いを引き起こす「こわばり」とは、変化や適応をしないでいる怠惰な状態を示しており、ベルクソンは、こわばりのある社会つまり静的な社会体制をやわらげて「矯正する」力が、「笑い」という身振りに見出されると指摘しているのだ。さらにベルクソンが「社会生活に対するこわばり」から笑いが始まる（ベルクソン『笑い』第三章）と述べるとき、われわれは「笑い」が対抗文化やヒッピー文化を支えている可能性に気がつくのではないか。

ヒッピー文化の訴えの根底には、さまざまな「こわばり」を、ときには「道徳に反してさえも」ときほぐそうとする、笑いと同様の効用があるのではないだろうか。戦争ではなく平和を求めるのは、国家同士の政治的、宗教的争いというこわばりに対する抵抗であり、フリーセックスに代表される無秩序にも思える性的欲求は、結婚制度や社会通念といったこわばりへの抵抗である。生活を共にする仲間とのコミュニティこそが重視されることも、民族や人種、宗教といった凝り固まった国家や社会のあり方への抵抗なのではないか。そう考えるならば、笑いとはまさに、メインストリームへの対抗的振る舞いであり、体制批判的なジェスチャーなのである。

笑いが既存の制度への抵抗という要素をもっていることと合わせて、ここで見直しておきたいのは、ローレルとハーディが活躍した時代の「ドタバタ喜劇（slapstick comedy）」というスタイルについてである。ドタバタ喜劇という形式は、いわゆる「体を張った（physical）」笑いの形式の一つであるが、それはアメリカのコメディの歴史において画期的な形式であったと考えられる。というのも、一九世紀末のイギリスやアメリカで、舞台演芸で人気を得た「ドタバタ」形式は、サイレント映画の発展において重要な役割を果たすことになった。サイレント映画では、字幕という制限のある文字情報よりも、顔や体の動きによって物語の展開が提示される方が分かりやすい。そうしたなかで、チャップリン、キートン、ハロルド・ロイドらが、より激しく体を張った「ドタバタ」という形式によって、見てわかる笑いを生みだした。彼らが「変革者（innovators）」として作りあげた「革命的な（subversive）」ドタバタ喜劇は、アメリカン・コメディの中心的存在へと進んでいった（Gallagher）。[5] つまり、ドタバタ喜劇という形式もまた、アメリカ喜劇の歴史においては、まさに対抗文化的な存在であったのだ。

現代社会における悲観的なテーマを扱うヴォネガットの言説には、喜劇的な側面がつきまとう。たとえばヴォネガットの小説には、ブラックユーモアや風刺的要素、さらには辛辣な冗談の多用やドタバタ喜劇的筋立てと、さまざまなかたちで笑いと悲しみを引き出す仕掛けが施されているが、こうした悲劇と喜劇の両面にアクセスしうることが、ヴォネガット文学の魅力の一つであるし、また、ヴォネガット研究者のジェローム・クリンコヴィッツも述べるように、冗談がもつ信頼感とそれを伝える日常的な語り口が、ヴォネガットらしい効果を発揮するのである（Klinkowitz 126）。さらに、ヴォネガットが追い求める「笑い」が、ローレルとハーディのドタバタ喜劇と接続されるとき、ヴォネガットが対抗文化の、ヒッピーたちの指導者とみなされる理由の一つに「笑い」があった、と了解されるのではないだろうか。

三　ヴォネガット小説における「ドタバタ」

ここで、ヴォネガット小説から笑える瞬間を取り上げて、さらに対抗文化、ヒッピー文化との親和性を探ってみたい。笑いの絶えないスピーチの名手として知られるヴォネガットであるが、小説にも笑える場面はいくつも見いだせる。『ローズウォーター』の一場面を紹介しよう。主人公エリオット・ローズウォーターは、自分の事務所に二台の電話を置いている。黒い電話はローズウォーター財団の電話で、エリオットは誰からの電話に対しても「なにかお力になれることは?」とつねにやさしく問いかけける。もう一つの赤い電話は火災報知専用で、消防本部へのホットラインとして使われている。あるとき、事務所の赤電話が鳴る。消防本部へつながる非常ボタンを押す身構えをしていたエリオットだったが、電話の主がよく知る売春婦だと分かった刹那に彼女を罵倒する。

「ばかやろう、なんでこの番号にかけた! きさまなんか、ブタ箱へはいって腐れ死ね! 消防本部へ私用の電話をかけるようなふざけたやつは、地獄へ堕ちて火あぶりになるがいい!」ガチャンと受話器を置いた。

それから数秒後、こんどは黒電話が鳴り出した。

「ローズウォーター財団です」エリオットはやさしくいった。「なにかお力になれることは?」

「ローズウォーターさん、——メアリ・ムーディーです。またかけました」彼女はすすり泣いていた。

「おやおやいったいどうしたんだね?」

エリオットはほんとうに知らなかった。彼女を泣かせたやつがだれであれ、そいつを殺してやりたい思いだった。

(Vonnegut, *Novels and Stories* 304)(傍点筆者)

消防への連絡は急を要する事態が想定され、不要不急な電話の主が暴力的な物言いをされるのは当然であるし、また、慈善活動のための電話対応が必要以上に親切になったとしても何ら不思議なことではない。しかしながら、慈善事業家でありながらアル中の浮浪者であるエリオットが見せるこの一人二役のような態度の急変は、ローレルとハーディが引き起こすドタバタ喜劇の笑いの構造を彷彿させる。

もう一つ例を挙げよう。『猫のゆりかご』は、世界の終わりという悲劇的なテーマが、ユーモラスに語られる初期の傑作である。出版当時はほとんど読まれなかったが、六〇年代後半になると大学生を中心に、若者に、ヒッピーに愛読された。ヒッピー文化との親和性を考えてみると、コミューンを想起させるサン・ロレンゾ島の生活や、フリーセックスを想起させるボコノン教の秘儀「ボコマル」など、容易に確認されるのだが、それに加えて、言葉遊びやユーモアに溢れた語り口が印象的である。語り手ジョンが、あるパーティで出会った詩人のクレブスに、二週間にわたって自分のアパートを貸すことになった。二週間後に、アパートに帰ったジョンが見出したのは、「虚無的な放蕩」によってめちゃくちゃにされた自分の部屋の成れの果てであった。

　クレブスの姿はなかった。だが去るにあたって、彼は三百ドルにのぼる長距離電話をかけ、長椅子に五ヵ所の焼けこげをつけ、猫を殺し、アボカドの木を枯らし、薬棚の戸を引きちぎるという所業をなしていた。
　彼はキッチンの黄色いリノニウムの床に、何かで――あとでそれは大便とわかったのだが――

こんな詩を書いていた。
うちにはキッチンがある
けれど完全なキッチンじゃない
もひとつ浮かれた気がしないのは
そのせいだ
ディスポーザーがないからだ

(Vonnegut, *Novels and Stories* 54)

ベッドの近くの壁紙には別の落書きがあり、さらに猫の死体の首には、一枚の札がかかっていて、それには「にゃあ」と書かれていた。語り手の部屋は、クレブスによって好き放題に荒らされて、飼っていた猫まで殺されて、部屋には大便で落書きまでされる始末である。料金など気にせずに電話を使われ、部屋だけでなく、猫も植物もすっかり台なしにされている当事者としては笑えない状況なのだが、札に書かれた「にゃあ」に読者は思わず笑いを引き起こされてしまう。

教祖が最後に自殺を図ることが示唆されて終わる『猫のゆりかご』は、最後まで人を食ったような笑いに貫かれている。その自死を遂げる最後の姿が、「天にいる誰かさん」を馬鹿にするジェスチャーなのは、ジョーク満載の小説の見事な締めくくりといえよう。以下に示すのは、ヴォネガットが笑いを描くことの難しさについて語ったものである。

笑えるジョークはむつかしい。たとえば、『猫のゆりかご』にはとても短い章がいくつもある。

ひとつひとつが一日がかりの仕事で、どれもジョークだ。もしわたしが悲劇的な状況を書いていたなら、章を細かく区切って、それぞれがうまくいっているかどうか時間をかけて確かめる必要はなかっただろう。悲劇的な場面でしくじることはまずない。（中略）しかしジョークは、ネズミ取りの罠を一から作るようなもので、ここというときにバチンとばねがきくように作るのはとても大変だ。（*MWC* 128）

六〇年代に書かれた右記の二つの小説は、『スローターハウス５』の成功に先立って若者に読まれ、ヴォネガットはさながら教祖ボコノンのように、ヒッピーたちの教祖的存在として崇められるようになっていく。こうした背景には、ヴォネガット小説にある笑いやユーモアの要素が大きく影響していたのではないだろうか。だからこそ、こわばった社会や宗教などに対する、抱腹絶倒のユーモアが、ヒッピー世代の若者に受容されたのである。

四　時代が愛した作家ヴォネガット

ヴォネガットを対抗文化に、とりわけヒッピー文化に接続しているものの一つは、その同時代性であろう。一九六九年は『スローターハウス５』出版の年であると同時に、ウッドストック・フェスティバルが開催され、さらには、チャールズ・マンソンによる無差別殺人事件が起こり、ベトナム戦争に対する反戦運動が高まるさなか、対抗文化的な動きとともに、「ヒッピー」が大いに取りざたされていく年でもあった。そんな折に出版した『スローターハウス5』の成功によって、多くのヒッピーがヴォネガットに会いにやってくるようになったことを、シールズの伝記は次のように記している。

ある日訪ねてきたヒッピーたちのなかに、若い作家のスティーヴ・ダイアモンドと、リバレーション・ニュース・サービスの発起人のひとり、レイ・マンゴー、ふたりの友人で「ベイステートの平和詩人の女王」ヴァランダ・ポーシュがいた。三人ともヴァーモント州ギルフォードのコミューン、トータル・ロス・ファームに住んでいて、後ろにしたがえていた巡礼者の多くもそうだった。（Shields 257）

ヴォネガットは、ヒッピーの巡礼者を受け入れた。しかし、ヴォネガットがヒッピー文化をけん引していたということは考えにくい。このことはシールズによる伝記からも伺えることだが、むしろヒッピーたちが積極的にヴォネガットの言説のなかにヒッピーらしさを見出していたと考える方が自然であろう。たとえば、一九六五年結成のロックバンド、グレイトフル・デッドのジェリー・ガルシアは、『タイタンの妖女』（一九五九年）の映画化権を購入していたとされる。彼は、ヒッピー文化全盛前の五〇年代に書かれたヴォネガット作品に、ヒッピー的な理想を見出したのだ（Ellis）。このことから分かることは、小説やエッセイなどヴォネガットのさまざまな言説からは、体制批判や反戦思想といったいわゆる対抗文化的な要素が容易に読み取れる、ということだ。しかしながら、ヴォネガットは、トム・ウルフやセオドア・ローザックのように、実際にコミューンに身を投じたり、現実のヒッピーの生活ぶりを書き記したりするわけではなかった。むしろ、後に妻が傾倒した（ヒッピーの三大グルといわれたマハリシ・マヘシュ・ヨギの超越瞑想に不満を抱き、夫婦関係に影響したと言われている（*WFG* 31-41; Shields 234-35）。このように、ヴォネガットが自身にヒッピー文化的な要素を見出すことは難しかったが、時代の趨勢がヴォネガットにヒッピー文化の指導的立場を与えたのだ。

ヴォネガットの対抗文化あるいはヒッピー文化との親和性は、多くの小説で展開されるいくつもの要素を踏まえれば、疑う余地もないのかもしれない。しかし一方で、ヴォネガットが対抗文化やヒッピー文化を牽引するほどの主導的活動をしていたとは言い難いこともまた事実である。だが、それにもかかわらず、ヴォネガットの小説世界やさまざまな場面での言説に立ち戻ってみると、その多くが対抗文化的側面を孕んでいることもやはり否定しがたい。そこで、本章では、ヴォネガットの創作意欲の源である「笑い」に焦点をあて、笑いと対抗文化あるいはヒッピー文化との接点を探ってみた。

ある批評家に従えば、ポストモダンのユーモアは、文学の規範に抵抗し、打倒しようと試みるものとして特徴づけられこそするが、そこに快楽以上の動機はないと考えられている（Brown 171）。ポストモダンの芸術が目指すのは、権力構造の無化であり、それ自体がよろこび（pleasure）なのである。ポストモダニズムは、『反逆の神話』のなかで、ヘロイン、ジャズ、ロック、マリファナ、あるいはホモセクシュアリティ、アフロヘア、異人種間のセックスなどと一緒に、過去五〇年間に「破壊活動的」と考えられたものとして、同列に扱われている（ヒース＝ポター 九五）。六〇年代の対抗文化の時期にポストモダニズムが表面化してきたことや（MacFarlane "Introduction"）、客観的な真実の不在や、唯一絶対の権威の不在といったポストモダンの特徴を振り返るとき、なるほどヴォネガット小説などのポストモダン文学が、対抗文化と親和性が高いことにも納得がいくもので（Brown 171-72）、それはすでに自明のことかもしれない。しかし、本章では、従来のヒッピー文化の特徴である「愛と平和」の主張や、権威に対する「反逆」そのものよりもむしろ、これまで検討されてこなかった「愛と平和」を支える「笑い」が、そしてその根源的にものごとを矯正する「笑い」の力が、対抗文化あるいはヒッピー文化をヴォネガットと接続していた可能性について考察した。ヒッピーがヴォネガットに求める要素と、ヴォネガットのヒッピー的要素の交点には、「笑い」があったのではないだろうか。そしてヴォネガットの笑いの源泉としての「ローレルとハーディ」のドタバタ喜劇には、対抗文化やヒッピー文化を醸成する空気がすでに流れていたのかもしれない。

【註】

（1）ここで“pleasure”を「よろこび」と訳しているのは、ヒッピー文化を特徴づける「快楽主義」と区別するためである。一般的に開放的な性と快楽主義が結びつき、ヒッピーといえば野放図な性行動というイメージが強化されてしまったが、ここでは広い意味での快楽、すなわち「よろこび」とした。

（2）ヴォネガットがヒッピー運動にどの程度好意的だったかについては、近しい人たちの証言に依拠するほかなく、ここでは友人で作家の Wakefield の記述を参照した。

（3）本稿における引用は、リストに記載があるものについては翻訳書を参照し、必要に応じて筆者が部分的に書き換えた。

（4）ヴォネガットは笑いについて「笑いと涙とは共に、挫折感や疲労感への反応であり、これ以上考えても努力しても無駄だという空虚感への反応である」（*PS* 327-28）と述べている。

（5）ヴォネガット作品における「体を張った」(physical) コメディについての論考としては、Beckを参照した。また、ドタバタ喜劇（slapstick comedy）の定義、およびその歴史や議論については、主にGallagherとMcDonaldを参照したが、Winterの記事とそれを受けて書かれたBrodyの議論も役に立った。

【引用文献】

Beck, Günter. "Slapstick Humor: Physical Comedy in Vonnegut's Fiction." *Studies in American Humor*, no. 26, 2012. pp. 59–72. JSTOR, www.jstor.org/stable/23823832

Bliss, Michael. *Laurel and Hardy's Comic Catastrophes: Laughter and Darkness in the Features and Short Films*. Rowman & Littlefield, 2017.

Brody, Richard. "The Demise of Physical Comedy." *The New Yorker*, 19 Jun. 2017, www.newyorker.com/culture/richard-brody/the-demise-of-physical-comedy

Brown, Kevin, "A Launching Pad of Belief: Kurt Vonnegut and Postmodern Humor." *Kurt Vonnegut*. New ed. Bloom's Literary Criticism, 2009.

David, Gans. "The Burden of Being Jerry." *San Francisco Focus*. Nov. 1996, Grateful Dead, Jerry Garcia. Rock's Backpages, www.rocksbackpages.com/Library/Article/the-burden-of-being-jerry

Ellis, Iain. "Kurt Vonnegut: Our Reluctant, Agnostic, Hippy Guru." *Pop Matters*. 19 Apr. 2016, www.popmatters.com/kurt-vonnegut-our-reluctant-agnostic-hippy-guru-2495438562.html

Gallagher, Chris. "The Evolution of Slapstick – *Dumb and Dumber*." *Warpedfootage.com*. 8 Jan. 2016, warpedfootage.com/2016/01/08/the-evolution-of-slapstick-dumb-and-dumber/

Grant, Barry Keith. *Schirmer Encyclopedia of Film*, 4 Volumes. Schirmer. 2007.

Klinkowitz, Jerome. *The Vonnegut Effect*. U of South Carolina P, 2004.
MacFarlane, Scott. *The Hippie Narrative: A Literary Perspective on the Counterculture*. 1969. McFarland, 2007. Digital.
McDonald, Tamar Jeffers. "Slapstick Comedy." *Grant*, Volume 4, pp. 87-91.
Smith, Dinitia. "Kurt Vonnegut, Writer of Classics of the American Counterculture, Dies at 84." *The New York Times*. 11 Apr. 2007, www.nytimes.com/2007/04/11/books/11cnd-vonnegut.html
Shields, Charles J. *And So It Goes: Kurt Vonnegut: A Life*. Holt, 2011.（『人生なんて、そんなものさ――カート・ヴォネガットの生涯』金原瑞人他訳、柏書房、二〇一三年）
Vonnegut, Kurt. *A Man Without a Country*. Ed. Daniel Simon. Seven Stories, 2005.（『国のない男』金原瑞人訳、NHK出版、二〇〇七年）
---. *If This Isn't Nice, What Is? (Much) Expanded Second Edition: The Graduation Speeches and Other Words to Live By*. Ed. Dan Wakefield. Seven Stories, 2016.
---. *Novels and Stories 1963-1973*. Ed. Sidney Offit. Library of America, 2011.（『猫のゆりかご』伊藤典夫訳、早川書房、一九七九年／『ローズウォーターさん、あなたに神のお恵みを』浅倉久志訳、早川書房、一九八二年）
---. *Novels 1976-1985*. Ed. Sidney Offit. Library of America, 2014.
---. *Novels 1987-1997*. Ed. Sidney Offit. Library of America, 2016.
---. *Palm Sunday*. 1981. Dell, 1984.（『パームサンデー』飛田茂雄訳、早川書房、一九八九年）
---. *Wampeters, Foma, and Granfalloons (Opinions)*. 1974. Dell, 1989.
Wakefield, Dan. "Introduction." Vonnegut, *If This Isn't Nice, What Is?* pp. i-vii.
Winter, Max. "Slapstick Last: Why a Modern-Day Harold Lloyd Is Unthinkable." *RogerEbert*, 26 Jan. 2013, www.rogerebert.com/demanders/slapstick-last-why-a-modern-day-harold-lloyd-is-unthinkable
ベルクソン、アンリ／ジークムント・フロイト『笑い／不気味なもの』原章二訳、平凡社ライブラリー、二〇一六年。

［キンドル版］、検索元 amazon.co.jp
ヒース、ジョセフ＆アンドルー・ポター『反逆の神話——カウンターカルチャーはいかにして消費文化になったか』栗原百代訳、ＮＴＴ出版、二〇一四年。
諏訪部浩一『アメリカ文学との邂逅——カート・ヴォネガット　トラウマの詩学』三修社、二〇一九年。

第Ⅱ部——抵抗とメディア、抵抗のメディア

第八章　ウッドストック世代のロックとその先輩たち

村上　東

一　はじめに　対抗文化、世代論、ロック

ヒッピー世代からみて一時代前のビート世代であれば、ジャズの話が中心となろう。当時から多くの読者を獲得し現在でもよく読まれているジャック・ケルアック（Jack Kerouac）の作品にはジャズへの言及がじつに多い。チャーリー・パーカー（Charlie Parker）を神々しい存在として謳いあげる詩集『メキシコ・シティ・ブルーズ』（*Mexico City Blues*, 1955）などはジャズ讃歌である。自伝に近いといわれる小説『荒涼天使たち』（*Desolation Angels*, 1956）には、合州国から来た滞在者へのサービス精神でロックンロールをやるメキシコ人に対する違和感さえ描かれている。ピート・シーガー（Pete Seeger）などが民衆文化、民衆の主張を前景化するフォーク・ソング。アラン・フリード（Alan Freed）が自分のラジオ番組で広め定着させたロックンロール。ともに同時代の音楽であったとは申せ、ジャズは別格であり、芸術であった。詩人でブラック・ナショナリズムの論客としても活躍したアミリ・バラカ（Amiri Baraka）はセシル・テイラー（Cecil Taylor）などジャズの前衛を持ち上げる。伝達が速いレコードやラジオの時代になったこともあるにせよ、ヨーロッパ白人のクラシック音楽が二百年もかけてたどり着いた無調の世界、実験の領域にわずか五十年ほどで踏み込んだ事実は大書特筆すべきであろう。そのようにしてクラシックと同水準に達したジャズに較べれば、ロックンロールとは十代の子供たちの踊りの音楽でしかなかったかも知れない。そのロック（ンロール）が、器楽としての側面も歌詞も充実させ、社会的地位を高めてゆくのがヒッピー世代、言い換えれば対抗文化の

時代である。

ヒッピー世代の音楽を概観せよ、と依頼されているのだが、典型的な例、代表的な曲を挙げること（それらは後述する）は容易であっても、ここまでがヒッピー世代だといった明確な線引きはむずかしいので、敢えて定義や線引きを試みないことをお詫びしておきたい。六〇年代後半を中心としてロック、あるいはロック周辺の音楽を概観する作業に絡めて、六〇年代後半の音楽にとって先達であり栄養源であった過去に遡ることで課題に応えたいと思う。

ヒッピー世代の話になるとき、私たちがほぼ必ず思い出す出来事に一九六七年のモンタレー・ポップ（the Monterey International Pop Festival）や一九六九年のウッドストック（the Woodstock Music & Art Fair）に代表される大規模な野外ロック・コンサートがある。舞台のうえにも観客席にも長髪でジーパンの若者ばかりであり、映像や写真はずばりあの時代を伝えている。音からも六〇年代後半のロック、ロック周辺の音楽がどのようなものであったか、具体的に知ることができよう。

しかし、ロックは対抗文化でクラシックは保守といった強引な単純化でもするのならば話は別だが、歌われた歌、演奏された曲のすべてが対抗文化（的）だと見做すことはできない。生き方、考え方も音楽もヒッピー的、対抗文化的と見做せる人間ばかりではないのである。二、三、例を挙げれば、ウッドストックに出ていたザ・バンド（the Band）やシャナナ（Sha Na Na）といった音楽家は保守的な人間だったし、一夫一婦制に囚われない生き方（“Stone Free”）や因習からの自由（“If Six Was Nine”）を高らかに歌いあげていたジミ・ヘンドリクス（Jimi Hendrix）も合州国の軍事外交政策には賛成だったといわれる。また、終生合州国社会を批判し続けたフランク・ザッパ（Frank Zappa）の場合もヒッピー、新左翼とは異なる。麻薬には断固反対であったし、民主党左派の支持者であり、当時彼のレコードの内袋には「必ず登録して大統領選に投票しよう」と印刷されていた。

もちろん、時代を代表する歌詞を書いた音楽家もそうした野外コンサートに出演していた。ベトナム反戦運動といえばカントリー・ジョー・マクドナルド（Country Joe McDonald）の「アイム・フィクシン・トゥ・ダイ・ラグ」（"I-Feel-Like-I'm-Fixin'-To-Die Rag"）だが、彼はモンタレーでもウッドストックでもこの曲を歌っているし映像も残っている。また、一夫一婦制に囚われない恋愛の讃歌「愛への讃歌」（"Love the One You're With"）の作者であるスティーブン・スティルズ（Stephen Stills）や現在まで反戦集会の常連であるグレアム・ナッシュ（Graham Nash）を含むクロスビー・スティルズ・ナッシュ・アンド・ヤング（Crosby, Stills, Nash, and Young）もウッドストックに登場する。反戦、反政府運動の組織者、扇動者であったアビー・ホフマン（Abbie Hoffman）も壇上に立っている。ウッドストックなどの野外コンサートが、ヒット・チャート上位百曲などに較べれば、はるかに対抗文化の色彩が濃いことは確かだが、対抗文化一色に染まっていたわけではないことは押さえておくべきであろう。

念のため、つけ加えておくと、合州国のクラシック音楽産業は強大であり、合州国の人間はロック、ソウル、カントリーばかり聞いていると思うのは、ドイツ人はベートーベンやブラームスばかり聞いていると思うのと同程度の勘違いとなろうか。交響曲を演奏できる楽団がある町は多いし、子供たちがスーザなどの行進曲を学ぶ鼓笛隊に入る機会も少なくない。プロテスタントの信仰を歌うクリスチャン・ミュージック（音だけならポップスやロックと同じ）も無視できないジャンルである。

ロックは、合州国の文化ナショナリズムの重要な要素であり、外国が買ってくれるソフト・パワーではある。しかし、合州国全土を呑み込んだわけではなかったし、今も違う。ウッドストックなどの野外コンサートの成功が示していることは、むしろ、少数の好き者が穴倉のような場所で酔いしれ踊り狂っているだけの音楽が四桁、五桁の動員力を獲得するようになったこと、ビートルズに代表される英国勢の活躍（ビートルズの場合、世界制覇と言っても過言ではなく、史上初の衛星放送で歌ったのも彼らである）で苦戦していたご本家合州国のロックが多少なりとも失地回復をみせたこと、それらが前記の野外コンサートの意義ではなかったか。

もう一例、ロックと対抗文化、殊に政治運動との関連をみておこう。アビー・ホフマンの盟友で、多くの街頭活動に関わり、ニュースに登場することも多かったジェリー・ルービン（Jerry Rubin）に『DO IT! 革命のシナリオ』（*DO IT! Scenarios of the Revolution*, 1970）と題された反戦、反政府運動の入門書がある。彼または彼が同志と考える人間が関わった（警官隊との衝突などの）活動を、多くの場合反体制の勝利として紹介しており、ウッドストックに触れた箇所もある。

ニューヨーク州ホワイトレイクで行われたウッドストック・コンサートは良かったね。四十五万人もの仲間が入場券なしで会場に入ろうとした、けれども、資本主義者どもは奴らを締め出せなかった。音楽から若者を遠ざける塀を俺たちの仲間は乗り越えた。
資本主義の豚野郎は、ロックからの儲け回収のため、手荒いまねをすることはなかった。俺たちは本能的にもっているものを分かち合う。恐れることもわがままもない。三日間、俺たちは会場を支配し自治を行う。

　俺たちは、無料の食堂をやって、喰い物を売って搾取する資本家に勝利した。体を寄せ合って雨をしのいだ。集まった若者の数は凄く、俺たちが持っているチカラを実感した。自然発生的な無政府主義の勝利。「俺たちが負けることなんかない」とつくづく思ったよ。（二三七）

読者を反体制運動へと誘う論法が読み取れるが、入場料を踏み倒したことを革命的だと言われても困る。

　記録的な数の若者が、事件らしい事件もなく、三日間音楽を楽しんだという事実は、ロック・ファンだって良識ある普通の人間だ、ということを示しているし、（ウォークマンなどの機器で音楽を聴くような）若者には文化など期待できないと主張する『アメリカン・マインドの終焉』（*The Closing of the American Mind*, 1989）の著者アラン・ブルーム（Allan Bloom）のような保守に対しては批判、反証となろう。とはいえ、デモ隊が機動隊の暴力に阻まれるといったニュースが続く時代にこのコンサートは驚きや希望を呼び起こした。ウッドストックの三日間を合州国社会が平和へ歩みだす象徴的な一歩とする“Woodstock”をジョニ・ミッチェル（Joni Mitchell）は書いている。

　しかし、同じ野外コンサートでもオルタモントでは殺人事件が起きているし、コミューンと呼ばれたヒッピーの集団生活のなかには連続殺人事件を起こした例もある。その事件は日本語では被害者となった女優の名前を取ってシャロン・テート事件と呼ばれたが、教祖として集団を束ねていた主犯のチャールズ・マンスン（英語では事件も彼の名から the Charles Manson Slayings と呼ばれる）はロック・ファンだった。人間は（もちろん若者も）間違いを犯す可能性がある、という残念だが当たり前の真実を確認せざるを得ない。ビート世代の詩人、美術批評家エド・サンダーズ（Ed Sanders）は、この連続殺人事件を重く受け止め、周到な取材のうえで本にまとめている（*The Family*, 1971）。ちなみに、ノーマン・メイラーの反戦運動ルポ『夜の軍隊』（*The Armies of the Night*, 1968）に登場するザ・ファグズ（the Fugs）は彼も属していたバンドで、編集物も含めれば二十枚近いアルバムを出しており、彼と彼の人脈はビートからヒッピーをつなぐ存在と見做せよう。

もう一点、ルービンの前掲書でみておきたいのは、ロックを世代論に絡めていることである。

> エルビス・プレスリーはまだ内気で若くこれから目覚めてゆく俺たちを刺激してアイク・アイゼンハワーにひと泡ふかせた。激しい動物的なロックのエネルギーが熱く体を突き抜け、揺り動かし、あのリズムが押さえつけられていた情熱を解放してくれた。
>
> 精神を解き放つ音楽
>
> 俺たちをひとつにつなぐ音楽
>
> バディ・ホリー、コースターズ、ボ・ディドリー、チャック・ベリー、（中略）俺たちに命とビートを与え、解放してくれたのは奴らだ。エルビスが、自由に生きろ、と教えてくれたんだ。（一八）

ブラック・パンサー党のエルドリッジ・クリーバー（Eldridge Cleaver）の序文に続く第一章の書き出しは「俺はアメリカの子。革命という罪で死刑になるなら最後の食事はハンバーガー、フライド・ポテト、コカコーラにする」であり、ルービンは自分が合州国市民であることを強調する。合州国の若者に対するロックの恩恵を謳うのは、仲間意識の強調という側面も持っていよう。と同時に、「三十歳以上を信用するな」を繰り返して世代の差を強調し、ロック・バンドを集会に動員し、自身もロック・コンサートで演説し、ロックを利用していた。

いかなる音楽でも興奮や安堵感をもたらしてくれる可能性がある。趣味の問題と言ってもいいかも知れない。年齢が上のケルアックにとってはジャズ（殊にビバップ）が解放の音楽であったし、アントニー・バージェス（Anthony Burgess）原作、スタンリー・キューブリック（Stanley Kubrick）監督の映画『時計じかけのオレンジ』（*A Clockwork Orange*）ではベートーベンが快楽の源泉であった。しかし、腰に来る、全身が動いてしまう音楽として、そしてさらに重要だが若者の音楽として、ロックが享受されてきたのは事実であり、ルービンはその点を利用しているのである。改めて確認せずとも、ヒッピー世代、対抗文化の音楽はロック、という社会通念に基づいて議論を進めても良かったのかも知れない。しかし、良かれ悪しかれ時代を代表する活動家の世代論（世界中に米軍基地を建設した冷戦に別れを告げようとする活動をロックを愛する若者なら理解できようということであろうか）に不可欠な要素となっている点を押さえておきたい。

まだ問題は残っている。まず、ロック・バンドが演奏するものがすべてロックだ、とは言えないことである。踊れる騒々しい曲だけではなく、静かなもの、いわゆるフォーク調のものもレパートリーに含まれることがほとんどである。また、チャック・ベリー（Chuck Berry）やリトル・リチャード（Little Richard）が繰り返し使ったパターン、ブギ（ウギ）とも呼ばれ、ズズ・チャチャ、ズズ、チャチャチャという擬音を当てるパターンだけがロック（ンロール）であると狭く具体的な定義を設けてしまうのなら、開祖だってそれだけに終始していたわけではないし、ロックという包括的で便利な呼び方も不適切となろう。また、ブギ（ウギ）はアラン・フリードがロックンロールという名称を定着させる以前から黒人音楽のさまざまな分野にみられる。ジャズだけをみても、ライオネル・ハンプトン（Lionel Hampton, "Hamp's Boogie Woogie"）やチャーリー・クリスチャン（Charlie Christian, "Grand Slum"）などに例があるし、服部良一と笠置シヅ子の「東京ブギウギ」も一例である。従って本稿では、当時のロック・バンドが演奏した音楽を主たる守備範囲としたい。

さらにひとつ。この時代のロックとは大抵の場合白人のロックを指し、共通する要素が多々あっても、白人のロック音楽家にとって師匠格であっても、黒人音楽はソウルなどの別の名称で呼ばれ、別のジャンルとされる。下積み時代にはソウル系をやっていたジミ・ヘンドリクスは長らくジャンル論の対象でもあったし、ギル・スコット・ヘロン（Gil Scott-Heron）も区分がむずかしい存在であろう。

繰り返しになるが、明確な定義や区分が困難であるため、モンタレー、ウッドストックという時代を代表する野外コンサートの出演者を念頭に置き、彼ら彼女らの活動にとって先達と呼べる過去をみてゆきたい。

二　ロックを育てたふたりの姉

本書はヒッピー世代の先輩格にあたる文学者に焦点を当て、継承されたもの、変化していったものをみてゆく企画である。では、六〇年代後半のロックとその周辺の音楽にとって先達と呼ぶべき存在は誰か。もちろん、五〇年代後半のロックンロール、そしてその周辺の黒人ブルーズ、リズム・アンド・ブルーズはまず挙げるべきであろう。クラシックのベル・カントと呼ばれる発声法、あるいは日本の民謡こそが「歌う」ことであるのなら「叫ぶ」(ビートルズの評伝の題名"Shout!"ともなっている)と形容される発声法は、西ヨーロッパの白人音楽文化由来ではなく、アフリカ系アメリカ音楽の直接的な影響なしでは考えられない。モンタレーに出演し、その「叫び」でロックの歌唱はかくあるべしというお手本を示し、注目されたジャニス・ジョプリン(Janis Joplin)の持ち歌はリズム・アンド・ブルーズあるいはソウルに分類されるアフリカ系歌手のものが多い。そして、歌いながら語る、語りながら歌う独自の唱法を確立したとき残念ながら早死にしてしまうのだった。

クロスビー・スティルズ・ナッシュ・アンド・ヤングの前身(スティルズとヤングが在籍)といえるバッファロー・スプリングフィールド(Buffalo Springfield)の二枚目のアルバム『アゲイン』(*Again*, 1967)のジャケットには彼らに影響や刺激を与えたとされる先達、仕事仲間、ライバルの名前が六十以上も列挙されている。そのなかにはチャック・ベリー(ロックンロール)、ジョン・リー・フッカー(John Lee Hooker)、ジミー・リード(Jimmy Reed ともにブルーズ)、オーティス・レディング(Otis Redding ソウル)、ジョン・コルトレーン(John Coltrane ジャズ)といったアフリカ系音楽家の名前がある。また、黒っぽい栄養を北米の白人以上に吸収し大スターとなったローリング・ストーンズやビートルズ(リンゴ・スターが代表で出ている)の名もみられる。そして、無視できないのはフォークやカントリーの大物たちも名を連ねていることであろう。フォークでは、ピート・シーガー、キングストン・トリオ（the Kingston Trio）。カントリーでは、ドク・ワトスン（Doc Watson）、ハンク・ウィリアムズ（Hank Williams）、チェット・アトキンズ（Chet Atkins）。こうした白い栄養のおかげでアフリカ系音楽のコピーではない独自の達成が可能となるのである。それだから、合州国白人のロックという今に続く伝統があるのだ。

アフリカ系音楽の伝統は殊更に重要だが、フォーク、カントリーなどのジャンルに入る、ヨーロッパ白人音楽（寄り）の流れもロック・バンドにとってはほぼ必須の栄養素である。この白っぽい流れは現在「アメリカーナ」と呼ばれることも多い。クロスビー・スティルズ・ナッシュ・アンド・ヤングも典型である。（カナダ人とはいえ、若い頃から現在まで合州国のロックの世界で活躍してきた）ヤングもこのアメリカーナに連なる存在だが、スティルズには『マナサス』（*Manassas*, 1972）と題された、アフリカ系とヨーロッパ系の二大潮流に立脚し、ジャンルで言えばロックもカントリーもラテンなども生かしつつ創造したアメリカーナを代表する傑作がある。源流としてはアフリカ（本当はインドネシア辺りまで視野に入れて環インド洋音楽文化圏とすべきであろう）と西ヨーロッパであろうが、ふたつの流れからさまざまなジャンルが生まれ、変化と交雑を繰り返しながら現在に至るのであり、ヒッピー文化と同時代のロックとは、その歴史の一地点、一空間なのである。

乱暴に、黒い流れ、白い流れ、と分けてしまったが、奴隷がアフリカの音楽をそのまま歌い演奏することは許されなかった（教わった、あるいは命じられたヨーロッパ系列の音楽をやるうちに自分たちの感性を盛りこみ発展させたのだった）し、ヨーロッパ由来の白い流れもアフリカ系の恩恵を多大に受けつつ発展してきたものである。

伝統や因習と敵対していそうなヒッピー世代のロックを論じるときに保守的な地域で人気の、合州国文化の保守的な面を代表しているカントリー・アンド・ウェスタンを云々するのは奇妙だと思われるかも知れない。しかし、「カントリー音楽の父」と呼ばれるジミー・ロジャーズ（Jimmie Rodgers）には触れておきたい。真っ白い保守的なジャンルと思われがちなカントリーだが、その出発点となった彼の音楽はアフリカ系の要素なしでは成り立たなかったからである。音楽が仕事になる前はミシシッピ州の線路工夫であり、アフリカ系音楽の恩恵に浴する環境で暮らしていたと言われる。彼の看板となった「ブルー・ヨーデル」物と呼ばれる一連の歌はアフリカ系のブルーズが元になっている。ドレミファソラシドの全音階にはない、ブルーズの五音音階（ブルー・ノートと呼ばれる音で、カントリーの下位区分ブルーグラスの「ブルー」の語源である）から来た音も含まれる。極めつけは「ブルー・ヨーデル、ナンバー9」（"Blue Yodel No.9"）で、いきなり聴くとベシー・スミス（Bessie Smith）あたりを思い浮かべるひとが多いのではなかろうか。歌詞に描かれるのもアフリカ系の暮らしなら伴奏もコルネットがルイ・アームストロング（Louis Armstrong）、ピアノが当時の妻リル（Lil Hardin Armstrong 一説にはアール・ハインズ）で、ジャズの著名人が脇を固めている。この白いようで黒い世界こそアメリカーナだ。ロジャーズの曲はカントリー分野の重要なレパートリーとなっていることはもちろんだが、ウッドストックにも出演したジョン・セバスチャン（John Sebastian）をはじめ多くの人間が歌ってきた。ラルフ・エリスン（Ralph Ellison）の小説『見えない人間』（*Invisible Man*, 1952）に、目玉商品である白いペンキの白さを際立たせるために黒いペンキをちょっとだけ混ぜる話が出てくるが、合州国の音楽はちょっとだけでは済まない。蛇足ながら、バンジョーというとカントリーを代表する楽器と思われがちだが、もともとはアフリカ由来である。カントリーが南部白人保守層の音楽産業として成長するうちにその事実は忘れられて（あるいは隠されて）ゆく。朝鮮半島音楽文化の恩恵を受けた古賀政男の古賀メロディーがいつの間にか演歌の心、日本人の魂とされてしまったことと似ていよう。

カントリー音楽の大物で、プレスリー以前は合州国の大衆音楽を代表していた感のあるハンク・ウィリアムズにも黒い要素は濃厚である。次の世代のロックンロールに極めて近い曲も多いし、もし準ロックンロールと呼べるレパートリーがなかったら、彼のコンサートの魅力は半減していたかも知れない。

六〇年代後半からの十年はカントリー・ロックと呼ばれるジャンルが成立する時期ともなっている。このジャンルを代表するバンドのひとつに、同じくバッファロー・スプリングフィールドが母体となって誕生したポコ（Poco）がある。カントリー特有の楽器ペダル・スティール・ギターでロックのオルガン同様のアドリブを展開したり、カントリー的な曲でありながらブギの要素で乗りまくったりもしている（ライブ盤の「考えなおして」“You Better Think Twice”）。

麻薬による意識改革、文化革命を狙ったケン・キージーのバス旅行（the Merry Pranksters）に加わっていたグレイトフル・デッド（the Grateful Dead）もアメリカーナの流れのなかで語るべき要素を色濃くもっている。中心人物ジェリー・ガーシャ（Jerry Garcia）はもともとカントリーやブルーグラスの演奏家だったし、カントリーの有名曲（たとえば“Mama Tried”）や（戦前のまだ電化されない、カントリーともブルーズとも隣接した分野である）ジャグ・バンド（the Memphis Jug Band）などの曲も取り上げロックに仕立てている。カントリー（的）とは申せ、もはや彼らの音であり、白人ロックが格段に演奏力を向上させ守備範囲を広げた成果とすべきであろう。

もうひとつ、この時期のロック・バンドが新たな展開を遂げるために欠かすことのできなかった要素としてブルーズがある。その理由をみてゆきたい。

五〇年代のロックンロール、ロカビリーの背後、裾野にあるアフリカ系アメリカ音楽に対する白人の理解が深まり、自分たちの音楽に取り入れるようになったと考えてもいいかも知れない。ロックンロール三羽ガラスのひとりチャック・ベリーはシカゴ・ブルーズの老舗となったチェス・レコードからデビューしているし、ブルーズっぽい曲も少なくない（"Wee Wee Hours" など）。同じく三羽ガラスのリトル・リチャードにもほぼブルーズとみていい曲がある（"Directly From My Heart To You" など）。ロックンロールのヒット曲だけがおいしい黒人音楽ではない、ブルーズだってほってはおけないと知る手掛かりは無数にあったのである。また、フォーク・ソングの祭典ニューポート・フォーク・フェスティバルには（殊に電化以前の生ギター一本で伴奏する）ブルーズ歌手が多数出演していた。

おそらく一番重要な点は、ロックが器楽の側面を拡大、充実させるための素材ならびに刺激としてブルーズが大きな役割を果たしたことである。B・B・キングやバディー・ガイ（Buddy Guy）に代表される「泣きのギター」の名手を一度耳にすれば自分でも弾いてみたくなるだろう。これをロック・バンドに使わない手はない。おまけに両面で一曲ずつのシングル盤EPレコードに加え、長い演奏を収録できるLPレコードも媒体＝商品としての存在感を増しつつあった。長いソロを市場化できる好機でもあったわけである。

アフリカ系アメリカ音楽のブルーズをしっかりお勉強して世界的な存在となったギタリストというと英国出身のエリック・クラプトン（Eric Clapton）やジミー・ペイジ（Jimmy Page）を思い浮かべる方（ふたりは激しく力強くロックに仕立て直したブルーズで長いソロをとり、若者の心を鷲づかみにした）も多かろうが、合州国の白人にとってもブルーズは重要だった。西海岸を拠点とするヒッピー・バンドの代名詞だったジェファスン・エアプレインにもグレイトフル・デッドにもブルーズを録音したものがあるし、モンタレー・ポップの記録映画でもポール・バタフィールド（Paul Butterfield）はひとつのハイライトとなっていた。ロック殿堂入りを果たしたスティーブ・ミラー（Steve Miller）ものちに巧みに黒っぽい大人向けポップスで売れまくったボズ・スキャッグズ（Boz Scaggs）も若い頃は一緒のバンドでブルーズをやっていた。ロック・ギターの革命児ジミ・ヘンドリクスにとってもブルーズは欠くべからざるもので、死後ブルーズだけの編集盤が編まれている。

ブルーズの歌詞にも白人の若者を虜にする魅力があった。ごく単純化すれば「仕事は首になるし、家に帰れば女は逃げている」がブルーズに典型的な歌詞であり、駄目男のユーモアなのである。黒人公民権運動の盛りあがる六〇年代、こうしたしみったれた、半分自己否定的な世界はアフリカ系の若者からはそっぽをむかれつつあった。ソウルの世界で増えつつあった堂々たる男女関係、前向きの姿勢こそがアフリカ系の今を代表していた。しかし、駄目男のユーモアは新たな支持層をつかむのである。文学や映画を考えてみよう。駄目男に人間の普遍性をみるユダヤ系文学の時代ではないか。男っぽくカッコいい（つまりは一時代前の男性像で説得力が消えかけていた）ジョン・ウエインから、背も低くぱっとしない（男を巧みに演じる）ダスティン・ホフマンへの変化が時代の趨勢であった。アフリカ系の若者が見捨てたブルーズは白人ロック・バンドのレパートリーになることで世界へと広まってゆくのである。

もうひとつつけ加えておくと、ハード・ロック、ヘビー・ロックと呼ばれる流れはブルーズの五音音階を使ったリフレインでロックをさらに力強く騒々しく発展させたものである。

手短かにまとめれば、細かく枝分かれしたジャンルが再統合される。白い流れと黒い流れが交錯する。過去を学びなおし新たな展開が生まれる。ヒッピー世代の音楽として記憶される歌の、演奏の数々も、ミシシッピの大河に喩えられる合州国（大衆）音楽史のひとコマなのである。

三　馬鹿くさい恋の歌から文学へ

ディランの歌詞を考える前に、彼の先達と呼ぶべきシーガー兄弟の仕事に触れるべきであろう。兄マイク（Mike Seeger）は山村などを訪れ民謡を採取する。そして自分のグループ、ニュー・ロスト・シティ・ランブラーズ（the New Lost City Ramblers）で再演する。これは文字通り民謡復興運動であったと言えよう。一九三〇年代の音楽に新たな命を吹き込むライ・クーダー（Ry Cooder）のレパートリーにもこのグループ由来のものがかなりある。弟ピートは、盟友リー・ヘイズ（Lee Hays）とともに、戦前労働運動などから生み出され歌われた歌の収集と印刷、（のちにウッディ・ガスリーも加わっていた）オーマナク・シンガーズ（the Almanac Singers）での活躍などで知られる。そのグループを母体として結成されたウィーバーズ（the Weavers）は「グッドナイト・アイリーン」（“Goodnight Irene”）の大ヒットでフォーク・ソングを音楽産業のひとつの分野として認知させる。終生左翼運動と結びついた音楽活動を続け、赤狩りブラックリストにも名前が載っていた。実際、フランス語ではあるものの、「インターナショナル」の録音も残っている。また、戦後日本で労働運動、学生運動に付随した文化現象だった「うたごえ喫茶」と同様、国境、人種、民族を越え、世界各地の歌もレパートリーとする姿勢をもっていた。ここで押さえておきたいのは、過去の歌を発掘、再演することに留まらず、その延長線上に次々と新作を生んでいったことである（日本でも新たにつくられた「最上川舟歌」のような例があるが、曲や活動形態はほぼ固定化される）。ピート・シーガーにも「イフ・アイ・ハド・ア・ハンマー」（"If I Had a Hammer"）といった自作があるし、のちの世代となると自作の比率がずっと高くなる。こうした流れのなかに登場したのがディランだった。

「戦争の親玉」（"Masters of War"）、「くよくよするなよ」（"Don't Think Twice, It's All Right"）のように聞いてすぐ内容を理解できる歌詞もある反面、文学の技法を使いまくって歌詞の世界を変えた、いや、表現の次元を変えたのがディランだった。たとえば、「激しい雨が降る」（"A Hard Rain A-Gonna Fall"）では、出来事を具体的に描写したりせず「血をしたたらせ続ける黒い枝を見た」といった象徴主義の暴風雨が聴く者を襲い、戦争をはじめとしてさまざまな人間の愚行が批判される。ギター一本で歌っていた初期の作品には、反戦、人権問題など、リベラル、ラディカルの関心事である内容のものが多い。悪名高い右翼団体を皮肉った「ジョン・バーチ協会狂信者ブルーズ」（"The John Birch Society Paranoid Blues"）という曲もある。しかし、ロック・バンドを従えて演奏する頃となると、「この国じゃ何かが起こっているけど、それが何かあんたにゃ判るまい」と歌う「やせっぽちのバラード」

（"Ballad of a Thin Man"）など、冷戦期の左翼ではなく対抗文化を代表する曲が増える。

ロックで対抗文化の歌を歌うとなれば、ジェリー・ルービンの世代論とも重なるが、ディランが左翼的ないし対抗文化的だったのは六〇年代後半までであり、ザ・バンドとの共同作業以降、対抗文化から離れ、政治性は希薄になってゆく。ザ・バンドといえば、合州国民衆の平凡な暮らしを合州国大衆音楽の伝統からすくい取った要素をちりばめて歌うナショナリスト的（解散コンサートをマーティン・スコセッシ監督が映像化したのも頷ける）な世界が特徴で、ロックの範疇に入るとはいえ、対抗文化とは一線を画す音楽家である。その後もディランのレパートリーだった「愚かな風」（"Idiot Wind"）は、人間社会全体を批判していると受け取れるものの、政治的だった頃の敵と味方を分ける図式は読み取れない。三十歳台以降のディランは合州国大衆音楽の多様で豊かな伝統（現在はアメリカーナと呼ばれることも多い）を自分のなかに取り込み再創造する芸術家になってゆく。冷戦左翼の唖蝉坊、対抗文化の桂冠詩人ではもはやない。一例だけ挙げれば、「アイ・シャル・ビー・リリースト」（"I Shall Be Released"）は、囚人の歌の伝統を踏まえつつ究極的な自由への待望を、白っぽくも黒っぽくもある（つまりは合州国音楽の伝統そのものだ）音で歌いあげている。

三分以内で終わる恋の歌が圧倒的多数だったヒット・チャートに集約される大衆音楽の歌詞はディランの刺激で変わった、と言っても誇張ではなかろう。ビートルズが恋の歌以外に守備範囲を拡大するのも、岡林信康や吉田拓郎がそれまでなかったような歌詞を書いたのも、ディランに啓発されたことだったと思われる。どんなことでも歌詞の主題になり得るし、二〇世紀までに文学が開拓した言語の技法はことごとく使われる可能性が拓かれたのである。

社会を変えようとした対抗文化なのだから、歌詞にもフェミニズム的な展開がみられたか、というと、違う。モンタレーで一躍脚光を浴びるジャニス・ジョプリンでも女性の受動性を美化した内容の歌が目立つ。女が一方的に弱い立場の恋愛関係から一歩踏み出し個人としての尊厳を求める、あるいは示す、内容の歌もアリサ・フランクリン(Aretha Franklin)やダイアナ・ロス(Diana Ross)、既出のジョニ・ミッチェルなどに見受けられるようになるとはいえ、アラニス・モリセット（Alanis Morissette）的な女性像が歌詞に登場するのはずっとあとになってからである。学生運動、新左翼運動も当時からその男性中心主義を批判されていたのだ。同性愛も顕在化していなかった。ベルベット・アンダーグラウンドからソロになったルー・リードやデイビッド・ボーイなどの活躍を待たなければならない。

ブルーズのところで触れたＢ・Ｂ・キングの「イッツ・ア・ミーン・ワールド」（"It's a Mean World"）は「姉さんはニュー・オルリンズにいる。兄さんは朝鮮だ。俺、どうなっちゃうんだろう」で終わるが、姉の所在地で売春を生む貧困を、兄の所在地で戦争を批判しているとも解釈できよう。黒人公民権運動の時代、そしてそのあととなると、そうした控えめな、弱腰の姿勢で社会と向き合うのではなく、堂々と社会問題を扱う、政治的主張を述べる歌がアフリカ系の音楽家にも増えてゆく。恋の歌ばかりであったマービン・ゲイ（Mervin Gaye）の「ホワッツ・ゴーイング・オン」（"What's Going On?"）はその代表であろうし、インプレッションズ（the Impressions）から独立したあとのカーティス・メイフィールド（Curtis Mayfield）も社会派路線を明確に打ち出した。また、詩人としても活躍し、ラップの先駆ともいわれるギル・スコット＝ヘロン（Gil Scott-Heron）も忘れてはならない。スコット＝ヘロンには、公民権運動の激化を背景とした「レボリューション・ウィル・ノット・ビー・

テレヴァイズド」（“The Revolution Will Not Be Televised”）や原発事故を扱ったものとして世界的に有名な「ウィー・オールモスト・ロスト・デトロイト」（“We Almost Lost Detroit”）などがある。

　ボブ・ディランは社会派をやめてしまったが、社会問題、政治問題と向き合い続ける音楽家も少なくない。ニール・ヤングがその筆頭で、反戦の主張（*Living With War*, 2006）もあれば、近年は遺伝子組み換え反対で一枚のアルバム（*The Monsanto Years*, 2015）をまとめている。この稿ではヤングがヒッピー世代の終焉、対抗文化の退潮を「友人が言ったことが嘘であればと願った」「何もかもが夢だった」と歌った「アフター・ザ・ゴールド・ラッシュ」（“After the Gold Rush” 1970）を残していることに触れておくべきであろう。ヤングのヒッピー文化に対する批判は、イーグルズ（the Eagles）が一九七六年に発表した「ホテル・カリフォルニア」（“Hotel California”）でさらに明確なかたちを取るが、イーグルズの同名のアルバムは合州国の歴史総体を否定的に総括するものとなっている。

【引用文献】

Kerouac, Jack. *Desolation Angels*. 1956.

---. *Mexico City Blues*. 1955.

Mailer, Norman. *Armies of the Night*. New York, New American Library: 1968.

Rubin, Jerry. DO IT! Scenarios of the Revolution, New York, Simon and Shuster: 1970.（『DO IT! 革命のシナリオ』田村隆一、岩本隼訳、都市出版社、一九七一年）。

第九章　エルヴィス・プレスリーの文化的定位

飯田　清志

一　転換期としての一九五〇年代

一九六〇年代に顕在化するアメリカ対抗文化の起源を考えるとき、直近の五〇年代にその兆しを見ることができる。対抗文化の性格を、既成の文化を否定して新たな価値を提示するものと定義すれば、確かに五〇年代にはその萌芽があった。六〇年代はむしろ、対抗文化のいくつかが広く受容され、オーヴァーカルチャー化する過程だったといえる。

いまだに多くのアメリカ人には、政治的には冷戦や赤狩りといった負の側面を抱えながらも、一九五〇年代を未曽有の経済成長に支えられた古きよき時代とする見方が健在である。約四〇〇分のTVシリーズとして制作された『アメリカ　黄金の五〇年代』では、次のような事実を伝えている。この時期、国家には莫大な富が集積し、ほぼすべての社会階層がその分配の恩恵にあずかり、豊かな消費生活を享受できるようになった。ブルーカラーがヨットや別荘を購入し、GIビルのおかげで高等教育を受けた若者が専門職に就くことができた。経済的な懸念がなくなって結婚が若年化し、若い夫婦は長期ローンを組んで郊外にマイホームを構えた。夫は昇進・昇給を目指して仕事に励み、妻は専業主婦として家事と育児に専念した。ガレージにはビッグ・スリーいずれかの新車が収まり、大型スーパーで購入した大量の食品が、多機能のシステムキッチンで調理された。ディナーの後は、家族そろって居間のTVでシットコムを楽しむか、家具調ステレオで軽音楽にくつろいだ。

しかし、当番組は、繁栄の極みにあったアメリカが、その裏面ではさまざまな社会的、文化的問題を抱えていたことも明らかにしている。たとえば、当時のGMは消費者の所得・年齢に応じた多数の車種をラインナップし、それぞれを毎年のようにモデル・チェンジした。「GMにとってよいことはアメリカにとってもよいことだ」とGMの社長であったチャールズ・ウィルソンは、アイゼンハワー政権の国防長官に就任する際に、利益相反を問われて臆面もなくこう述べた。彼は企業の経営戦略が国家の政治指針と合致すると信じていたのである。実際、GM車はよく売れたが、シボレーから始まってキャデラックまで買い替えていくと、顧客は定年まで長期のローンの連鎖から逃れられない。これは機械的生産–消費を基盤とする社会における人間疎外のわかりやすい比喩である。このような社会の成員は、消費活動のみならず生活のさまざまな局面で、社会的に望ましいとされる画一的な価値の受容が求められる。この風潮を是とした人々が多かったからこそ黄金の五〇年代が成立したのであろうが、これになじめずストレスを感じる一定層も現われた。やがてこのような社会的弱者の側から、新たな価値への模索が始まったのである。

『キンゼー・レポート（女性編）』の出版は、純潔または貞淑であるべしという伝統的女性観を打ち壊した。経口避妊薬（ピル）の開発・認可は、セックスと生殖を分離しながら、女性の社会的自立を支援した。ベティ・フリーダンは、後にウーマンリブ運動の聖書となる『新しい女性の創造』のため、アメリカ社会において女性が抱く疎外感に関する調査を始めた。公民権運動のピークは一九六三年のワシントン行進であろうが、モンゴメリのバス・ボイコットやリトル・ロック・ナインの事件は五〇年代に起こり、豊かな国家の歴史的矛盾、すなわち南部における人種差別の実態を全米にさらした。

このような科学的な調査・研究から始まって社会改革へと進展するマクロな動きと連動して、文学、映画・演劇、音楽などの文化領域においては、より直接的、個別的な旧価値へのプロテストが指摘できる。

ジャック・ケルアックやアレン・ギンズバーグら若い白人知識層による既成の道徳や文学への意識的な挑戦は、同世代の支持を得てビート世代を形成した。彼らのビバップ、同性愛、自由恋愛などへの傾斜は、六〇年代に通俗小説や商業映画によっても喧伝され、やがてロック、ドラッグ、フリー・セックスなどを標榜するヒッピーという風俗に発展した。

マーロン・ブランドは舞台や映画において不道徳で暴力的なはみ出し者の青年を演じ、ジェームズ・ディーンは『理由なき反抗』で学校や家庭の押しつけにいら立つ繊細な高校生像を提示した。それらは伝統的なハリウッド映画の主人公の対極にある反体制的なキャラクターで、六〇年代のアメリカン・ニューシネマに登場するアンチ・ヒーローの前触れとなった。

音楽にあってはどうだったか。五〇年代前半までアメリカの中間層に人気があったのは、感傷的な歌曲を甘く軽やかに歌うフランク・シナトラやドリス・デイなどビッグ・バンド出身の比較的高い年齢の歌手だったが、若い世代には刺激に乏しい古くさい音楽に聞こえた。

彼らが求めたのは身体と心を直接刺激するロックンロールであった。ロックはもともと黒人が愛好するリズム&ブルースの別名であったが、拡大するリスナーの好みに合わせて改変・洗練されていった。白人/黒人を問わず多くの歌手が現れたが、ロックを五〇年代後半の流行音楽にしたのは、何といってもエルヴィス・プレスリーの功績である。

しかし、伝統的価値観への対決姿勢を明確にしていたケルアックやギンズバーグのような文学者、さらにブランドやディーンのような俳優たちと比較し、エルヴィスの文化的定位は難しい。彼はステージの過激さで旧世代の憎悪にさらされた点ではまさしく反逆者であったが、普段のふるまいは南部の素朴で家族思いの若者そのままで、言葉を荒げて反対者や体制を批判することはなかった。むしろ後年は、ジョン・レノンへの嫌悪やリチャード・ニクソンへの接近などを例に、変化を嫌う保守的な人物と見られるようになったのである。

アントニオ・グラムシは、社会の方向性を意図的に決定づけた人々を有機的知識人と呼んだが、エルヴィスの場合は、適性があって始めた仕事が大衆の要求に合致し、思いがけなく時代のシンボルになってしまった点で、むしろ有機的演者というべき存在であった。評価するにあたっては、個としてのエルヴィス（発信者）のみならず、彼に熱狂した若者（享受者）、および二者をつないだ音楽産業（媒介者）についても重層的に考察しなければならない。

二　エルヴィスの音楽的特徴

エルヴィスの成功物語は「ハートブレイク・ホテル」（一九五六年）から始まる。地元メンフィスの独立系サン・レコードからいくつかのシングルを出した後、大手ＲＣＡレコードに引き抜かれ、この曲によって全米はおろか世界中で大ブレイクした。もともと自殺した青年の遺書に触発されて書かれたカントリー風の感傷的な曲だったが、エルヴィスはサン・レコードから連れてきた伴奏者たちと即興でアレンジし、ブルース・フィーリングあふれるものに作り変えた。

エルヴィスが時代の寵児となるのはこのRCA時代からであったが、ポール・マッカートニーが『ビートルズ・アンソロジー』で語ったところによれば、それ以前のサン・レコードの作品こそが最上の演奏だということになる。この感想はマッカートニーに限ったものではない。ビートルズやローリング・ストーンズに代表されるイギリスの労働者階級の若者たちは、ラジオやレコードを通じて彼らの感性と合致する音楽を探すなかで、エルヴィスの真価をさかのぼって発見したのだ。

サン・レコードは、リズム&ブルース好きの白人起業家サム・フィリップスが設立した、メンフィスの小さなレコード制作会社であった。白人向けにカントリー&ウエスタン、黒人向けにリズム&ブルースのレコードを出版していたが、経営は楽ではなかった。フィリップスの頭には、リズム&ブルースを黒人並みに歌える白人歌手がいれば、白人市場でも売り上げが期待できるという考えがあった。

エルヴィスは地元の電気会社でトラック運転手として働きながら、プロ歌手としての成功を夢見る十代の若者だった。サン・レコードに出入りするうちに、たまたまフィリップスの目にとまり、レコード・デビューの機会を得た。最初のシングルは一九五四年の「ザッツ・オールライト」「ブルー・ムーン・オブ・ケンタッキー」で、その後の約一年半で、全一〇曲、五枚のシングルをリリースした。これらの曲は、後の「ハートブレイク・ホテル」の録音と同様、エルヴィスとスタジオ・ミュージシャンとのヘッド・アレンジによって練り上げられていった。

「ザッツ・オールライト」はアーサー・クルーダップが四〇年代に発表した古いリズム&ブルースで、エルヴィスがラジオで聞いて気に入っていた。オリジナルでは金属的なエレキ・ギターと甲高いヴォーカルがやや騒がしい印象を与えるのに対し、エルヴィス盤ではドラムなしの控えめな伴奏（エレキ・ギター、アコースティック・ギター、アップライト・ベース）が、ヴォーカリストの若々しく表現力豊かな歌唱を目立たせている。

ビル・モンロー作の「ブルー・ムーン・オブ・ケンタッキー」は、カントリー&ウエスタンの祖型であるブルーグラスの定番曲で、オリジナルはアコーステック楽器だけの伴奏である。モンローはこれをヨーデル風のサビを利かせてゆるやかに歌うが、エルヴィスは「ブルー・ムーン」を連呼して急加速で歌い出し、途中、スコティ・ムーアのゆるやかなギター・ソロを織り交ぜて、生きのいいリズム&ブルースに仕上げた。

ここで顕著なのは、オリジナルが何にせよ、エルヴィスはリズム&ブルースの語法を用いて、躍動感あふれるヴォーカル・オリエンティドな作品に仕上げていることである。近年発売されたサン・レコードに残された全音源を収めた『ア・ボーイ・フロム・テュペロ　ザ・コンプリート 1953-1955 レコーディングズ』を聞くと、エルヴィスの弾き語りによるデモ四曲とサン・レコードの専属となって録音した二曲（結局ボツになった）は、カントリーともポップスともいえない中途半端で凡庸な出来である。ところが最初のシングルになった「ザッツ・オールライト」以降の録音では、エルヴィスの個性が強く輝きだす。「ブルー・ムーン・オブ・ケンタッキー」にはオリジナルをなぞったスロー・テンポのアウトテイクもあり、マスター盤と比べればその差は歴然としている。

エルヴィスとリズム&ブルースの関わりの深さを証明する音源として『NBC　TVスペシャル』（一九六八年）がある。これは映画の出演契約が終了し、歌手として七年振りに本格復帰する前に、テレビ局のスタジオで少数の観衆を集めて行なったステージの記録である。ロックンロールの王様の復活を告げる名唱の数々が聞けるが、とくに「ロックは基本的にはゴスペルやリズム＆ブルースに由来し、いろいろな改変を加えたものです」というトークに続く、「主の御許に行かん」「アップ・アバヴ・マイ・ヘッド」「セイヴド」の伝統的ゴスペルから当時流行していたソウル（リズム＆ブルースの新たなスタイル）へと転じて行くメドレーは、エルヴィス自身の音楽的ルーツの具体的な証明となっている。TV番組の成功に自信を得て、エルヴィスはラスベガスで大規模なコンサートを行うが、ロック・ショウは有閑階級の好みに合わず、その後は構成をポップス主体に変えざるを得なくなる。しかし、何を歌ってもリズム＆ブルースにできるエルヴィスの稟質は、生涯生き続けたはずである。

とはいえ、エルヴィスが最高のリズム＆ブルース歌手だったと思いこむのは正しくない。彼はシャウトやモーンといった黒人音楽に特徴的な技巧をよく用いたが、この点では黒人のジョー・ターナーやボビー・ブランドのほうがずっと巧みだった。ロックンロールの名付け親であるアラン・フリードらの白人DJがラジオで盛んにかけたのは、たとえばファッツ・ドミノのような軽快なビートと楽天的な歌詞を持つダンス曲であり、濃密な感情表現を伴うブルース寄りの楽曲は除外した。彼らは白人の若者が黒人色の強すぎる演奏を敬遠すると考えたのである。

エルヴィスがロックンロールの象徴になりえたのは、黒人的な伝統を白人的な感性で同時代の誰よりも豊かに表現したことによる。RCA時代の代表曲「ハウンド・ドッグ」を聞けば、オリジナルのビッグ・ママ・ソーントン盤よりも洗練され耳になじみやすくなっていることがわかる。また、「ブルー・スエード・シューズ」はカール・パーキンスがヒットさせた直後に吹き込んだカバー曲だが、メリハリの利いた歌いぶりで、歌手としての格の違いを見せつける結果となっている。

三　エルヴィス、メディア、オーディエンス

こういった黒人文化と白人文化の交差が、どのようにしてエルヴィスのなかに形成されたのだろう。五〇年代のアメリカ南部は、いうまでもなく人種差別意識が強かったはずである。この傾向はプア・ホワイトと呼ばれる白人労働者階級により顕著で、同階層出身のエルヴィスは社会の偏見の影響を受けなかったのか。

南部の農本社会は二〇世紀前半から機械化が進み、小作人たちは次第に働き口を失った。故郷にとどまる者もあれば都市に移住する者もあったが、わりのよい仕事に就くための技術も経験もないため、その多くが低収入に甘んじることになった。時代が進んでも、南部には富の分配の恩恵が少ない貧困層が厚く存在した。同じ階級に属する黒人を軽蔑し憎むことで、なんとか自らのアイデンティティを守ろうとするゆがんだ集団意識が、白人労働者のなかに固まって行った。

このような社会においては、白人の伝統文化の保持が重視され、黒人文化の侵入はかたくなに拒まれた。映画『ブルース・ブラザース』で戯画的に描かれたように、カントリー&ウエスタンはプア・ホワイトを端的に特徴づける音楽で、カントリー酒場でリズム&ブルースを演奏することはタブーである。黒人音楽そのものを嫌う伝統主義者にとって、黒人のまねをして得意がる白人歌手などは、風紀を乱す目ざわりなはぐれ者であった。

しかし、基本的に対立関係にあるはずの白人と黒人の音楽文化は、ずっと以前から交差してきた

のである。たとえば、一九世紀のアメリカで大衆音楽としてもっとも人気があったミンストレル歌謡は、北部都市の貧困地区の新移民が、隣接する黒人コミュニティから聞こえる陽気な娯楽音楽に共鳴し、それを模倣することから始まった。また、奴隷解放後、フィスク・ジュビリー・シンガーズの公演等で広まった黒人宗教歌は、白人教会音楽に原典を持つものが少なくなかった。この交差は白人↓黒人に留まることなく、二〇世紀にはいると、黒人霊歌やゴスペルの人気曲は、翻って白人コミュニティでも愛唱されるようになった。

さらにいえば、バラッドは形式的にはヨーロッパ英語圏に起源を持つ伝承音楽であるが、アメリカの農村・山間部で働く白人にも黒人にも膾炙して発展した。すなわち、バラッドに発するヒルビリー（ブルーグラス、カントリー&ウエスタン）とブルース（リズム&ブルース）は、使用楽器や唱法の違いにもかかわらず、兄弟関係にある音楽なのである。実際、ハンク・ウィリアムズがブルースの強い影響を受けてカントリー音楽を刷新したことはよく知られているし、チャック・ベリーの「メイベリーン」がボブ・ウィリスの「アイダ・レッド」に由来するなど、楽曲の交差はいくつでも列挙できる。

エルヴィスの数ある伝記のどれもが、南部白人労働者家庭の貧しさに言及し、その環境が彼の音楽形成をうながしたと指摘する。プレスリー家は父母に子一人の核家族であったが、世帯収入は少なく、田舎町テュペロの一間しかないキャビンに暮らし、不況時代には父ヴァーノンが、糊口をしのぐため小切手を偽造して服役するほど困窮した。エルヴィスは幼少期より教会音楽に親しみ、やがてラジオから聞こえてくるカントリー&ウエスタンやリズム&ブルースを隔てなく好むようになった。悪さをしないようにと母から与えられたギターで伴奏を工夫し、耳で覚えた歌の練習に励んだ。十三歳でテネシー州メンフィスに引っ越すが、ここはカントリー&ウエスタンのナッシュビルと対をなす黒人音楽のメッカで、モダン・ブルースやリズム&ブルースが盛んにラジオにかかり、街頭や酒場のステージで実際の演奏に接することができた。エルヴィスは性格的にシャイな少年だったが、音楽のことになると黒人のたまり場にも果敢に出入りし、演奏者にもかわいがられた。彼に黒人音楽への傾倒が増して行くのは必然であった。

エルヴィスがＲＣＡに移籍後、古巣のサン・レコードを訪れ、居合わせたカール・パーキンス、ジェリー・リー・ルイス、ジョニー・キャッシュと即興でセッションを行なった記録が『ミリオン・ダラー・カルテット』として残されている。それぞれが方向性を異にする歌手たちではあるが、新旧のカントリー&ウエスタン、リズム&ブルース、ゴスペルをなごやかに歌うのを聞くと、白人労働者階級にあって音楽的感性の豊かな若いパフォーマーの間には、人種性を区別せずに音楽を受容する共通の基盤ができていたことがよくわかる。

しかしながら、音楽を商品として扱うレコード出版においては、長い間、暗黙のカラーラインが存在した。初期に用いられた周縁音楽の商標名として、白人向けのヒルビリーと黒人向けのレイス・レコードがあった。やがてヒルビリーは、グランド・オール・オープリなどのラジオ放送や大手レコード会社によるA&Rを経て、カントリー&ウエスタンという新たな呼び名を定着させた。レイス・レコードのなかで、器楽演奏が主体で人種性の薄いジャズは白人に広く受容され、スイングという主流音楽に発展する一方で、演奏の陳腐化に飽いたミュージシャンによってビバップが起こり、限られたリスナー向けの芸術音楽として命脈を保った。歌唱を中心とするより世俗的なブルース系譜の音楽については、独立系レコード会社が地域に根差した出版活動を展開した。たとえば、シカゴのチェス・レコードは、南部からやってきた黒人成人男性向けにモダン・ブルースを量産し、ロスアンゼルスのスペシャルティ・レコードは、軽快なリズム&ブルースを黒人若年層に提供した。

限定されていたブルース市場を最初に拡大したのは、カントリーとブルースの両方を出版し、白人／黒人のそれぞれに購買層を持っていたメンフィスのサン・レコードだった。もっとも、サム・フィリップスら制作側の当初の目的は、エルヴィスを擁してもっぱら販路を広げることにあった。白人若年層から予想を上回る反応を得たことで、彼らは期せずして音楽産業のカラーラインを踏み越える結果になったのである。

サン・レコードから出たエルヴィスのシングルの構成は、いずれもリズム&ブルースとカントリー&ウエスタンの既成曲のカップリングだった。エルヴィス専属の伴奏者となったスコティ・ムーアとビル・ブラックは、もともとはカントリー&ウエスタンの演奏家である。サン・レコードにはリズム&ブルース畑の黒人伴奏者が何人もいたが、ステージで観客の目にさらされることから、白人歌手の伴奏者は白人に限っていた。エルヴィスはリズム&ブルースを歌ったが、黒人観衆の前に立つことは想定されず、もっぱら白人客中心のカントリー・ショウにブッキングされた。

エルヴィスのパフォーマーとしての地位の上昇を跡付けてみよう。一九五四年七月五日に「ザッツ・オールライト」が吹き込まれ、翌日、ラジオ用の見本盤がWHBQ局のDJデューイ・フィリップスに持ち込まれた。その夜、曲を流すと、リクエストの電話が鳴り続け、デューイはすぐにエルヴィスを局に招き、インタビューを行なった。リスナーはその時、リズム&ブルースを生き生きと歌う若者が、メンフィスの白人子弟が通うハイ・スクールの卒業生であることを知った。反響の大きさを見て、サン・レコードは七日にB面用として「ブルー・ムーン・オブ・ケンタッキー」を録音、一九日にシングルとして売り出した。当時のレコードの宣伝方法は、ツアーとラジオによるもので、エルヴィスは地元テネシーのほか、周辺のアーカンソー、テキサス、ルイジアナなどを休むことなく回り、カントリー・ショウと地方ラジオ局の音楽番組に出演した。

ツアーの初期には、年齢の高い観客からの無視や拒絶が目立った。しかし、ラジオでエルヴィスの存在を知った若者たちの来場が増え、激しい身振りをともなう力強い歌唱に魅了されていった。とくにエルヴィスのハンサムでセクシーな風貌は若い女性を惹きつけ、ファンが演奏に泣き叫び、はては歌手に抱きつき衣装をはぎ取るなどの現象が見られるようになった。このような観客の情緒的な反応は、リズム＆ブルースに酔いしれる黒人聴衆のそれに近く、伝統的南部白人社会では嫌忌されるものだった。大人たちはエルヴィスに熱狂する若者の姿を見て、南部の価値観が根底から突き崩されるように感じたであろう。

このようなエルヴィス人気が、南部という一地域に留まらなかったことが、まもなく明らかになる。RCAからの「ハートブレイク・ホテル」によるメジャー・デビューと前後して、エルヴィスはトミー・ドーシーやエド・サリバンなどが司会を務める主要な音楽TV番組に次々と出演した。この時、下品・猥褻とみなされる演奏中の身振りに制限を受けた話は有名だが、情報・宣伝媒体が地方ラジオから全国ネットのTVへと変わったことで、文化の伝播は加速度的に促進された。たちまち全国に巻き起こったエルヴィス旋風を見れば、新世代の感性がどの地域でも共通していたことがわかる。

エルヴィスのメディアへの露出と連動して、ロックンロールそのものがヒット・チャートをにぎわすようになった。ビル・ヘイリー&ヒズ・コメッツの「ロック・アラウンド・ザ・クロック」は、映画『暴力教室』の挿入歌として使用されるや大ヒットし、ロック・ブームの前触れとなった。カール・パーキンスの「ブルー・スエード・シューズ」は「ハートブレイク・ホテル」と同時期の出版で、サン・レコード初のゴールド・ディスクとなった。ブームに遅れまいと、チェス・レコードがチャック・ベリーを、スペシャルティ・レコードもリトル・リチャードをデビューさせた。

これらの人々が演奏したロックンロールはいわば軽量化されたリズム&ブルースで、リズミカルで享楽的な音楽であった。ロックの名のもとに白人/黒人歌手が入れ替わり登場するコンサートが全米各地で開かれた。聴衆は若い白人男女が中心ではあったが、同年代の黒人も混じって人種交差的になった。この状況は南部においても変わらず、閉鎖的な地域では分離席を急ごしらえして対応した。わずか一年ほど前まで、エルヴィスがカントリー・ショウのみに出演していたことを思えば、きわめて急速な潮流の変化であった。社会が豊かになることで中間層と労働者層、あわせて人種間の垣根が消失し、平等観に発する、たとえばマッカーシズムなどとは反対に向かうリベラルな社会的性格が、若者の間に形成されていたことが、この背景にあったと考えられる。

その一方で、政治・宗教・教育界の守旧派は、判断力のない若者を暴力やセックスにいざなう害毒として、ロックンロールを批判するアンチ–ロック運動を展開した。カラヤンやシナトラなど白人体制が支持する音楽家がロックへの嫌悪を表明し、『ニューヨーク・タイムズ・マガジン』や『ダウンビート』など権威ある雑誌がロック反対の論陣を張った。人種混交を企図するNAACP陰謀説も現れ、いくつかの地方議会ではアンチ‐ロックの声明が採択され、音楽関係者への圧力や演奏の妨害などがあからさまに行われた。当時の白人支配層は、彼らの子供たちがロックを通じて原始的で野蛮な下層文化に染まり、健全な価値観を捨てて、最終的には体制を揺るがすことを恐れた。このとき、ロックンロールは、文化的には中心対周縁の、政治的には主流派対少数派の、経済的には富裕・中間層対貧困層の対立のシンボルとなった。

大衆音楽をめぐる新旧世代の戦いは、一時的には大人たちの勝利となる。一九五〇年代末には、チャック・ベリーやジェリー・リー・ルイスのスキャンダル、リトル・リチャードの引退、バディ・ホリーの事故死などが起こり、有力なスター歌手が表舞台を去った。六〇年には、ペイオラ（ラジオＤＪへのレコード会社からの心づけ）をめぐって公聴会が開かれ、ロック音楽のいかがわしさが糾弾された。レコードの出版は下火になり、コンサートも自粛が相次いだ。その後は、ニール・セダカやブレンダ・リーなどポップスよりのロックを歌う白人歌手が歓迎され、ドリフターズやロネッツなど白人音楽家の作編曲による楽曲を技巧を駆使して歌う黒人グループが台頭した。アンチ‐ロックが敵視した刺激的で開放的なロックが復活するのは、六〇年代半ばのビートルズを筆頭とするブリティッシュ・インヴェイジョンまで待たねばならない。

このような情況下、エルヴィスの音楽活動はどうであったか。ロックの代表曲となる「ハートブレイク・ホテル」のＢ面がポップなカントリー・バラード「アイ・ワズ・ザ・ワン」であったことはあまり知られていない。次のシングルＡ面「アイ・ウォント・ユー、アイ・ニード・ユー、アイ・ラブ・ユー」もカントリー・バラードで、リズム＆ブルースの「マイ・ベイビー・レフト・ミー」はＢ面であった。以降、「ブルー・スエード・シューズ」や「ハウンド・ドッグ」などのリズム&ブルース路線のヒットを生むものの、次第に「冷たくしないで」「テディ・ベア」など軽快で耳当たりのよいものが増えていった。おそらくこれは、中心・主流の側にあった大手RCAレコードが、エルヴィスが黒人色を強く押し出すことを警戒したためと思われる。

ロックの劣勢が強まるなかで、やがてエルヴィスは抜本的なモデル・チェンジを余儀なくされた。一九五八年から二年間、兵役に就くために音楽活動を中断したのは、マネジャーのトム・パーカーのアイディアである。パーカーは毎日のようにエルヴィスの西ドイツでの新兵生活をメディアに流し、世間の関心をつないだ。徴兵免除を利用せず国民の義務に進んで従う青年像は、かつての「腰振りエルヴィス」のイメージを根底から変えた。退役後はハリウッドの映画スターとして復帰し、高級リゾートに出没する陽気な遊び人を演じて、その土地にちなんだ挿入歌をヒットさせた。

しかし、判で押したような役柄は次第に飽きられ、新曲も小ヒットに留まるようになった。この間のエルヴィスは、結婚生活の破綻や逃れられない映画契約などを抱え、鬱屈した日々を過ごした。やっと歌手として復帰してからは、自身の存在意義を確認するかのように過酷な日程でステージをこなすが、やがて心身のバランスを崩して浪費と過食に走り、四二歳という若さで突然の死を迎えたのである。

おわりに

発信者としてのエルヴィス・プレスリーの功績は、一九五〇年代後半に、黒人音楽であったリズム&ブルースを洗練し、ロックンロールの名のもとに白人青年層に浸透させたことにある。この南部の労働者階級出身の若い歌手にとって、リズム&ブルースを自らのスタイルで歌うことは、音楽的創造と自己肯定の機会となった。最初にその享受者となったのは同じく南部の労働者階級の青年たちであったが、宣伝網の拡大とともに、たちまち全米の若者に広がった。リズム&ブルースは本来、強い人種性・階級性をもつ周縁音楽である。旧世代が人種的偏見から避けていたものを、新世代はその楽しさや心地よさから素直に受け入れた。エルヴィスを享受した若者たちには、このとき、人種や階級を乗り越えようとする政治的意図は希薄だったと思われる。しかし、はからずもロックは、五〇年代までのアメリカ的価値観に疑義を呈し、六〇年代以降のリベラルな市民文化を構成する重要な要素となっていく。この意味で、エルヴィスという現象は、大衆文化の深層にある社会的意義を読み解くための格好のテクストとなりうる。

【補遺】

エルヴィス・プレスリーについての悪い評判に、黒人文化を剽窃して金もうけをしたずるい白人というものがある。また、反体制で売り出したものの、やがて保守に変わった転向者とも批判される。さらに浪費家、大食漢、人格破綻者といった中傷が並ぶ。

筆者はエルヴィスの人格・思想・信条についてさほど関心はないが、彼の成功を白人／黒人の対立構造のみによって語ることには同意しない。ロックンロールで巨万の富を築いたのはエルヴィスひとりであり、彼ほどの成功を収めた白人歌手は他にいない。ロックンローラーとして売り出した黒人歌手は、白人のファンを得て、リズム&ブルースに留まった黒人歌手よりもずっと高収入だった。エルヴィスの天才は人種の別なく群を抜いており、時代が欲する唯一無二の存在であったというのが筆者の見解である。

ニクソン大統領をホワイトハウスに訪ね、ツーショットに収まったのは事実であるが、これには当時のエルヴィス・ファンの中心であった保守層に向けて、麻薬撲滅や反ヒッピーをアピールする話題作りの側面があった。デビューして間もない頃、意地の悪いインタビュアーから政治について問われて、戸惑いながらアドレイ・スティーヴンソンが好きだと答えた若者は、南部の頑迷な保守主義から比較的に自由であった。個人としてのエルヴィスは、政治的に極端な偏向を持たない、家族や国や伝統を素朴に肯定する普通人であったと筆者には思われる。

晩年のエルヴィスには、奇矯なふるまいが報じられることも多々あった。しかし、いくつものストレスから精神のバランスを崩した不幸な人間を、誰がわけ知り顔で非難できるだろう。突飛なようだが、筆者はエルヴィスにハックルベリ・フィンを重ねてみることがある。ミシシッピ川を船で下る過程で、ハックは逃亡奴隷ジムの人間性に触れ、行動的な平等主義者に成長する。リズム&ブルースという黒人文化への敬意をはじめから持っていたエルヴィスは、キャデラックを運転して都会に上り、物質的な成功をあがなうため心をすり減らしていった。リズム&ブルースから遠ざかるエルヴィスの姿を追うことは、ロックンロールの愛好者にとって愉快な作業ではない。

【参考資料】

［録音］

Crudup, Arthur. *The Father of Rock 'n' Roll*. Wolf Records, 2003.

Monroe, Bill. *The Very Best*. MCA, 2002.

Perkins, Carl. *Original Sun Greatest Hits*. WEA, 1998.

Presley, Elvis. *A Boy from Tupelo: The Complete 1953-1955 Recordings*. Sony Music, 2017.

---. *Complete Singles Collection*. RCA, 1999.

---. *NBC TV Special*. RCA, 1988.

---. *The Complete Million Dollar Quartet*. RCA, 2006.

Thornton, Big Mama. *Hound Dog: The Peacock Recordings*. MCA, 1992.

［映像］

Aspinall, Neal, prod. *The Beatles Anthology*. Broadcast in 1995.

Button, Nancy, prod. *The Fifties*. Broadcast in 1997.

Landis, John, dir. *The Blues Brothers*. Released in 1980.

第十章　デッド・エンド、バッド・シーズ

――『ボディ・スナッチャー／恐怖の街』と対抗文化の政治学

塚田　幸光

ぼくは君とロックランドにいる
アレン・ギンズバーグ「吠える」

一　二つの「顔」——ロボトミー、冷戦、『ライフ』

一九四七年三月三日、フォトジャーナル『ライフ』において、我々は二つの「顔」を目撃する。不安げにこちらを見つめる女性（左側）と和やかに微笑む女性（右側）【図1】。「精神外科手術（サイコサージェリー）」と題されたこの記事では、統合失調症と躁鬱病を患っていた女性が、ロボトミー手術を経て、変貌したプロセスを語るのだ。二つの「顔」は、同一人物の表裏。不可視の「精神」がメスで治療され、笑みが生まれる。時代を席巻したマジックは、真偽の定かでない二枚の写真に仮託され、読者を誘う。ロボトミー手術はいかが、というように。[1]

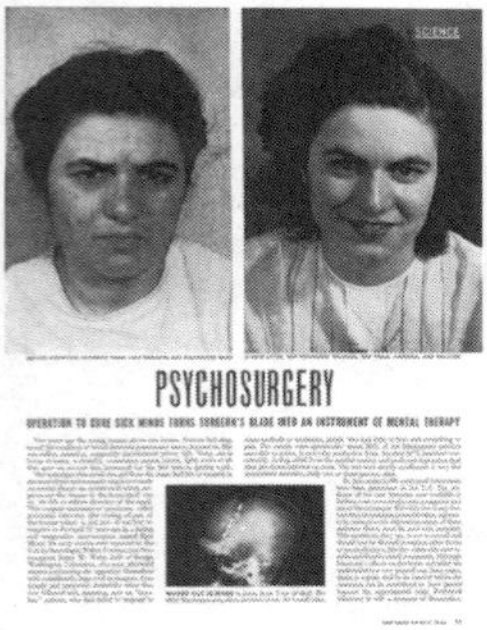

【図1】『ライフ』精神外科手術、二つの「顔」

さらにいえば、この記事には続きがある。二つの「顔」の次の見開きでは、擬人化された「自我」たちがコミカルに遊び、ロボトミー手術の役割を強調する。ボリス・アルツィバシェフによる擬人化は興味深い。「エス」(ID)、「自我」(Ego)、「超自我」(Superego)という三分割の心的装置、そしてそれらを統括する「遂行機能」(Executive)。これらがバランスを

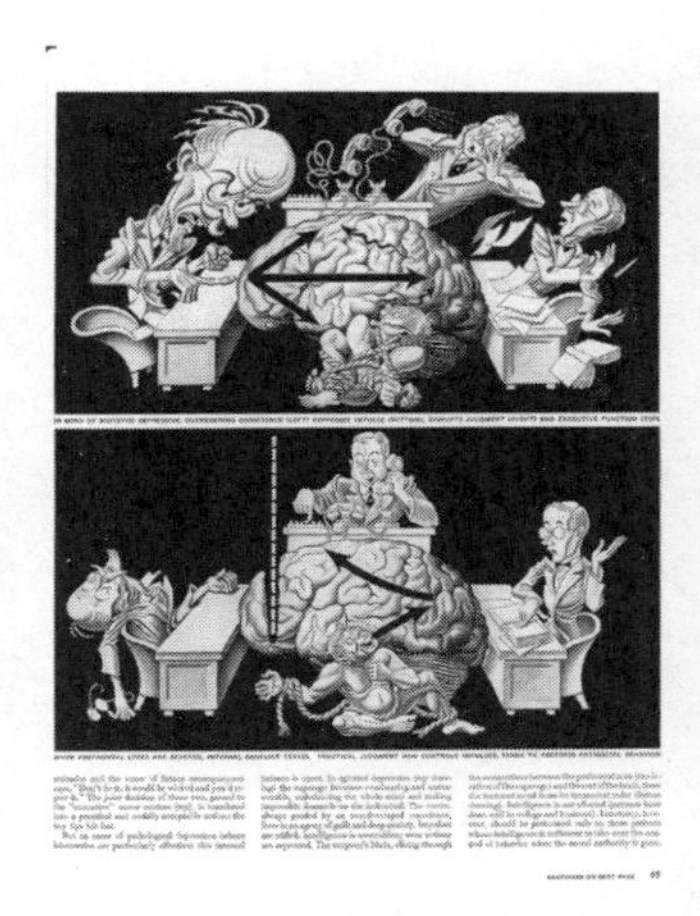

【図3】『ライフ』精神外科手術、心的機能②＆③

【図2】『ライフ』精神外科手術、心的機能①

取る平常時に対し【図2】、超自我が肥大し、他を圧迫する異常時【図3上】。そして、【図3下】では、ロボトミー手術が肥大化した超自我を切断し、安定を取り戻す様が描かれる。擬人化、視覚化される心的装置。そして、ロボトミー手術の意義が強調されることで、読者は先の「笑顔」を再び想起するだろう。

　だが、そもそもロボトミー手術とは一体何であり、何故『ライフ』はこのような得体の知れない手術を好意的に特集したのだろうか。ジェイムズ・スティール・スミスがいうように、冷戦期のマッカーシズムに呼応するように、出版業界が右傾化する時代背景を踏まえれば、『ライフ』とロボトミーの関係性は無縁とはいえない。実際、一九四〇年代後半から、『ライフ』はナショナリズムを前景化し、共産主義への警鐘を鳴らすようになるからだ（Smith, 36）。たとえば、四八年一月五日号の特集記事は「アメリカン・コミュニストの肖像」（ジョン・マクパートランド）、一月一二日号の社説は「魔女狩りはあるのか」、一月一九日号は「マルクス主義の失敗」（ジョン・ドスパソス）である。そして、四九年一月二〇日号では、ヘミングウェイをナショナル・ヒーローに書き換えたマルカム・カウリーの「ミスター・パパの肖像」が掲載される。共産主義への危機を煽り、アメリカン・ヒーローを創出、賛美し、反体制を体制へと矯正・修正する。このようなイデオロギーの延長線上にロボトミーを推奨する世論がある。そしてそこには、冷戦構造が生み出すナショナルな欲望、言い換えれば文化の政治学が潜むはずだ。

本稿では、冷戦とロボトミー手術をめぐる文化的・政治的なコンテクストを考察するとともに、五〇年代の抑圧的な封じ込め構造が、六〇年代における対抗文化を如何に準備し、生成したのかを論じる。具体的には、ドン・シーゲル監督『ボディ・スナッチャー／恐怖の街』（*Invasion of the Body Snatchers*, 1956）を参照軸に、精神の初期化と変貌、そしてロボトミーの影を見出す。

二　帰還兵とロボトミー手術――パクス・アメリカーナの闇

一九四〇年代後半から五〇年代、アメリカが未曾有の繁栄を謳歌する時代は、共産主義と放射能という見えない恐怖との共存を余儀なくされた時代である。「パパは何でも知っている」のか、或いは「何も知らない」のか。冷戦時代の両義性とは、芝生が眩しい戸建ての立ち並ぶサバービアが、疑心暗鬼と不協和音を抱え持つアンチファミリーの巣窟として表象されている点に顕著だろう。たとえば、五〇年代を描くデヴィッド・リンチ監督の『ブルーベルベット』（*Blue Velvet*, 1986）を見ればいい。青い空と白い柵、赤い薔薇と緑の葉。その美しい庭で、主人公の父親は芝生に水を撒いている。だが、幸福な風景は、瞬時に書き換えられてしまう。ホースが捻れ、水が詰まり、彼は崩れ落ちるのだ(ホースが血管を暗示することは明白だろう)。刹那、カメラは地表へとダイヴし、数多の蟲を映し出す。薔薇の咲き乱れる美しきサバービア（地表）と蠢く蟲（地下）のグロテスク。このような両義性こそが、パクス・アメリカーナの基本的イメージであり、クリシェに他ならない。ならば、ここにロボトミー手術は如何に接続するのだろうか。

緑の芝生とその下で蠢くグロテスクな蟲たち。それは、パクス・アメリカーナと精神病患者の関係性をメタフォリカルに逆照射する。幸福なサバービアは、そこに巣くう病理に表象（リプリゼント）／代理される。たとえば、第一次世界大戦後において、芸術家たちを魅了したパリの熱狂が、その表層に過ぎず、裏通りでは数多の傷痍軍人が蠢いていた事実を想起すればいい。四肢のないマッチ売りのフリークス。オットー・ディックスの絵画『マッチ売り』（*The Match Seller*, 1921）が好例だろう。これと同様、第二次世界大戦のダークサイドもまた「帰還兵」に顕在化する。鬱病や統合失調症など、戦争による精神障害を抱えていたにもかかわらず、戦勝国であるが故に、帰還兵は社会的には不可視化されてしまう。だが、皮肉にも、復員軍人援護局（Veterans Administration／ＶＡ）には、精神を病んだ帰還兵が押し寄せ、病院は機能不全となる。事実、六三万二千人もの帰還兵が精神疾患で退役し、行き場を失っていたからだ（Vallenstein 177）。そして、そこで採用されたのが、安易で、費用がかからず、即効性のある手術、ロボトミー手術だった。[2]

ロボトミー手術は、大脳と前頭葉の神経を切断することで、暴力衝動や精神疾患を抑制する手術である。[3] 術式は大きくわけて二つ。こめかみに穴を開け、ロイコトーム（棒状のメス）を入れ、くるりと円を描く「フリーマン・ワッツ方式（標準ロボトミー）」。そして、眼窩からアイスピック状の器具を入れ、すっと神経を切る「経眼窩ロボトミー」である。このような「精神病を切除する」という手術は、病んだ心をメスで治すことであり、人格の破壊と同義だろう。鬱病や統合失調症の症状は緩和されるのではなく、感情や思考が排除されるからだ。[4]

当然のことながら、ロボトミー手術が人格の初期化を意図し、異様な速さで展開、発展した経緯は重要である。一九三五年、ジョン・フルトンとカーライル・ヤコブセンのチンパンジー実験、ポルトガルの神経科医エガス・モニスによる人間の前頭葉切断手術、そして翌年、アメリカのウォルター・フリーマンとジェームズ・ワッツによる鬱病患者に対するロボトミー手術。チンパンジーと人間の実験的手術が同年であり、患者への本格的な臨床が翌年という展開の速さは、現代の医療ではあり得ない。加えるなら、てんかんや無気力など、数多の副作用と六パーセントを超える死亡例があるにもかかわらず、この実験的手術は政治的に問題となるどころか、推奨されてしまう。フリーマンやワッツの著作はメディアで取り上げられ、ロボトミーは奇跡の手術として、瞬く間に全米、世界へと流布する（先の『ライフ』の記事などは好例だろう）。一九四〇年代後半から五〇年代には誰もが知る手術となり、アメリカで四万件、英国で一万七千件を超える手術が行われるのだ。

宮本陽一郎が指摘するように、ロボトミーとショック療法の普及は、冷戦社会の生成と無縁ではない。マッカーシズム的な管理主義が、社会統治の手段としてロボトミーやショック療法を好み、封じ込めの文化を深層で支えたといえるからだ（宮本 一五〇）。しかしながら、その封じ込めは、簡単で、安く、効果的で、非人道的であった点を忘れるべきではない。膨れあがる医療費を抑制し、帰還兵の妄想や暴力衝動を裁ち切り、異常者を病院に封じ込める。これは合法的な去勢と幽閉だろう。実際、ウォール・ストリート・ジャーナル（ＷＳＪ）が暴いたＶＡ文書を見れば、帰還兵を精神的に「安楽死」させるロボトミー手術が、経費抑制のため、政治的に推奨されていたことが確認できるのだ。[5] たとえば、手術数を見てみよう。一九四七年四月一日から五〇年九月三〇日までの数年間、一四六四件の手術が、五〇のＶＡ病院で実施されている（期間外では四六六件）。ＶＡ局長フランク・ハインズのサイン有りの手術だけでも、およそ二千件。これ以外にも数百の手術が帰還兵に実施されている。ＶＡは、フリーマン博士のロボトミー・レポートを重視し、院内で起こる慎重論や反対論を抑え、手術のメリットを強調する。膨大な帰還兵の精神疾患とその対応にかかるコストを踏まえれば、フリーマンのロボトミーは、簡単で、安く、効果的なマジックだったのだ。[6]

帰還兵へのロボトミー手術とは、兵士を二度殺すことに他ならない。兵士の感情を奪い、戦争の捨て駒とすることで、時代の狂気は闇に葬り去られる。「勝利」のダークサイドとしての帰還兵とは、パクス・アメリカーナの失われた半身だろう。だが、ＷＳＪが「発見」した国立公文書館の政府文書は、ＶＡ医師の嘆きにのみフォーカスしない。むしろ彼らの欲望を焙り出す。ロボトミーとは脳というフロンティアを探る先端的実験であり、政府公認の人体実験に等しかったからだ。興味深いことに、現代医療における定位脳手術はロボトミーの後裔であり、疼痛やパーキンソン病の治療で行われる脳深部刺激も同様である。脳の基礎研究と臨床は表裏一体であり、精神外科の「実験」は、逆説的な形で先端医療に接続されるのだ。ならば、ロボトミーとは、五〇年代を象徴する悲惨な医学的現象に過ぎないのだろうか。精神を初期化し、別人格へと変貌を遂げる「事件」は、病院という密室の出来事なのだろうか。或いは、ここに抑圧された社会に対する「抵抗」の痕跡はないのだろうか。

三 逆説的フラッシュバック——医師とジェンダー

ロボトミー手術とは、医師による合法的な暴力であり、異質なものを封じ込める社会的要請であったことは、先に述べた通りである。だが、一方で、VAがロボトミーを推進した背景に、精神科医アドルフ・マイヤーの提唱した「社会不適応モデル」が影響していた点は看過すべきではない。「社会の成員は、秩序ある社会や共同体のなかで、社会に貢献することが求められる」(Pressman 44)とするマイヤーの主張とは、異質なものの矯正であり、その結果としての社会復帰である。[7]

興味深いことに、マイヤーの医学パラダイムは、一九四〇年前後から精神分析的メソッドを導入したハリウッド映画において、重要な役割を果たしていたのだ。女性の「病」を男性医師が治療し、社会へと帰還させる。鬱病、神経衰弱、記憶喪失など、女性たちが被る精神的な病はステロタイプであり、その完治の基準は社会復帰である。實際、『愛の勝利』(*Dark Victory*, 1939)では脳腫瘍、『女の顔』(*A Woman's Face*, 1941)では顔の傷、『森の彼方に』(*Beyond the Forest*, 1949)では流産の結果起きた腹膜炎が描かれたように、女性観客向けに制作された「女性映画」において、病と無縁な女性は皆無に近い。女性の病に対し、男性が如何に救いの手を差し伸べるかが映画の焦点なのだ。そして、女性の病は好ましくない外見としても提示され、「治療」とはまさに身体／顔が美しくなることを意味する。医師の仕事とは、従って、女性を視覚の対象へと変容させることであり、それは社会復帰の別名なのだ。ここにおいて考察すべきは、これら「女性映画」において、スクリーンを覆う女性の精神疾患は、現実世界における帰還兵たちの反転した形象、或いは鏡像としても機能していた点だろう。男性の脆弱な精神と身体は、スクリーン上でジェンダー変換され、女性化される。健全でない男性が登場しない女性映画とは、裏返されたリアルだろう。そして、その「不適切」な表象こそが、四〇年代のアメリカの病理であると言い得る。

さらにいえば、ハリウッド映画と医師表象という関係性において、『ボディ・スナッチャー』の存在は無視できない。この映画が重要なのは、黙示録的ＳＦ映画である点ではないのだ。それは、『深夜の告白』（*Double Indemnity*, 1944）に顕著なフィルム・ノワール的要素を有し、主人公マイルズの精神的崩壊、言い換えるなら脆弱な男性ジェンダーを描いている点にある。精神が崩壊し、去勢状態にあるマイルズは、れっきとした医師である。だが、彼の「告白」はフラッシュバックの内部に留め置かれ、リアルから遠ざかる。

フィルムを見ていこう。オープニング、ヘッドライトが闇を切り裂き、一台のパトカーが市立病院に到着する。精神科医が警官を待ち受け、そこに錯乱状態のマイルズが登場する。彼の眼は血走り、焦点も定まっていない「俺は狂っていない……」。彼は精神科医に対し、サンタミラでの出来事を絞り出すように語る。そうして観客は、彼のヒステリックな語り、或いはフラッシュバックを目撃するのだ。彼は狂人なのか、そうでないのか。その語りは真実なのか、妄想なのか。実際のところ、判別することは困難である。だが唯一理解できるのは、彼がその始まりから錯乱状態であり、精神的に去勢されている点だろう。そして観客は、彼に同化して物語に没入するのではなく、彼の話を聞く精神科医のポジションから、物語を客観的に眺めることになる。

観客が精神科医として、医師であるマイルズを見る。これは奇妙な現象だろう。そもそも冷戦期のハリウッド映画において、医師、或いは医師的人物は「眼」をもつ者として提示され、物語を解釈する存在であったからだ。たとえば、『暗い鏡』(*Dark Mirror*, 1946) では、一卵性双生児という外見上区別することができない姉妹の犯罪を分析医が見抜くという物語であり、医師は姉妹の真実を見出すため、その症状を解釈・治療する。メアリ・ドーンが言うように、ハリウッド映画において、「女性の身体は、症状として読まれる原稿であり、読まれることで、彼女の生い立ちやアイデンティティが明らかにされる」のだ。(Doane 43)

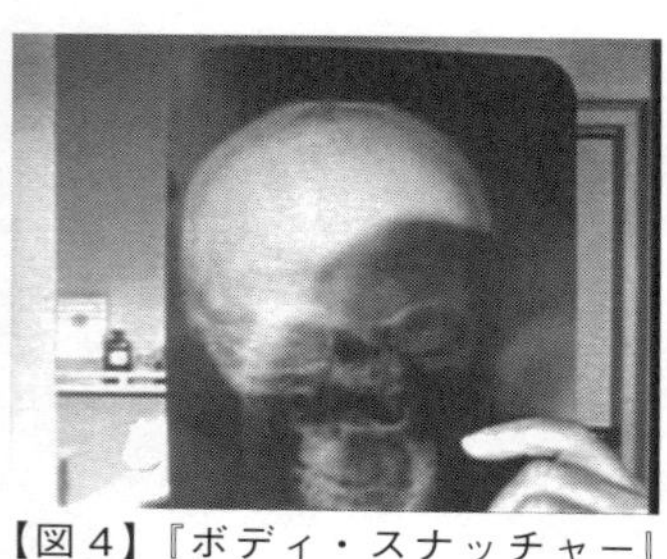
【図4】『ボディ・スナッチャー』頭蓋骨写真

女性は「原稿」であり、医師や精神分析医は、その原稿を読む「解釈者」である。そして、ハリウッド映画の医師には、すべてを見通す視力が与えられているだけではない。医師は男性であり、患者は女性であることが多く、ジェンダーによる差異化を際立たせるように、医師/男性は、患者/女性の身体に刻印された「症状」を読み取り治療する(Doane 43)。加えるなら、この一連の行為は、父権構築のメタファーであり、「眼」をもつ医者が主体化する一方で、患者は診られる対象でしかない。だが、『ボディ・スナッチャー』では、医師マイルズは見られる対象であり、彼はフラッシュバック内においても、患者の症状を見抜けない。診察室において、

【図5】『ボディ・スナッチャー』斜めフレーム①

【図6】『ボディ・スナッチャー』斜めフレーム②

彼が見るのは頭部レントゲン写真であり、症状でない点は重要だろう。そして、その頭部写真の陰りは、ロボトミーが切除する部位、或いは病巣にも見えてしまう【図4】。

　また、マイルズの精神が不安定なことは、影が格子状に展開するショットの多さからも視覚的に確認できる。友人宅で発見された「サヤ」と「身体」に対し、彼は為す術がない（症状が読めず、解釈できない）。それどころか、彼は精神的にも、物理的にも追い込まれてしまう。実際、【図5】において、彼がドア枠や壁による二重、三重のフレームに囲まれ、斜めのフレームと格子状の影がそこに重なるショットは重要だろう。そして、【図6】では、揺れるフレームのなかで、自身の「身体（ダブル）」を刺し殺す。フレーミングされた斜めのショットにおいて、彼は無能、無力であり、ヒステリーのままに振る舞うしかない。

　本来、ハリウッドのノワールは、主人公の（罪の）告白と精神的危機に対する癒しのプロセスを辿る。語りが癒し・許しに、行動は未来への希望となるのが通例だ。だが、マイルズの逃避行（ロード）／逃走は、カタルシスと共に終焉を迎えない。次頁の【図7】に顕著なように、彼とベッキーは幽閉状態にあり、自由に動けない。彼は対処療法的に逃げることしかできない。

【図7】『ボディ・スナッチャー』逃避行①

加えるなら、『ボディ・スナッチャー』におけるマイルズのフラッシュバックもまた、従来のそれと異なる。彼は精神科医に向けて、過去を語る。『深夜の告白』の保険外交員や『ローラ殺人事件』(*Laura*, 1944)の評論家のように、フラッシュバックの「告白」とは、祈りであり、癒しであるはずだ。実際、ドーンが指摘するように、フラッシュバックとは「自らの過去を見ることを通して、(そして、言語を媒介にする場合よりずっと強烈にその過去を再び生きることを通して)、患者は自身を理解し、自らの振る舞いに説明をつける」手段である(Doane 47)。だが、マイルズの語りとは、精神崩壊のプロセスであり、そこには絶望しか残らない。

四 デッド・エンド、バッド・シーズ――孤独と消失

『ボディ・スナッチャー』の坑道におけるクライマックスは、精神分析的な解釈を引き寄せる。坑道の中で出会う「ダブル」とは、水に映った自分自身【図8】。ナルシスの誘惑に取り込まれず精神を保つマイルズに対し、ベッキーはそれに安堵し、眠りに落ちてしまう。刹那、彼女は別人に変貌するのだ。坑道という暗がりで、人間性を司る超自我が切断され、感情を失った「顔」となる【図9】。それはまるで『ライフ』における二つの「顔」の逆バージョンであり、ロボトミー的なリセットだろ

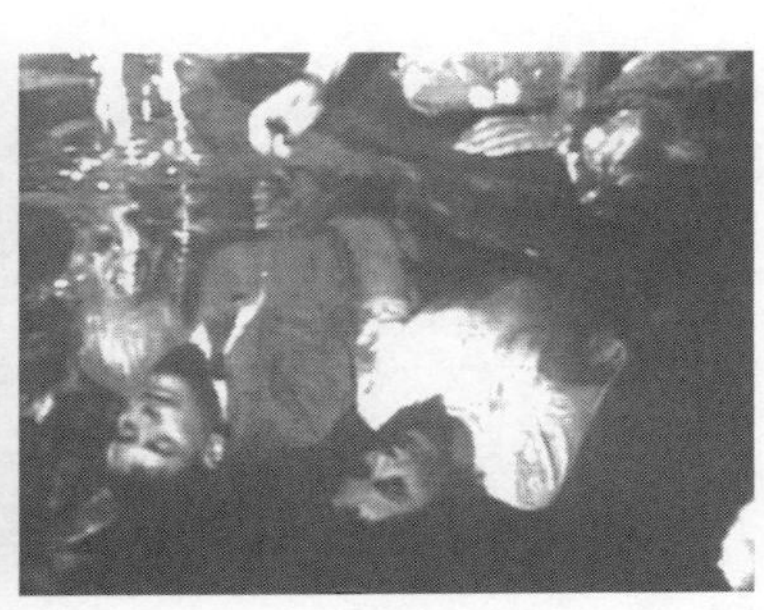

【図8】『ボディ・スナッチャー』逃避行②

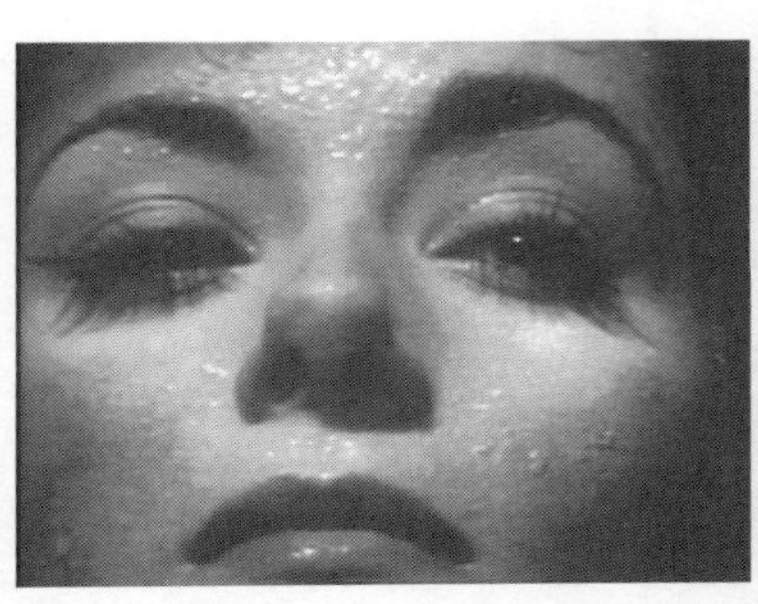

【図9】『ボディ・スナッチャー』変貌後のベッキー

う（ロボトミー後に「笑顔」が生まれるのか、或いはその逆かはいうまでもない）。

当然のことながら、『ボディ・スナッチャー』は、ロボトミーを直接的に描いていない。だが、体制に従順な存在へと変貌を遂げるサンタミラの住人は、共産主義やマッカーシズムに感染しただけとはいい切れない。なぜなら、感情の切断と人間性の喪失こそが、ロボトミーの本質であり、その身体的特徴ではなかったか。映画の冒頭、叔父の変化に気づいたアイラのセリフを想起しよう――「何かが欠けている。瞳にあった温かさが、感情がないの。冷たい機械のよう」。

ロボトミー手術が、自分が自分でなくなる恐怖、いわば別人へとリセットされる恐怖の象徴であることに疑問の余地はないだろう。ここで興味深いのは、冷戦期のハリウッドでは、自分以外が別人、或いは消失する恐怖を描いている点である。たとえば、スタンリー・クレイマー監督の『渚にて』（*On the Beach*, 1959）はどうだろう。核戦争後の世界とは、「誰もいない」世界、つまり人類が消失した世界である。一方、『ボディ・スナッチャー』では、自分以外が別人、或いは精神が書き換えられた世界が出現する。両者に共通するのは、主人公が一人取り残される恐怖に他ならない。自分が別人になるのか、それとも自分以外が別人になるのか。「敵」は偏在するが、視覚化されない。冷戦時代のスリラーは、恐怖映画のバリエーションを踏襲し、主人公を精神的に追い込み、恋人と離ればなれになる恐怖を与えながら、かろうじてメロドラマであろうとする。

そして、冷戦期ハリウッドにおける無人の風景とは、生き延びた主人公の心象風景を代弁し、孤独感を伝えるだろう。「誰もいない」世界は、黙示録的世界に接続し、喪失を共感せよ、と観客に迫るのだ。核／放射能と孤独。それは『渚にて』や『ボディ・スナッチャー』だけに限定されない。『地球最後の男』(*The Last Man on Earth*, 1964) や『猿の惑星』(*Planet of the Apes*, 1968) など、冷戦時代の孤独は、主人公のそれに重なり、時代の公約数となる。そして、これらの映画に顕著な黙示録的世界は、映画史の突然変異ではなく、同時代ヒステリーと無縁ではないのだ。あるとき、自分一人になる恐怖とは、共産主義やマッカーシズムに「染まれない」恐怖と同義であり、同化に対するアレルギーを伝えるだろう。

同化せよ、そして自我を捨てよ。このメッセージは、『ボディ・スナッチャー』全編を通じて反復する主題である。実のところ、『ボディ・スナッチャー』が展開する同調圧力において、共産主義とマッカーシズムはコインの表裏であり、交換可能な記号に過ぎない。いずれの思想においても、同化は自我の喪失であり、ロボトミー的去勢と同義だからだ。共産主義のユートピアとは、マッカーシズムの思想統制に近似し、翻ってディストピアの別名となる。

冷戦期における社会統治システムとは、一体何だろうか。牧歌的なサンタミラはその表層であり、そこで展開される同調圧力こそが、抑圧の深層に他ならない。パクス・アメリカーナの両義性。それは経済成長と軍事力の膨張が生み出した幻想であり、サバービアの芝生に象徴される表層の帝国、或いは蜃気楼ではなかったか。だからこそ、自由を標榜し、民主主義を謳う広大なアメリカン・イメージは、精神と物質の豊かさを全開しながら、極度の閉塞感を表出させるのだ。大戦と繁栄のダークサイドとは、核／放射能や共産主義、マッカーシズムなどの不可視の圧力と疑心暗鬼を生み、サンタミラに顕著なオープンな「密室」を生み出す（ここは誰でも来れるサバービアだが、気づくと「サヤ」に取り込まれ、別人（バッド・シーズ）という種子となる）。

そして五〇年代、冷戦期のハリウッド映画が、監禁と脱獄の映画史と呼びうるジャンルを形成していたことも無視すべきではないだろう。『ボディ・スナッチャー』や『手錠のままの脱獄』（*The Defiant Ones*, 1958）はその氷山の一角であり、六〇年代に開花するニューシネマ的な逃避行（ロード）を準備するからだ。

五　共感の絆――ニューシネマへのステップ

冷戦期の逃避行（ロード）は、袋小路（デッド・エンド）と相性がいい。『猿の惑星』の埋もれた自由の女神、『渚にて』の誰もいない街、黒い鳥が辺りを埋め尽くす『鳥』（*The Birds*, 1963）、そして病院で絶望する『ボディ・スナッチャー』。孤独と消失のラストシーンには、当然のことながら、希望はない。だがここで注目すべきは、対抗文化時代のニューシネマがアメリカン・ナイトメアを描きながら、共感の絆を示す点だろう。

『グライド・イン・ブルー』(*Electra Glide in Blue*, 1973)では、モニュメント・バレーに警官の死を重ね、『イージー・ライダー』(*Easy Rider*, 1969)では、南部の森林地帯でキャプテン・アメリカの死を見せつける。ニューシネマのロードは、主人公たちの自己言及的な旅を誘い、同時代のトラウマを開示する。どうしようもなく退屈で、窒息しそうなほどの閉塞感と焦燥感。一九六〇年代後半、ベトナム戦争の裏側、対抗文化の時代において、ニューシネマは行き場のない若者たちの「声」を代弁するのだ。この意味において、ロードは現実からの逃走・脱出の「場所(トポス)」となる。たとえば、『俺たちに明日はない』(*Bonnie and Clyde*, 1967)の逃避行と壮絶な死を想起してもいい。広大なアメリカ、アウトローとアウトサイド、そして疾走感。佐藤良明がいう「ロード感覚」(佐藤 九八)とは、アウトサイドへの誘惑と疾走への衝動であり、若者はその途上で夢を見る。ロードこそが、「巨大な広がり、空白、そして最後の真のフロンティア」(Dargis 16)だろう。だが、その夢はナイトメアであり、ボニー&クライドのように、逃げ道はない。ニューシネマが表象するロードは、「死」へのドライヴを誘発し、観客にディストピアを見せる。キャプテン・アメリカによるアメリカ・パノラマですら、それは「ロード感覚」を逆説的になぞったに過ぎない。ロード感覚とは、『イージー・ライダー』に象徴される(かりそめの)アメリカン・ドリーム、或いはユートピアであり、アウトサイドへと主人公を誘う麻薬だろう。

しかしながら、ニューシネマが興味深いのは、死への欲動を全開しながら、「共感」の絆を描く点にある。(8) それは男性同士の「連帯」であり、物語のかすかな希望だろう。(9)『イージー・ライダー』のワイアット（ピーター・フォンダ）とビリー（デニス・ホッパー）、『真夜中のカーボーイ』（*Midnight Cowboy*, 1969）のジョー（ジョン・ヴォイト）とラッツォ（ダスティン・ホフマン）、『明日に向って撃て！』（*Butch Cassidy and the Sundance Kid*, 1969）のキャシディ（ポール・ニューマン）とキッド（ロバート・レッドフォード）。友愛、或いは男性のカップリングは、ホモエロティックな衝動とはならず、精神的な絆を描き出す。ベトナム戦争の裏側で疲弊するアメリカは、同性間のナイーヴな連帯を通じて、ナルシス的な自閉へと向かうといいたげだ。男たちはその絆を確かめ、プラトニック／プライベートな関係を生きる。もちろん、そこに未来はない。だが、冷戦期の絶望に対し、ニューシネマの共感の絆は、ロボトミー以後の「疑似家族（ファミリー）」の萌芽であり、救いの別名に他ならない。

【註】

（1）メディアにおけるロボトミー賛美が、その拡大を後押ししたことは否定できない。しかしながら、一九五〇年代後半にかけて、その論調はトーンダウンする。一方、日本では、周回遅れのまま、七〇年代においてもその是非が検証されていない。実際、七〇年代に、手塚治虫の漫画『ブラックジャック』（一九七三―七八）において、精神外科が描かれるのだ。「快楽の座」、「植物人間」、「ある監督の記録」。これら三編は、ショック療法を描き、それゆれに単行本からは削除されている。

（2）一九四二年の調査では、州立病院の九三％以上がショック療法を行なっている（Kolb and Vogel 90）。宮本陽一郎がいうように、そのような普及の背景には、「社会管理のテクノロジー」としてのショック療法とロボトミーが、病院の管理者たちにとって当然視されていた事実がある（宮本　一四八）。

（3）精神外科の功罪に関して、被害者・ロボトミーと加害者・ロボトミストに焦点を当てた二つのラジオ番組が興味深い。NPRラジオ・ドキュメンタリー「マイ・ロボトミー」（"'My Lobotomy': Howard Dully's Journey", 2005）では、ローズマリー・ケネディ（JFKの妹）に代表される著名なロボトミー一〇人のうちの一人、ハワード・ダリーの半生を辿る。一方、BBCラジオの「ザ・ロボトミスト」（"The Lobotomists", 2011）では、三人のロボトミスト（エガス・モニス、ウォルター・フリーマン、ワイリー・マッキソック）を中心に、ロボトミー手術の功罪を語るのだ。これらは、被害／加害の両面から、時代の狂気を映し出し、医学とは何かを問う。

http://www.npr.org/2005/11/16/5014080/my-lobotomy-howard-dullys-journey

http://www.bbc.co.uk/programmes/b016wx0w

（4）精神を去勢することは可能なのだろうか。或いは、それを初期化し、書き換えることはどうだろう。メディカル・テクノロジーが精神を拓くこと。それは治療なのか、矯正なのか。スタンリー・キューブリック『時計じかけのオレンジ』（*A Clockwork Orange*, 1971）で描かれる「ルドヴィゴ療法」は、興味深い視座を提示する。

主人公アレックスは自身の性／暴力的衝動を抑えられない。リンチ、格闘、キャットレディ殺害。結果、彼は州刑務所に収監されてしまう。果たせるかな、そこで彼を待ち受けたのは、精神を「去勢」するルドヴィゴ療法であったことは、あまりにも有名だろう。音楽、映像、ドラッグ、そして拘束というトラウマ体験が、この療法のプロセスであり、数多のコードが付いたヘッドギアが装着されたアレックスは、瞬きさえも許されない。彼はひたすら暴力的な映像を見せられ続けるのだ。

性や暴力に対し、嘔吐をもって反応させるというルドヴィゴ療法は、パブロフの条件反射やスキナーのオペラント条件付けの別名であり、「時計じかけ」の精神療法だろう。そして、脳への電極、視線の封印、拘束衣による自由の剥奪が示唆するのは、対抗文化という時代を封印するナショナルな欲望に他ならない。実際、『時計じかけのオレンジ』や、ロボトミー手術の闇を活写したミロス・フォアマン監督『カッコーの巣の上で』

(*One Flew Over the Cuckoo's Nest*, 1975) は、「密室」アメリカのダークサイドだろう。

（5）ウォール・ストリート・ジャーナルに関しては、ウェブサイト "The Lobotomy Files: Forgotten Soldiers" を参照されたい。
http://projects.wsj.com/lobotomyfiles/

（6）ロボトミー手術に関しては、エガス・モニスとロボトミーの起源をまとめたアン・ジェーン・ティアニーが参考になる。また、ロボトミストたちの功罪に関してはジャック・エル＝ハイ、手術についてはディヴィッド・シャッツの論考が重要である。

（7）マイヤーによれば、精神病院の意義とは、患者の病を治療するだけでなく、患者を「適切な」社会の成員へと復帰させることにある。たとえば、『カッコーの巣の上で』の精神病院を見ればいい。そこは院長を頂点とするシステマティックに統制された組織であり、社会復帰こそが至上命令ではなかったか。そこに心／精神の治療という概念はない。社会の成員として相応しいか否かという、極めて曖昧な価値基準があるだけだ。精神医療と映画の関係については、グレン＆クリン・ガバードを参照されたい。また、映画の精神分析的解釈については、エルセサー＆バックランドを見よ。

（8）ニューシネマのロードは「共感」の絆を育み、もう一つの「家族」となる。見知らぬ者同士が「旅」を通じ、他者の視線や思考を共有し、その共感の絆こそが、同じ人生を歩む覚悟を生み出すのだ。ピーター・ボグダノヴィッチ監督『ペーパー・ムーン』(*Paper Moon*, 1973)、ヴィム・ヴェンダース監督『都会のアリス』(*Alice in the Cities*, 1974) が好例だろう。両者は共にダメ中年男性としっかり者の少女との「疑似家族」物語であり、彼らは旅を通じて共感し、人生を共有する。

（9）ニューシネマと連帯、或いは家族的表象に関して、『真夜中のカーボーイ』には興味深いエピソードがある。ラッツォは靴磨きのさいに、父の記憶を思い出す。そして、ジョーを自分の父の墓へと案内し、過去を告白するのだ。ラッツォが告白する父の記憶は、決して好ましいものではない。だが、この告白とその記憶が、ジョーに感染する点は重要だろう。ベトナムから帰国後、朽ち果てた祖母の家で佇むジョーの映像は、「不在」の家族を強調するからだ。父の告白と祖母の記憶。二人は、不在の家族の記憶を共有することで、疑似的な「家族」となる。以後、ジョーは病身のラッツォを見捨てない。フロリダへの旅路でも、側に寄り添い、死に水を取るのだ。不在の家族の告白と記憶の共有が、男たちの絆を強化する点は看過すべきではない。ニューシネマの孤独は、ホモソーシャルな友愛を通じて癒やされ、希望へと置換されるからだ。ニューシネマについては、バーバラ・クリンガーとピーター・クレイマーを参照されたい。

【引用文献】

Dargis, Monohla. "Roads to Freedom." *Sight and Sound* 3(1991): 14-18.
Doane, Mary Ann. *The Desire to Desire: The Woman's Film of the 1940s*. Indianapolis: Indiana UP, 1987.
El-Hai, Jack. *The Lobotomist: A Maverick Medical Genius and His Tragic Quest to Rid the World of Mental Illness*. Hoboken: Wiley, 2005.
Elsaesser, Thomas and Warren Buckland. *Studying Contemporary American Film: A Guide to Movie Analysis*. London: Oxford UP, 2002.
Gabbard, Glen O. and Krin Gabbard. *Psychiatry and the Cinema*. Washington DC: American Psychiatric Press, 1999.
Klinger, Barbara. "The Road to Dystopia: Landscaping the Nation in *Easy Rider*." *The Road Movie Book*. Ed. Steven Cohan and Ina Rae Hark. New York: Routledge, 1997. 204-229.
Kolb, Lawrence, M.D., and Victor H. Vogel, M.D. "The Use of Shock Therapy in 305 Mental Hospitals." *American Journal of Psychiatry* 99 (1942): 90-100.
Krämer, Peter. *The New Hollywood: From Bonnie and Clyde to Star Wars*. New York: Wallflower Press, 2005.
Laderman, David. *Driving Visions: Exploring the Road Movie*. Austin: U of Texas P, 2002.

"Psychosurgery: Operation to Cure Sick Minds Turns Surgeon's Blade into an Instrument of Mental Therapy." *Life* 22.9 (1947): 93-97.

Pressman, Jack D. *Last Resort: Psychosurgery and the Limits of Medicine*. New York: Cambridge UP, 1998.

Schneider, Irving. "Image of the Mind: Psychiatry in the Commercial Film." *The American Journal of Psychiatry* 134 (1977): 613-620.

Shutts, David. *Lobotomy: Resort to the Knife*. New York: Van Nostrand Reinhold, 1982.

Smith, James Steel. "Life looks at Literature." *The American Scholar* 27.1 (1956-7): 23-42.

Tierney, Ann Jane. "Egas Moniz and the Origins of Psychosurgery: A Review Commemorating the 50th Anniversary of Moniz's Nobel Prize." *Journal of the History of the Neurosciences*. 9.1 (2000): 22-36.

Valenstein, Elliot S. *Great and Desperate Cures: The Rise and Decline of Psychosurgery and Other Radical Treatments for Mental Illness*. New York: Basic Books, 1986.

佐藤良明「乗り物からノリものへ――「ロード感覚」とポストモダン」『文学アメリカ資本主義』、折島正司・平石貴樹・渡辺信二編、南雲堂、一九九三年、九六―一一六頁。

宮本陽一郎『アトミック・メロドラマ――冷戦アメリカのドラマトゥルギー』、彩流社、二〇一六年。

第十一章　ソロー・リバイバルと対抗文化の作法
——アメリカ精神文化の想像力

中垣　恒太郎

はじめに

一九六〇年代に隆盛した対抗文化の時代において、ヘンリー・デイヴィッド・ソロー（Henry David Thoreau, 1817–62）の思想およびイメージがどのように再解釈・再創造されていったのかを軸に、その変遷過程を探る。既存の伝統に抗う形で対抗文化が生成されていく際に、過去の先達としてのソローの思想に依拠することにより、アメリカの精神文化における「反骨の作法」とでも称すべきもう一つの（オルタナティヴな）伝統が造り上げられていく過程に注目したい。本論はソローの原典自体の再検証ではなく、メディア文化を軸とした大衆文化やアートシーンにおけるソローのさまざまな影響、伝説化されていく受容史に力点を置く。

なかでも、元来、「渡り労働者」を意味する概念である「ホーボー」（hobo）のモチーフが、ヒッピーの登場期としての対抗文化の時代を経ながら変遷を遂げており、そこにはソローの思想の継承が随所に見受けられる。ソローは対抗文化の同時代人ではないにもかかわらず、ヒッピーの時代をとおして登場人物の思想やイメージ形成に大きな役割をはたしている。ホーボーの物語の系譜においては、社会現象としてのホーボーが現実の世界で消滅していくのと前後するように、あたかも哲学者としての趣をもつかのような新たなホーボー像が物語において再創造されていく。

アメリカ大衆文化におけるホーボー像の転換を、一九六〇年代のソロー再評価の動向と重ね合わせて捉え直すことにより、対抗文化の作法としてのアメリカ大衆文化を貫く精神文化のあり様が見えてくる。

一　アメリカ大衆文化における「ソロー的」要素の継承

対抗文化を二一世紀現在どのように捉えることができるだろうか。変革の象徴であったヒッピーの存在ももはや旧世代の郷愁を呼び起こす存在にすぎないのか。対抗文化というオルタナティヴな伝統のあり方について検討するために、二一世紀のアメリカ大衆文化における継ソロー像がどのように継承されているのかを具体的にいくつかの作品から辿ってみよう。

「ソロー的」（Thoreauvian / Thoreauesqe）と称される概念が流通しているが、その場合、何をもって「ソロー的」である要素とみなすことができるだろうか。ドイツのアメリカ研究者であるギュンター・ベックは、アニメーション『ザ・シンプソンズ』（*The Simpsons*, 1989～）におけるある登場人物にソロー像の継承をみる。『ザ・シンプソンズ』はアメリカのテレビアニメーションとしてもっとも長く放送されている番組であるが、架空の町スプリングフィールドに暮らすシンプソン一家と町の人々の日常生活を通して、アメリカの中流階級の生活および社会状況を諷刺的に描く物語である。マーク・トウェインの『ハックルベリー・フィンの冒険』（一八八五年）、スタインベックの『怒りの葡萄』（一九三九年）のパロディも多く扱っているように古典文学の現代的解釈に意欲的であり続けており、現代における古典文学受容を端的に表している。

ギュンター・ベックは、「ソロー的」であるとする側面として、「不服従」（Civil disobedience）と「環境への意識」(ecological consciousness)の二点を挙げ、リサというシンプソン家の長女で、八歳の小学二年生の女の子に現代のソロー像の投影を探る。「ソロー的」な側面として、「不服従」と「環境への意識」の二点に注目し二〇世紀後半以後のソロー再評価の動向を辿る手法はよくあるものであるのだが、アニメーションの登場人物にソロー像が意図的に投影されていること、そして、その考察において「ソロー的」とみなす側面の捉え方がどのようになされているかを確認することは現代のソロー受容を考える上で有益な視座をもたらしてくれる。そして、「環境への意識」を反映した『ザ・シンプソンズ』の人物造形は二〇世紀末の受容動向を顕著に示す例とみなすことができる一方で、「不服従」の側面は対抗文化との相性がよいものであり、一九六〇年代以降のソロー受容においてとりわけ強調されて現れるものである。

年齢に比して理知的に過ぎるあまり、同年代の友達がいないことを悩む彼女は、エコロジストを標榜し、世界平和を願いポニーを飼うことを夢見ている。[1] リサを主人公とする「リサの愛国心」(シーズン三第二話)は、子ども向けエッセイコンテストに入賞したリサが家族とともにワシントンDCを訪れ、アメリカ合衆国の理念を讃えるエッセイに取り組むエピソードであるが、アメリカの理念と反骨の精神との接点を探る問いかけになっている。

さらにこの二点の要素に加えて、「孤独と疎外」の側面にも目を向けておこう。アメリカ文学の枠組みからは、ショーン・ペン(Sean Penn, 1960~)監督による映画『イントゥ・ザ・ワイルド』(*Into the Wild*, 2007)の方が、ジョン・クラカワー(Jon Krakauer, 1954~)によるノンフィクション小説(邦題は『荒野』、一九九六)を原作にしていることからもなじみ深いものであろう。裕福な家庭に育った主人公クリスが大学での学業生活を放棄し、世界の真理を求めてアラスカへと旅に出る物語であり、カリフォルニアのアウトサイダーが集うコミュニティなどで親世代のヒッピーのカップルに出会うなど、ヒッピーのあり方を考察する上でも格好の素材となる。クリスは人生の指針をソローに求めており、ソローの言葉を折に触れて引用する。

ソローやジャック・ロンドン（Jack London, 1876~1916）の『放浪記』（*The Road*, 1907）などの古典文学に憧れる主人公は大学を中退し、身分証を捨てた後、「アレグザンダー・スーパートランプ（放浪者）」と名乗りヒッチハイクの旅を続けるが、現代において「放浪者」を追体験することの困難をも描いている。メキシコからアメリカに戻るのに、夜中、貨物列車に飛び乗るのだが、鉄道監視員に見つかり、列車から引きずり出され警察犬が騒ぐなか監視員に警棒で袋叩きにされる。無賃乗車として貨物列車に飛び乗る場面はホーボーの物語においてもっとも象徴的なものであり憧れの対象となっているが、現実の厳しさをまざまざと実感させられる。その一方で、トラックで放浪する親世代のヒッピー世代との交流はこの物語のなかでも世代を超えた旅による交流を描く名場面になっている。放浪者の物語自体が、その存在が消滅しつつある時期から回顧的に描かれることによりジャンルとしての発展を遂げていった背景を参照するならば、放浪への憧れと挫折はホーボーをめぐる物語が早い時期から扱ってきたモチーフを継承していることを確認することができる。

青年期の、とりわけ男性におけるソローの崇高さに対する憧れもまた特筆に値する。スティーブン・チョボスキー（Stephen Chbosky, 1970~）による小説『ウォールフラワー』（*The Perks of Being Wallflower*, 1991）は書簡体小説の形式により架空の友人に向けて語りかける物語であり、発表時から

「現代版『ライ麦畑でつかまえて』」と称されてきた。主人公のチャーリーは高校入学直前に親友が自殺したことに動揺し、孤独と不安を抱えながら高校に進学する。架空の友人以外に友人がいない高校生活を送っていた主人公が変わり者の上級生との出会いなどを通して文学や音楽、そしてドラッグも含めて新しい世界を広げていくのだが、小説家志望である内気なチャーリーに対し、国語（英語）教師がチャーリーの文学に対する資質を見抜き、個別に課題図書を課し指南役を担う。チャーリーはその課題図書のなかでも『ウォールデン　森の生活』（*Walden, or Life in the Woods*, 1854）をお気に入りの本としている。教室の中では「壁紙（ウォールフラワー）」のように疎外感を抱いている思春期の少年がソローを通して孤独と向き合い、自分らしさを貫く純粋さをより強く求めるようになる。原作者自身が監督をつとめた映画版（二〇〇七年）ではさらに踏み込んでソローを用いている。[2]

チャーリーは好きというわけでもない女の子に積極的に言い寄られ、いつのまにか周囲からは公認のカップルとみなされてしまうのだが、彼女に対して自分の姿勢をはっきり示すことができないでいる。その彼女がある日、チャーリーの愛読書である『ウォールデン　森の生活』を「退屈な生活」と揶揄した瞬間に価値観が絶望的に合わないことを悟る。

映画版『ウォールフラワー』においても言及されている映画『いまを生きる』（*Dead Poets Society*, 1989）もまた高校を舞台とし、ロビン・ウィリアムズ演じる型破りな教師キーティングにより全寮制のエリート学校の生徒たちが感化されていく物語であるのだが、対抗文化の時代を目前にした一九五九年に時代設定がなされている。高校生たちが「死せる詩人の会」の復活を宣言する際に、ソローの『ウォールデン　森の生活』からの一節「私は生きることの真髄を心ゆくまで味わいたい」

（"Walden" 394）が象徴的に用いられている。古い慣習や、規則、親の期待などに縛られない自由な生き方に目覚めていく男子高校生たちはその拠りどころをソローに求めている。ギュンター・ベックが「ソロー的」であるとみなす要素の一つである「不服従」の側面の大衆文化への継承を確認することができるものであるが、『イントゥ・ザ・ワイルド』、『ウォールフラワー』、『いまを生きる』はそれぞれ大学生、高校生の男性たちがソローに範を求めることにより彼らが抱く疎外感や孤独を、むしろ自分たちが特別な存在であることに重ねている点に注目したい。

今福龍太『ヘンリー・ソロー　野性の学舎』においても、ソローにおける孤独と疎外について論じられている。ソロー自身が最初の著作『コンコード川とメリマック川の一週間』（*A Week on the Concord and Merrimack Rivers*, 1849）がまったく売れなかったことにより実感されたであろう強がりとも異なる高揚感に対して、「ひとつの大きな社会的不遇を経験することによってしか得られない高次の『覚醒』」（今福　一七七–七九）として捉えており、社会的不遇や疎外感こそが自分は特別であるという意識をもたらす点に注目がなされている。『イントゥ・ザ・ワイルド』は放浪の末にアラスカにて死体で発見された青年をめぐるノンフィクション小説を原作とする物語であったが、大学を中退し世界の真理を探究する旅に出た青年は社会の規範に背を向け、孤独と向き合いながら死を迎える。悲劇的結末であるが青年が放浪の末に到達しえた境地は純粋で崇高なものである。一方、『ウォールフラワー』および『いまを生きる』の高校生たちは大人になり社会に出る前の過渡期にあり、現状では学校空間の規範や周囲にあわせることに対する閉塞や疎外、反発などの感情を抱えているものの、成長段階の狭間にあることからその後のそれぞれの人生のあり方はその後の物語に委ねられている。

ここで確認しておきたいのは、ソローにおける孤独と疎外がある種の青年を惹きつけ、その高揚感がおよぼしうる危険な側面も存在しうるということである。現在にまで連なるソロー受容を考える際に、ソローの急進的な側面は青年期の疎外を描く物語のなかで継承されている。

二　ソロー・リバイバル——反骨精神の先駆者として

では、二一世紀にまでおよぶアメリカ大衆文化におけるソロー像の変遷の一端を概観してきた上で、「ソロー的」の一側面である不服従、反骨精神にまつわるソロー神話、「非暴力主義者」ソロー像が再創造されていく過程を探ってみよう。

再度、二一世紀の映画を参照してみるならば、『ハロルド&クマー』三部作（Hayden Schlossberg ほか脚本）の第一作『ハロルド&クマー、ホワイト・キャッスルに行く』（*Harold & Kumar Go to White Castle*, 2004）は、韓国系とインド系というマイノリティに位置づけられる青年コンビがくり広げるブラック・コメディである。夜中にホワイト・キャッスルという東海岸を中心に事業展開がなされているハンバーガーショップに行くだけの間に、さまざまなトラブルに巻き込まれてしまうスラプスティック・コメディであり、人種や宗教、麻薬などをユーモアとして用いている。

ここで注目したいのは、白人警官の人種差別主義的傾向を諷刺として描く場面である。ある白人警官の偏見により韓国系の主人公が留置場に入れられてしまうと、そこには先客として、ある黒人男性がソローの『市民的不服従』（*Civil Disobedience*, 1849）を読んでいる。物語のエンディングにてその人物は実は大学教授であることがわかり、釈放後、不当な扱いに対して訴えを起こす。ハーバード大学ヘンリー・ルイス・ゲイツ教授の誤認逮捕事件が起こったのは二〇〇九年のことであり、[3]さらにその後の「トランプ現象」における白人至上主義の再燃をも彷彿とさせる場面といえるものであるが、ソロー自身の投獄エピソードが大衆文化を通して継承されていることの証左となる場面となっている。ブラックユーモアに代表される笑いによる諷刺もまた対抗文化が得意とする手法であり、パロディや諷刺を通してソローが用いられている点も注目に値する。

ソロー自身の投獄体験をふりかえるならば、一八四五年七月、人頭税（マサチューセッツ州が二〇歳から七〇歳までのすべての男性に課税していた）の支払拒否により投獄された一件であり実際の投獄は一日のみのことである。コンコードの近隣住民はソローに対して好意的に接していたが、この行動に対しては批判的であった。友人であったラルフ・ウォルドー・エマソン（Ralph Waldo Emerson, 1803-82）が牢獄にいるソローを訪問し、「君はなぜこんなところに入ったのかね」と尋ねるエマソンに対し、「あなたこそなぜここに入らないのですか」とソローが問い返した逸話もまた有名であり、この顛末を物語化した演劇『ソローが牢獄で過ごした一夜』（*The Night Thoreau Spent in Jail*）が対抗文化の時代である一九六九年に発表され、現在も折にふれて再演されている。

ソローの原典『市民的不服従』から件の投獄体験にまつわる箇所を参照しておこう。

「獄中で一晩寝て過ごすのはあたかも自分が見ることになろうとは予想もしなかった遠い国へ旅するようなものだった。それまでは町の時計が鳴る音や夜の村の物音など一度も聞いたことがなかったような気がした。私たちは鉄格子の内側にある窓を開け放ったまま就寝したからである」（"Civil Disobedience" 217-18）

感性が研ぎ澄まされ、とりわけ音に鋭敏になっており、反骨の行動でありながらその想いは内省に向かい、獄中体験を「遠い世界に旅する」という不思議な解放感として表現している点に特色がある。

二〇世紀アメリカにおけるソロー受容史を概観しておくならば、他の一九世紀アメリカ文学と同様に、第一次世界大戦後、アメリカの国力が高まっていった一九二〇年代に文学史が生成されていくなかで、V・L・パリントン『アメリカ思想の新潮流』（*Main Currents in American Thought*, 1927-30）をはじめ、ソローもまた文学史の正典として扱われるようになる。同時代のアメリカ社会が好景気のなかで富を過度に追究する傾向に対する反動として、シンプルライフを標榜するソローの哲学や社会批評家としてのソロー評価が確立されていった。左翼思想としての全体主義に対する漠然とした恐怖が蔓延していた時代背景を反映し、過去の美徳復活を望む伝統主義者たちの拠りどころとして古典文学への回帰が起こる。

もう一つの大きな分水嶺となるのが対抗文化の一九六〇年代であり、「市民的不服従」の概念が、一九六〇年代の公民権運動における人種差別的国家権力への抵抗や、ベトナム戦争期以後の徴兵制度に対する良心的兵役拒否の運動などに典拠として参照されるに至る。さらに、ソローの思想と行動は政治活動家によって継承されていく。ガンジー（Mohandas Karamchand Gandhi, 1869~1948）が英国イギリスからの独立運動の際にソローの思想に依拠し非暴力的不服従運動を展開し、マーティン・ルーなど）。
非暴力抵抗運動の思想に触れた出発点となったことをくりかえし回想している（『キング自伝』第二章
ける非暴力の思想が再評価される契機となる。キングは学生時代にはじめて『市民的不服従』を読み、
サー・キング（Martin Luther King, 1929~68）による公民権運動での歴史的な実践を通してソローにお

しかし、ソローの「ジョン・ブラウン大尉のための擁護」（"A Plea for Captain John Brown," 1860）に対してはキングは慎重に直接的な言及を避けている。奴隷制廃止論者であるジョン・ブラウン（John Brown, 1800~59）が一八五九年に奴隷解放を目指し、反乱を主導した行動に対し、ソローは平和主義よりも革命の大義を高揚するレトリックを織り交ぜており、テロリズム的な暴力行為とみなされるブラウンを擁護する論説からは、流血の暴力をも認める可能性が示唆されていた。ソローの急進的な行動と思想はアナーキズムに近い過激な発想であり、ソローの同時代においても受け入れ易いものではなかった。ガンジーやキングなどの二〇世紀以降の政治思想家による受容を経て、公民権運動の時代でもある対抗文化の文脈において「非暴力抵抗運動」の思想が強調される形でソロー像が再構築されていく。

さらに、ヒッピー文化、ビート・ジェネレーション作家たちがソローを通して東洋思想に傾倒するなど理論的支柱になった。対抗文化が伝統文化と拮抗していくために古典文学であるソローに依拠することで対抗文化もまたオルタナティヴな伝統が新たに形成されていくことになる。一九六七年にソローの肖像画が切手に採用された際には【次頁の図版1】、ヒッピーを思わせる風貌が特徴的とされ、同年には雑誌『タイム』誌（一九六七年七月七日号）において「ヒッピー　サブカルチャーの哲学」

【図1】（左）「切手（1967年）」
【図2】（右）「雑誌『タイム』「ヒッピー　サブカルチャーの哲学」特集号（1967年7月7日号）」

と銘打たれた特集号が組まれ【図版2】、そこでも「ヒッピーの先駆者」としてソローに言及がなされている。精神世界、生とは何かをめぐる対抗文化の思想を形成していく上でソローの思想を時代に合わせて読み替え新たな系譜に位置づける試みであり、その後、『イントゥ・ザ・ワイルド』をはじめとする後世のソロー受容に継承されていく。主著となる『ウォールデン　森の生活』自体、社会と人間をめぐる批判に力点が置かれていることからも、自然生活を単に賛美するものではないのだが、自己の世界を確立していく方向性、社会と人間に対する批評性がさらに強調されていく。社会政治的な含みをもつ投獄事件と、孤高な自然生活との結びつきとは一見矛盾するようであるが、投獄事件について触れている『ウォールデン』の箇所を参照しておこう。

「最初の夏が終わりに近づいたある日の午後、私は靴の修理屋にあずけていた靴を受け取るために村へ出かける途中、逮捕され、投獄された。既にほかのところでも述べたように、議事堂の入り口で男や女や子どもたちを家畜のように売買する国家に対して、私は税金の支払いを拒否した——つまり、国家の権威を認めなかった——からである（略）。確かに私は力づくで抵抗し、多少の成果を収めることができたであろうし、社会を相手にひと暴れすることもできたであろう。だが私は、むしろ社会がこちらを相手にひと暴れする方がいいと思った。社会こそ救いようのない集団だからだ」（*Walden* 394）

社会からの疎外、軋轢にどう向き合うかという課題は大衆文化においても継承されていく。

対抗文化の時代におけるソロー受容を示す例として、一九六九年に発表された映画『イージー・ライダー』（*Easy Rider*）では、アメリカ社会における自由のあり方をめぐる議論がくりかえし描かれている。従来のハリウッド映画とは異なる自主制作の背景からもたらされ、即興によるドキュメンタリー的手法や、前衛実験映画を思わせる映像表現なども導入されており、「アメリカン・ニューシネマ」（New Hollywood）と称される新しい映画の潮流のなかでも代表作に位置づけられる。従来のスタジオ撮影から屋外ロケーション撮影を全面的に敢行することにより、ドキュメンタリーに近い手法を通してヒッピーのコミューンの様子など同時代の風景や人々が描き込まれている点も貴重な文化資料となる。

当初は二二〇分あった分量が完成版では九五分にまで圧縮されていることからも、物語の筋や人物の背景、心理描写は不明瞭であり、バイクでオープン・ロードを疾走する映像にあわせた音楽の起用が印象深い作品であるのだが、野宿し、野営する場面では、自由をめぐる議論など哲学的な考察が交わされている。「アメリカという国は、子どもから老人まで『自由』『自由』と口にする。しかし、本当に自由に生きる人間を見るのは怖いんだ」（01:11:00）というセリフに示されているように、アメリカ社会の排他性に焦点が当てられたアメリカ論の趣を帯びる。そして、逸脱者を排除するアメリカ社会の現実を反映し、主人公たちは目的地に到達できないまま破滅して終わる。作り物めいた従来のハリウッド映画のハッピーエンディングに対し、アメリカの影の面を描く傾向の最たる例であり、今をひたむきに生きる刹那への活写はアメリカン・ニューシネマの真骨頂といえるものである。理想が現実の厚い壁に打ち負かされてしまう結末もまた、破滅の美学とでも称すべき魅力の源泉にもなる。

三　ソローの「作法」を映像化する試み
――映像詩人ジョナス・メカスの「日記映画」

『イージー・ライダー』においては直接的なソローへの言及はなされていないが、同じ一九六九年に発表された『ウォールデン、日記、ノート、スケッチ』(*Diaries, Notes and Sketches also Known as Walden*, 1969) は、実験映画で知られる映画監督ジョナス・メカス (Jonas Mekas, 1922~2019) により、ソローの思想実践を一九六〇年代後半のニューヨークを舞台に映像化し、現代に置き換えようとした試みである。一九六四年から六九年に撮影された日記的な記録映像を年代順に編集し、声や地下鉄の音、通りの雑音などを同時録音している。ソロー自身、散歩に出る際に、あらゆる観察と思索を鉛筆によって手帖に書き込んでいた逸話に基づき、スケッチの手法を「日記映画」として映像に応用している。アンディ・ウォーホルによるパーティ、アレン・ギンズバーグらビートニクの詩人たちによるポエトリー・リーディング、ヴェルヴェット・アンダーグラウンド結成時のライブ映像、ジョン・レノンとオノ・ヨーコによる「ベッド・イン」の模様など歴史的な瞬間が描き込まれている点にも貴重な資料的価値がある。

メカスはリトアニア系移民として一九四九年、二〇代後半にニューヨークに移住するのだが、リトアニア共和国独立（一九二〇年）を契機に民族文化意識が高まるなかで幼少期を過ごし、第二次世界大戦期はナチス侵攻による収容所体験を経るなど、アメリカ社会および文化を別の視点から捉える視座を有している。ハリウッド映画に代表されるアメリカの主流大衆文化に対抗する映像文化の推進に意欲的であったメカスの活動の集積に対し、ソローに依拠している点に注目してみたい。

十六ミリ用映画カメラ「ボレックス」により、身の周りで起こる出来事をメカスは一九五〇年からスケッチ、日記のように撮りはじめ、カメラ（ボレックス）を手の延長として実感できるほどにまで習熟するのに十五年ほどの歳月を費やした後、一九六九年に『ウォールデン、日記、ノート、スケッチ』として結実する。『イージー・ライダー』がスタジオ撮影での制約から屋外ロケーション撮影を可能にした映像テクノロジー技術の発展に基づいて成立しているように、技術革新の背景も大きな意味をもつ。

映像のみならず町のさまざまな音を拾っているところにメカスの『ウォールデン』の特色があり、自然音から人工の音、あるいは沈黙に至るまで平等に公平に音を受けとめている。今福龍太『ヘンリー・ソロー　野性の学舎』を再度参照するならば、『ウォールデン』の「音」（Sounds）に対する注目を独立した章としてとり上げて扱っている。

「ウォールデンの森の奥に簡素な小屋を建てて独居していた二年と二カ月と二日のあいだ、ソローはじつに多くの音に注意を向けた。ひたすら耳を澄まして、彼のもとに届くあらゆる音を繊細に聴き取ろうとした。聴くだけでなく、身体ごとその響きや振動を受けとめ、みずからその震えと共振しようとした」（今福 一六二）

メカス版『ウォールデン』は、自然のなか、森のなかではなく、大都会ニューヨークを舞台に、五感を通した都市の喧騒や匂いなどを捉える。映像表現の手法からも、内省的な思索を排し、眼差しは社会との関与に向けられている。

「マンハッタンの四二丁目やブロードウェイを歩いていても、車の列の横を進みながら、唐突にある匂いを嗅ぎつける。人は『ニューヨークはスモッグだのなんだの、臭くてたまらない』と文句をいう。でもわたしが嗅ぐのは、あの樺の木の匂いなのです。というわけで、わたしはいつでも記憶のなかにある匂いに囲まれていて、望めばいつでもそれを蘇らせることができる。ときには、勝手に向こうからやってきて、びっくりさせられることもある。でも誰もが不平を鳴らすニューヨークの悪臭は、わたしには存在しない。なんの話をしているのか、わたしには理解できない。ニューヨークにいても、わたしは自分の嗅ぐ匂いを自分で決めることができる。ソローの『ウォールデン』が入り込んできたのは、そういう経緯からです。これはわたしの『ウォールデン』だとわたしは言いました。ニューヨークがあなたたちにとって、どんなものか、わたしにはわからない。わたしにとって、それは『ウォールデン』なのです。木々があり、小鳥がいて、四季がめぐり、雪が舞い、風が吹き、雨が降り、吹雪が起こる」（メカス 八三）

メカスの『ウォールデン』では、セントラルパークが自然のなかで孤立を得られる場所として多く取り上げられているのだが、抽象的でありながら映像では表現しえない「匂い」をも含めた五感により場所の感覚を捉えようと試みる。また、ハリウッド映画に代表される主流大衆文化はもとより、先行するアートシーンに対する対抗文化としての実験精神の現れをソローに依拠し、さらにその精神を一九六〇年代現在のアメリカに読み替えている。ソローはこのように孤高を志向する者にとっての先駆者として位置づけられ、対抗文化の系譜が更新され続けている。

四　哲学者としての「ホーボー」像再創造――『北国の帝王』（一九七三）

アメリカン・ニューシネマの代表作となる映画『イージー・ライダー』をはじめ、対抗文化の時代にロード・ムービーのジャンルが活況を示す。そのなかで、アメリカの広大な土地を自由きままに移動する物語として、ホーボーをめぐる物語も人気となっていく。対抗文化の時代以降のホーボー像の変容を示す作品例として、ロバート・アルドリッチ監督（Robert Aldrich, 1918~83）による映画『北国の帝王』（*Emperor of the North Pole*, 1973）を挙げることができる。一九三三年の大不況期を舞台に設定し、ホーボー文学の先駆となるジャック・ロンドンの自伝的『放浪記』（*The Road*）の記述をもとに時代考証がなされている。[4] ソロー、ロンドンの系譜は『イントゥ・ザ・ワイルド』にも継承されていく。

仕事を求めて列車の無賃乗車で放浪を続ける「北国の帝王」と呼ばれる伝説のホーボー（Aナンバーワン）と、無賃乗車犯を追い払うことに全精力を傾ける車掌（ジャック）との対決を描く物語であるが、伝説のホーボーであるにもかかわらず、ホーボーの原義（渡り労働者）となるはずの労働に関する描写が省かれている点に特色がある。そして、ソロー・リバイバル以降の時代思潮を反映し、再創造されたホーボー像の典型例として哲学者の側面が強調されている。

ホーボーの歴史を概観するならば、鉄道の誕生と普及にあわせて一八九〇年頃から登場し、それ以前からも家を持たぬ「渡り者」は存在していたが、鉄道という移動手段の登場により、「渡り労働者」として外に仕事口を探すことができるようになった。ホーボーが社会的な現象として登場する一八九〇年当時はフロンティア消滅宣言が出される時代である。さらに、「鉄道トランプ（放浪者）」から「自動車トランプ」への以降が、一九三〇年代後半から自動車の大衆化により起こる。二〇世紀後半以降のホーボーは鉄道沿いではなくハイウェイ沿いにいる。

『北国の帝王』が依拠したロンドンの『放浪記』においても、また、二〇世紀末の『イントゥ・ザ・ワイルド』においても、無賃乗車は車掌や制動手の目をかいくぐる命がけの行いとして描かれるのだが、『北国の帝王』ではその攻防が物語の基盤を成している。貨車の屋根にしがみつく冬の旅は命がけであり、冬のロッキー山脈を越えた者だけが一人前のホーボーとして認められる。伝説のホーボー「Aナンバーワン」のもとに若い弟子入り志望者（シガレット）が現れるのだが、伝説のホーボーは列車が橋を渡る際に若者を川に突き落とし、「おまえはホーボーの器じゃない」「おまえは向こうっ気だけで心がない」（01:59:10）とホーボーとしての心構え、精神のあり方を説く。「ホーボー道」とでも称すべき作法が示されており、そのあり方は修行者であり哲学者を思わせる。対抗文化の作法、精神が形成されている様をここに見出すことができる。

一九六〇年代には、ジャック・ケルアック（Jack Kerouac, 1922~69）による「消えゆくアメリカ人のホーボー」（"Vanishing American hobo," 1960）が示すように、現実のアメリカの光景からは消滅し、すでにホーボーは憧れと追憶の対象となっていた。「旅人のように定住する」という一見、矛盾するかのようなソローの姿勢が、街の自然に知悉した哲学者の趣をもつ放浪者像の下地となり、対抗文化の時代以降、ホーボー像が再創造されている。

おわりに　ソローが繋ぐアメリカの精神文化

アメリカ大衆文化における対抗文化、とりわけその精神文化の源流としてソロー像は大きな役割をはたしてきた。『ザ・シンプソンズ』の一エピソード「リサの愛国心」では、アメリカの理念である「自由・平等・民主主義」を体現するために「反骨の作法」が求められる。ソローの言葉や思想を信条とする『いまを生きる』や『ウォールフラワー』の主人公である少年たちは、ソローの「孤独」の面に強く魅了され、疎外感を通して高次の覚醒に触れる。思春期特有の「孤独の作法」をここに読み込むこともできるだろう。『イントゥ・ザ・ワイルド』では、放浪への憧れと幻滅が描かれており、主人公の青年をめぐる悲劇が示すように、理想を純粋に追求する上での覚悟と危険性も込められている。

ホーボー像の変容から、ロマンティックに理想と追憶を込めて描き直された「自由を志向するアメリカ」というナショナルな物語としてのホーボー像の系譜と、現実のアメリカ社会が抱える諸問題との対照が浮かび上がってくる。溜まり場から溜まり場へと体験談を語り聞かせることで一宿一飯の恩恵に預かる伝説のホーボーへの憧れ、神話化の背後で、現在の渡り労働者たちはどこに、どのようにして存在しているのだろうか。現在もなお命がけの中南米からの過酷な国境越えや無賃乗車により、新しい生活を目指し移動する者たちの現実もある。

さらに「トランプ現象」としての二一世紀現在においては、多様化・断片化が進む主流文化が見えにくく、存在しにくくなっている。同じ国家や地域に生活していながらも、生活のスタイルや価値観も共有しえなくなってきているなかで、対抗文化をどう捉え直すことができるのか。アメリカが本来あるべき理想をカウンターとして示す、アメリカの精神文化としての対抗文化の伝統について、対抗文化がどのようにソローから学び、依拠しながら発展を遂げていったのかを遡って検討することで、ノスタルジアを超える「対抗文化の作法」を今の時代にどのように継承し、応用しうるかも見えてくるにちがいない。

第11章　ソロー・リバイバルと対抗文化の作法（中垣恒太郎）

【註】

（1）リサを主人公とするエピソード「リサの愛国心」は、民主主義の理想を描いたフランク・キャプラ監督『スミス氏都へ行く』（*Mr. Smith Goes to Washington*, 1939）のパロディも重ね合わされている。

（2）『ウォールフラワー』の小説版では、『ウォールデン　森の生活』をめぐり、「（ソローの時代における）超絶主義の運動は今現在にも重なるものである」（Chbosky 88）という意見を交わした様子が高揚感にあふれる筆致で記されている。

（3）二〇〇九年七月一六日に起こったハーバード大学へンリー・ルイス・ゲイツ・ジュニア教授（アフリカ系アメリカ文学）の誤認逮捕事件とは、自宅のドアが壊れて開かなかったためにゲイツ教授が自宅のドアを壊そうとしているところを市民からの通報を受けた警官により不当に手錠をかけられ逮捕され、釈放まで四時間にわたって拘束された顛末である。背後に黒人（アフリカ系）に対する人種差別的な先入観があると批判するゲイツ教授の指摘に対し、法律顧問を務めたチャールズ・オグルトリー（ハーバード大法学教授）により書籍としてまとめられるなど（Charles Ogletree, *The Presumption of Guilt: The Arrest of Henry Louis Gates, Jr. and Race, Class and Crime in America*, St. Martin P, 2010）、アメリカの人種問題の複雑さを示す一件として、オバマ大統領をも巻き込む多くの議論を呼んだ。

（4）アメリカン・ニューシネマの代表作の一つに位置づけられる『俺たちに明日はない』（*Bonnie and Clyde*, 1967）は世界恐慌の時代としての一九三〇年代を舞台とし、実在する伝説の銀行強盗の物語を通して、厳しい時代を弱者がひたむきに生きる姿と対抗文化の時代思潮を重ね合わせることで、新しい映画の潮流の方向性を指し示した。ロード・ムービーのジャンルの系譜は西部開拓時代（西部劇）やアウトローの流れを引くものであり、対抗文化の時代を経て歴史を描く物語としてのロード・ムービーの傾向にどのように変化が見られるかについては別に論じる機会をもちたい。

【引用文献】

Beck, Günter. "Mmmm…Individualism!": Thoreau and Thoreauvian Thought in the *Simpsons!*" *Americana* (E-Journal of American Studies in Hungary) Vol. 4-2 (2008).

Chbosky, Stephen. *The Perks of Being a Wallflower*. 1999. Pocket Books, 2009.（『ウォールフラワー』田内志文訳、集英社文庫、二〇一三年）。

Conover, Ted. *Rolling Nowhere: Riding the Rails with America's Hoboes*. Vintage, 1984.

Cresswell, Timothy. *On the Move: Mobility in the Modern Western World*. Routledge, 2006.

Depastino, Todd. *Citizen Hobo: How a Century of Homelessness Shaped America*. U of Chicago P, 2005.

Fried, Frederick. *No Pie in the Sky: The Hobo as American Cultural Hero in the Works of Jack London, John Dos Passos, and Jack Kerouac*. Citadel Press, 1964.（『ホーボー　アメリカの放浪者たち』中山容訳、晶文社、一九八八年）。

Godfrey, Nicholas. *The Limits of Auteurism: Case Studies in the Critically Constructed New Hollywood*. Rutgers UP, 2018.

Karunakaran, K.P. "Martin Luther King and Civil Disobedience." *India International Centre Quarterly*, Vol. 3-2 (1976): 95-106.

Kerouac, Jack. *Lonesome Traveler*. 1960. Grove Press, 1985.

King, Martin Luther. *The Autobiography of Martin Luther King, Jr.* 1998. Abacus, 2000.（『マーティン・ルーサー・キング自伝』梶原寿訳、日本基督教団出版局、二〇〇二年）。

Lee, Robert E. and Jerome Lawrence. *The Night Thoreau Spent in Jail: A Play*. 1869. Hill and Wang, 2001.

Lennon, John. *Boxcar Politics: The Hobo in US Culture and Literature, 1869-1956*. U of Massachusetts P, 2014.

London, Jack. *The Road*. Rutgers UP, 2006.（『ジャック・ロンドン放浪記』川本三郎訳、小学館、一九九五年）。

Specq, François, Laura Dassow Walls, and Michel Granger, eds. *Thoreauvian Modernities: Transatlantic Conversations on an American Icon*. U of Georgia P, 2013.

Sullivan, Mark W. *Picturing Thoreau: Henry David Thoreau in American Visual Culture*. Lexington Book, 2015.

Thoreau, Henry David. *A Week on the Concord and Merrimack Rivers, Walden; or, Life in the Woods, The Maine Woods, Cape Cod*. Library of America, 1985.（『森の生活　ウォールデン（上・下）』飯田実訳、岩波文庫、一九九五年）。

―. "Civil Disobedience," *Collected Essays and Poems. Library of America*, 2001.（『市民の反抗　他五篇』飯田実訳、岩波文庫、一九九七年）。

―. *I to Myself: An Annotated Selection from the Journal of Henry D. Thoreau*. Jeffrey S. Cramer, ed. Yale UP, 2012.

伊藤詔子『よみがえるソロー　ネイチャーライティングとアメリカ社会』柏書房、一九九八年。

今福龍太『ヘンリー・ソロー　野性の学舎』みすず書房、二〇一六年。

金子遊『映像の境域　アートフィルム／ワールドシネマ』森話社、二〇一七年。

黒﨑真『マーティン・ルーサー・キング　非暴力の闘士』岩波新書、二〇一八年。

高橋勤『コンコード・エレミヤ　ソローの時代のレトリック』金星堂、二〇一二年。

松本昇・君塚淳一・高橋勤『ジョン・ブラウンの屍を越えて　南北戦争とその時代』金星堂、二〇一六年。

メカス、ジョナス『ジョナス・メカス　ノート、対話、映画』木下哲夫訳、せりか書房、二〇一二年。

（DVD）『イージー・ライダー』デニス・ホッパー監督、ソニー・ピクチャー・エンターテインメント、一九九九年。

（DVD）『北国の帝王』ロバート・アルドリッチ監督、二〇世紀フォックス・ホーム・エンターテインメント、二〇〇九年。

（DVD）『ウォールデン』、ジョナス・メカス監督、ダゲレオ出版、二〇一三年／解説ブックレット「ザ・ウォールデン・ブック」西山敦子・小松亜也子訳。

第十二章　ナット・ターナーは再復活されうるか？

――ネイト・パーカーの『バース・オブ・ネイション』を巡る騒動とその顛末

白川　恵子

一 ターナー表象の因縁

ウィリアム・スタイロンの『ナット・ターナーの告白』（*The Confessions of Nat Turner*, 1967）出版とその苛烈な批判によって、一八三一年、ヴァージニア州はサザンプトン郡で勃発した奴隷叛乱事件が広く大衆に認知されるようになったのは、もはや周知であろう。キング牧師がワシントン大行進を成功させ、包括的公民権法が成立した六〇年代前半の統合融和から、爆破・破壊行為や相次ぐ要人の暗殺、都市暴動の先鋭化によって、戦闘的分離を辞さぬ若き黒人指導者層が台頭する六〇年代後半へと、人種を巡る様相が変化していくなかで、スタイロン小説は構想され、執筆され、出版され、好評をえた直後に一転、酷評された[1]。いわば六〇年代の対抗文化の一現象と変遷を映し取るかのように、ナット・ターナーという存在が再認識されたのだ。作家としての想像力を駆使して、同名主人公の来し方や欲望を一人称の語りで描いたスタイロンは、奴隷制の史実を歪曲し、ターナー像を矮小化したと非難されたけれども、それまで忘れ去られ、一般大衆の認知が極めて低かった奴隷叛乱首謀者を、六〇年代のアメリカに蘇えらせた功績は大きい。文学批評家アルバート・ストーンは、六七年のスタイロン作品出版とそれに伴う論争を、合衆国史および文学史上に、ターナーを復活させた現象と見なし、それを『ナット・ターナーの帰還』（*The Return of Nat Turner*, 1992）というタイトルによって表現した。「英雄」ターナーを「帰還」させたのは、黒人作家ではなく、皮肉なことに、ヴァージニアの奴隷所有者の末裔であり、完璧なワスプと揶揄された南部白人作家であったのだ。その過程で、合衆国奴隷制史上、最大にして最悪と目された無差別殺害集団の頭目は、神命を受け、同朋を解放せんとした抵抗する主体と認知されるようになり、現在、黒人奴隷解放者や黒き「キリスト」的アイコンとしても機能している。アンテベラム期からこんにちに至るまで、ナット・ターナー表象の豊穣は、文学・映像・漫画作品はもとより、研究書においても顕著である。

スタイロンのターナー表象への批判的反応は、このように六〇年代対抗文化精神の反映に他ならないのだが、本稿が扱うのは、スタイロン小説やその時代の文化現象そのものではない。その末裔であり、ターナー表象の直近の具体例、すなわち二〇一六年、ネイト・パーカーの監督・脚本・主演によって公開されたナット・ターナーの伝記映画『バース・オブ・ネイション』（*The Birth of a Nation*, 2016, 以下、『バース』）とそれを巡る騒動について考えたいのである。振り返れば、処刑直前に収監されたターナーの独房を訪ねた法廷弁護人トマス・R・グレイが[2]、叛乱に至る動機や蜂起の詳細を尋ね、口述筆記した記録文書『ナット・ターナーの告白』（*The Confessions of Nat Turner*, 1831, 以下、『告白原本』）を出版したのが一八三一年。スタイロンは、グレイのパンフレットを熟読し、小説の一部にその文書文言や内容を組み込み、かつ、敢えて自作に同名タイトルを付した。同様に、ネイト・パーカーもまた、先行する歴史的映像作品――D・W・グリフィス監督の『國民の創生』（*The Birth of a Nation*, 1915）――が黒人偏見に満ちた悪名高き映画であると熟知した上で、そのタイトルをそのまま採用している。

ＫＫＫを正当化したグリフィス作品からちょうど一〇〇年後に撮影を開始した新進気鋭の黒人監督は、これら南部出身の白人たち――もちろんここにはスタイロン、グリフィスだけでなく、映画の原作となった小説『クランズマン』(*The Kansman*, 1905)の作者トマス・ディクソン・ジュニアも加えられるべきだろう――による先行作品内の人種表象を転覆し、黒人の黒人による黒人のための新たなターナー像を提示せんと意図したに相違ない。パーカー映画は、しかしながら、スタイロン小説と同様に、華々しいデビューと映画賞受賞の絶賛から数ヵ月後に、批判的見解へと評価が一転したのである。[3] 無論、各々に対する批判の内容は異なるが、その契機が異人種間の性的関係に関連するという意味において、両者は一致している。黒人男性による白人女性のレイプというディクソン＝グリフィスが『國民の創生』でことさら強調した偏見に満ちた「テーマ」が、奇しくもスタイロンからパーカーへと無意識的に「継承」されてしまっているのであれば、それは皮肉であるとしか言いようがない。

このように、パーカー映画は、先行する作品とその文化的背景・歴史事象との間に、明らかに因襲的な繋がりを有している。本稿は、パーカーの映像表象と彼自身のスキャンダルから、ターナーというアイコンが、時に過去の事象と共鳴し、時に現在特有の事情を反映しながら、多層的に読み込まれるさまを考察することを意図している。すなわち、ターナーの叛乱表象が、一九六〇年代対抗文化の時代を経ていまに連なるのならば、その片鱗が形成され、評価され、こんにち的な文化現象との間に関連性を結んでいる点は何なのかを探りたいのだ。以下に続くセクションでは、『バース・オブ・ネイション』以前のターナーの映像化について簡単に紹介したのち、パーカーのプロットを概観する。さらにパーカーの過去の事件と映画評への影響を示し、批評家が何を問題としたのか、そしてこれら一連の事例から、何か読み取れるのかを示したい。

二　パーカー以前――スタイロン作品映像化の頓挫と『厄介な財産』

ナット・ターナーに関する映像化は、パーカー以前にも、過去に何度か試みられている。スタイロン作品の映画化は、小説出版後にすぐ模索され始めたが、騒動を経て、結局、実現しなかった。その後、チャールズ・バーネット作品が全米公共放送協会（PBS）で放映されたのは、二一世紀に入ってからの二〇〇三年であった。『バース』に先立つ、これら二件の試みについて、以下に紹介しよう。

スタイロンの『ナット・ターナーの告白』出版直後、デイヴィッド・ウォルパーは、六〇万ドルを提示して小説の映像権を得た。その後、二〇世紀フォックス社に権利を譲渡し、プロデューサーをウォルパー、監督を『夜の大捜査線』のノーマン・ジュイソン、ターナーを演じる主役をジェイムズ・アール・ジョーンズとし、映画化を企画した。ところが、ほどなく、スタイロン小説に対する激しい非難が巻き起こり、それに連動して、映画化反対運動が展開される。当時ユニバーサル・スタジオのストーリー・アナリストで、のちに作家となるルイス・メリウェザーは、黒人名誉棄損防止協会（Black Anti-Defamation Association [BADA]）を設立し、黒人俳優オシー・デイヴィスをスポークスマンとして、反対運動を開始した。BADAには、全米黒人地位向上協会（National Association for the Advancement of Colored People [NAACP]）、ブラック・パンサー党に加え、ラップ・ブラウンやストークリー・カーマイケル、アミリ・バカラといった活動家らも賛同したのだから、その反対運動は強力だった。ウォルパーは、黒人脚本家ルイス・S・ピーターソンの登用と、以下の妥協案を提示した。すなわちターナーには、偉業を成した革命家としての肯定的なイメージを反映し、スタイロン作品のみに基づく表象をしないこと。映画は、スタイロン小説以外のさまざまな資料を参照して作製すること。当然、白人女性への欲望や同性愛的嗜好は含めず、またタイトルを『ナット・ターナーの告白』ではなく、単に『ナット・ターナー』とすることであった。合意した内容で脚本を完成させ、叛乱の白人犠牲者の末裔とも政治的交渉を、根気強く行い、撮影の準備を整えたにもかかわらず、ジュイソンが、別映画のスケジュールの都合で監督を降りると、一九七〇年一月、フォックス社は、資金難を理由に映画製作の断念を発表。こうして、計画は未完に終わり、最終的に残ったのは、スタイロン小説擁護派、反対派間に横たわる「沈黙」という深い溝であった（Ryfle 31-33; Greenberg 243-49）。

『ナット・ターナー――厄介な財産』（*Nat Turner: A Troublesome Property*, 2003）は、黒人監督チャールズ・バーネットと白人歴史家兼プロデューサーのケネス・K・グリーンバーグによる啓蒙的映像作品である。叛乱の概要、グレイの『告白原本』の解説に加え、ハリエット・ビーチャー・ストウ、フレデリック・ダグラス、ウィリアム・ウェルズ・ブラウン、ランドフル・エドモンド、スタイロンの作品内でのターナー表象および解釈を、作家、歴史、文学、法律、心理学の研究者の見解を交えて提示する。本作品は、小説の映画化ではなく、叛乱の歴史的背景や表象の具体例につき、多様な専門家による解説とコメントを番組化した映像なので、教育的色彩が強く、中立的かつ客観的である。つまり、バーネット作品は、ターナーの叛乱事件を知るための格好の「講義」となるけれども、その分、物語性は皆無である。映像提示に合わせてグリーンバークが学術的研究書を上梓している事実からも、本作が、娯楽としての映画化とは一線を画す企画であったことは明らかだ。ターナーの伝記的物語の映画化は、切望され続けてきたし、しばしばスパイク・リーの名前も挙がってきたものの、結局、実現しなかったから、スタイロンからおよそ半世紀後に、待望の黒人監督による作品が、しかも誰もが知るグリフィス映画と同名タイトルによって提示されるとあっては、自ずと期待が高まった。その意味において、パーカー映画は、そもそも評価上の懸念材料が極めて少ない、恵まれたデビューとなるはずであったのだ。

三　『バース・オブ・ネイション』――サザンプトンの叛乱から南北戦争へ

これらの過去を経たうえで、では、パーカー作品は、どのような物語を提示したのか。映画プロットを紹介しよう（映画プロット説明部分では、農園主一家の姓との混乱を避けるため、ターナーではなくナットと記す）。「真実のストーリーに基づく」の文言で始まる物語は、ナットの幼少期のエピソードを映し出す。夜、奴隷たちが呪術的集会を行なっている場に、母親に連れられナットが来る。胸部の三か所の縦列突起を見つけた呪術師が、少年には、特殊な使命が課されていると予言する。ターナー農園の奴隷のナットは、主人の息子サミュエルを幼馴染みの遊び仲間とし、比較的良好な環境下で育つ。だが日々の食事は少なく、ひもじい思いをしていたため、それを目撃したナットの父アイザックが、食料を盗み、妻と母、息子のもとに届けようとする。その道中、ジェレマイア・コブ率いる奴隷パトロールの一行に見つかってしまい、悶着の挙句、偶発的に一人の白人を殺害したため、逃走を余儀なくされる。

幼少時より書物に興味をもっていたナットは、主人の聖書を、こっそり奴隷小屋に持ち帰り眺めるようになる。ターナー農園の女主人でサミュエルの母のエリザベスは、ナットが文字を読めるという噂を聞きつけ、これを試したところ、奴隷少年の聡明さに驚き、自身の屋敷に住まわせて、聖書の知識を自ら教授するようになる。ナットは、白人少年並みの着衣で教会にて、聖書を朗読し、白人席のエリザベスとサミュエルの間に座すことをも許される。

時が流れ、青年に成長したナットは、黒人奴隷たちに聖書の教えを説くと同時に、今や主人となったサミュエルの農園で綿花栽培や大工仕事に従事する一方、主人の片腕として、各所に随行するようにもなる。ある折、移動中に、奴隷競売の開催現場に出くわすと、このなかに、野卑な身なりの女性の姿が目に留まる。ナットは、この女奴隷には価値があるし、サミュエルの妹キャサリンの結婚祝に最適であるといい、購入するよう主人に勧める。この女性こそ、のちにナットの妻となるチェリーである。ナットとチェリーは互いに惹かれ合い、ほどなく結婚し、子供を授かる。

ある日、ターナー農園を訪ねたウォルサル牧師は、サミュエルにある提案をする。折からの農園経営の逼迫を緩和すべく、ナットに近隣農園を巡回説教させ、謝礼としての現金収入を稼ぐという方法であった。近隣農園の白人主人たちは、反抗的態度をとる奴隷たちに同じ黒人奴隷のナットの説教を聞かせ、神を畏れ、従順となるよう手なずけたかったのである。こうしてナットは、主人サミュエルに連れられ、近隣農園に出向き、そこで白人農園主の要請に従い、奴隷たちに主人への服従と勤勉を説く。だが、神への畏怖と現世での規律を説くナットが各所で目撃したのは、白人農園主の奴隷たちへの残忍な暴行と侮蔑であった。奴隷に対する苛烈な拷問を目の当たりにしたナットは、思わず神の裁きや復讐について声高に叫ぶのであった。

そんな折、ナットの留守中にチェリーが、ジェレマイア・コブを含む奴隷パトロールの男性たちに集団暴行される。変わり果てた妻の姿を目の当たりにしたナットは、激しく憤り、このとき、玉蜀黍からおびただしく血が流れ出るさまを幻視する。妻がレイプされたとの知らせを受けた翌日は、ターナー屋敷で、サミュエルが名士を招いて毎年開催する晩餐会の日だった。奴隷たちは、サミュエルとエリザベスに仕え、ナットは食前の祈りを唱え、ナットの親友ハークの妻は給仕をする。その夜、ハークの妻エスターが、賓客の一人によって夜伽を強要される。ナットはハークと共にサミュエルに抗議するも、なす術がない。ナットとハークの妻たちは、白人たちの性的犠牲となり、その夫たちは、奴隷であるがゆえに主人側の暴力を阻止できない。

ナットの評判を聞きつけた貧乏白人男性ブラントリーが、洗礼を施してほしいと依頼に来る。彼は、道徳的不適格者として教会を破門され、救済を求めてナットを頼ったのだった。自身が所有する黒人奴隷が、領地内で、不名誉な性的犯罪者の白人男性に洗礼を施すという前代未聞の事態に、サミュエルは激怒し、制裁のためナットを激しく鞭打つ。拷問のさなかにナットは、黒人女性の似姿をした女神像を幻視する。傷ついたナットを介抱する祖母と母。背中の傷が癒えかかるころ、祖母は奴隷小屋で静かに息を引き取る。祖母の亡骸の傍らで聖書を前に頭を垂れると、ナットの脳裏に、レイプされたチェリーの姿や、これまで訪れた近隣農園で拷問に耐える奴隷たちの姿が浮かんでくるのであった。このとき、ナットが開いていたのは、「彼らを赦すな。男も女も、幼な子も乳飲み子も、牛も羊も、駱駝も、驢馬も、皆、殺せ」と説く旧約聖書のサムエル記、第一五章であった。

祖母の墓標の前にハークと座すナットは、互いの絆を確認しあう。その夜、ナットは、ハークを含む数人に叛乱計画を告げる。叛乱の実行は、ナットによる主人サミュエルの殺害から始まった。単身で主人との決着をつけると、一斉蜂起を前に、母にリーズ農園へと逃れるように告げ、その後、ナットは奴隷たちを叛乱に誘う。ともに立ち上がり、子供たちのために蜂起するよう呼びかけ、白人屋敷を次々に襲撃していくさまが暗示される。一夜明けて、エルサレムに集結した奴隷たちの前に、武装白人集団が立ちはだかる。ナットの「復讐だ！」の掛け声によって、戦闘が開始され、双方の側に数多の犠牲者がでる。このときの戦闘で、ナットは、父を苦しめ、妻を凌辱した宿怨の白人コブを手づから殺害する。しかし、民兵による一斉砲撃によって奴隷たちの叛乱は鎮圧されてしまう。ナットは逃走し、チェリーらは取り調べを受ける。また多くの罪のない黒人たちが処刑されるさまが、ニーナ・サイモンが歌う『奇妙な果実』とともに画面上に効果的に映し出される。逃亡中のナットは、これを知り、自ら往来に姿を現すと、すぐさま逮捕され、収監されたのち、処刑場に連れ出される。罵倒する白人大衆と絞首刑を静かに見守る黒人たち。そのなかには、ナットが初めて近隣農園で説教した際に、彼を案内した少年の姿もあった。ナットの処刑に涙する黒人少年の顔がズームアップされると、子供から青年となった顔へと接続される。ナットの処刑をじっと眺めていた少年は、長じて南北戦争で北部側兵士となって戦う青年となったのであった。

四　奴隷解放者か、個人的復讐者か

こんにち一般的に広く認知されているように、サザンプトンの叛乱が、ジョン・ブラウンを触発し、南北戦争を誘発したとの見解は、前述のプロットにも齟齬なく組み込まれている。史実にはないエルサレムでの奴隷と民兵との銃撃戦は、ブラウンの叛乱を彷彿させる場面となっているし、エンディングが印象的に示すのは、ターナーの精神が、南北戦争時に戦う黒人兵士によって継承されるさまである。『バース』は、叛乱の歴史的意義を、意識的に描写した作品であると、ひとまずはいえるだろう。と同時に、夫婦間、家族間、あるいは共同体における信頼と愛情を描く『バース』は、ある意味において、ターナー夫妻の恋愛物語であるとも解釈できる。奴隷たちの家族愛や友情、結束とともに、エリザベス・ターナー、キャサリン・ターナーといった白人女性の穏健さや慈愛も強調され、白人農園主や奴隷捕獲者の蛮行と、対照的かつ効果的に配置されている。奴隷制批判のみならず支配者階級側の多様性にも目配りがなされており、奴隷制下における叛乱事件を描く、極めて「売れにくい」はずの映画としては、バランスの取れた表象となっている。

注目すべきは、本作には、パーカーの想像力による創作部分が、多く盛り込まれている点である。実在の人物と物語上のキャラクターとが、かなり変更されており、グレイの『告白原本』とも異なる点が散見される。(4) なるほど、映画作品はあくまでも芸術の一形態なのだから、史実との比較対照は、あまり意味がない。とはいえ、素材が「伝説的英雄」ナット・ターナーとあっては、映画を評するにあたって、歴史家や専門家がこの点につき反応したのも理解できる。また、ターナーが『告白原本』内で繰り返しグレイに語った神からの啓示と聖書からの戦闘のヴィジョンに関する説明（Gray 101-04）は、映画ではほぼ描かれず、叛乱首謀者の宗教的カリスマ性は矮小化されてしまっている。白人弁護人が徹頭徹尾、言説を支配しているにもかかわらず、グレイのテクストにおけるターナーは、自らの知的特異性を強調し、他の奴隷との日常的な交流を避け――よって、妻の存在についても一切言及していない――自身を神秘的かつ孤高なる存在として提示することに成功している。一方、パーカーは、そもそも作品内にグレイという存在を含めていないから、『告白原本』にて奴隷がなした最大級の言説的体制転覆行為が、映画では全く表明されないままなのだ。「今になって、自分の行為が間違いだったとは思わないのか?」とのグレイの問いに対して、ターナーは「キリストは磔にされたではありませんか?」(Gray 104)と答え、聖書を黒人奴隷の立場から「奪取」したうえで、無差別殺戮を完全に正当化してみせたが、パーカー作品には、そのくだりが描かれないのである。さらに言えば、映画には法廷場面もないので、自身の罪状認否の際、「無罪」と叫んだ(Gray 115)ターナーの苛烈な主張の意義が考慮されることもない。

スタイロン批判の轍を踏まず、黒人監督は、奴隷から男性性を剥奪するような描写はしていない。ターナーは、つねに白人女性を性的に欲望することも、男性との間に――白人黒人を問わず――同性愛的行為をなすことも、また叛乱に際して怖気づき主人を殺害できないこともない。しかしながら、奴隷パトロールのコブ率いる白人集団に妻が暴行され、ハークの妻を白人客に差し出すことを非難したターナーを主人サミュエルが無視し、かつ彼から瀕死の鞭打ち仕置きを受けたのちの奴隷叛乱において、ターナーが実際、殺害するのがサミュエルとコブである場合、本作が提示する叛乱の動機は、同胞解放の天啓ゆえではなく、個人的復讐ゆえと解釈されてしまうのである。無抵抗の女子供を無差別に殺害した奴隷叛乱が、ややもすると報復的テロ行為と関連づけられてしまう二一世紀にあって、アフリカ系アメリカ人にとって「正統」と思しきターナー像とは、制度悪を正当に批判し、神命により己を賭して全奴隷を解放する救済者でなければならない。ところがパーカーのターナーは、良くも悪くも、夫であり、父である一個人としての側面が前景化されるがゆえに、ある種、卑近な存在に映ってしまうのだ。

だが、それはそれで良かったはずなのだ。仮に個人的復讐劇になろうとも、少なくとも、奴隷制の残忍さ――思わず眼を背けたくなる拷問や家畜並の扱いへの憤怒――は、観客の情動に十分訴えかけるし、奴隷たちの苦悩や忍耐の限界は、切実に伝わる。だからこそ、本作は、サンダンス映画祭で拍手喝采を受けたのではなかったか。『バース』の問題は、映画表象とはまた別次元の、しかしながら、ターナー表象の際に関連づけられてしまう事象とそれを読み込まざるをえない背景にあるのだ。そしてそれはアメリカが長年保持してきた偏見に満ちた人種言説に深く関連してもいる。スパイク・リー監督すらも成しえなかったターナーの伝記映画を完成させたにもかかわらず、しかも公開の前哨戦は上々であったにもかかわらず、なぜパーカーは批判されて終わる結果になったのか。

五　称賛から転落へ――スキャンダルの展開と映画評

構想から脚本執筆、撮影を経て、およそ七年の歳月を費やし完成した『バース』は、二〇一六年一月二五日、サンダンス映画祭のコンペティション部門にて上映された。その直前に発表されたアカデミー賞の演技部門の候補が白人独占であった偏向に対する批判的雰囲気のなか、本作の前評判は高く、パーカーは上演前からスタンディングオベーションで迎えられた。事実、すでにこの前年の二〇一五年二月の第八七回アカデミー賞でも、キング牧師の活躍を描いた『グローリー』が受賞候補から漏れ、主要六部門のノミネート者が全て白人で占められたことに「オスカーは白すぎる」(#OscarsSoWhite)と、批判の声があがっていたのだ。白人警官による黒人への過剰暴力や不公平な法的扱いを非難して、二〇一三年から始まった「黒人の命だって大切だ」運動(#BlackLivesMatter)が盛り上がりを見せる折に、ターナーの叛乱についての映画を、進取の気性に富む黒人監督が完成させたのだから、この折のパーカーへの大衆的期待度は、かなり高かったと言える。

待望のターナー表象は、期待どおり観客賞と審査員賞をダブル受賞した。加えてフォックス・サーチライト・ピクチャーズが、同映画祭史上最高額の一七五〇万ドルで配給権を獲得したとのニュースが大きな話題となると、この段階で『バース』の成功は確約されたように思われたし、映画評も好意的であった。ところが一転、一〇月の全米公開と翌年のオスカー・レースを控えた同年八月一二日、『デッドライン』誌と『ヴァラエティ』誌がパーカーの大学時代の性的暴行事件を報道すると、各誌が一斉に「監督の過去」を取り上げるようになり、一大スキャンダルとなった。事件の概要は以下の通り。

一九九九年一〇月、パーカーが、レスリング奨学生としてペンシルバニア州立大学に所属していた二年生のとき、友人のジーン・マックジャンニ・セレスティン(本映画脚本の共同執筆者)とともに、両名は、同大学の白人女子学生を暴行した容疑で、告発された。女性側は、飲酒のために意識を失っていた間にレイプされたと主張し、パーカーとセレスティンは、合意の下であったと弁明した。暴行後、女性はパーカーに連絡を取り、酩酊状態の間に何がなされたのかを問いただし、大学警察に通報。またルームメイトであった男性二人は、レスリング部のチーム指導者やコーチに、レイプ告発事件への対応につき教示を受けたと報告されている。逮捕され、取り調べを受けた両名の裁判判決は、パーカーについては、女性との間に本件に先立ち関係があったことから無罪、セレスティンは、有罪となり六ヵ月から一二ヵ月の禁固刑を言い渡された。本来、本件の強制量刑は三年から六年なのだが、大学当局側から判事への働きかけによって右記のように軽減され、かつ卒業まで実刑を延期する措置が取られた。これに対して、大学では、賛否が巻き起こった。なお、セレスティンについては、その控訴審で被害者女性側が証言を拒否して現れなかったため、当初の判決は覆り、彼も最終的に無罪となった。

事件発覚後、大学内は、白人女性被害者側を支持する主張と、人種的偏見による容疑者批判に反駁し、容疑者を擁護する黒人側とに分断された。女性によると、パーカーとセレスティンは、彼女に対して再三、嫌がらせを続け、彼女は、一一月中に二回、自殺未遂を図っている。両者からの嫌がらせ行為につき、彼女は大学の司法事務局に異議を申し立てたが、それに有効な対処がなされなかったため、責任を追及し、二〇〇二年、女性は大学を訴えた。訴状によると、パーカーとセレスティンは、告訴人の女性の名前を口汚く叫びながらキャンパス内を罵って追い、私立探偵を雇って、彼女の写真を撮って回った。身の危険を感じる恐怖に外出すらままならず、GPA4.0の優等学生だった彼女は大学を辞めざるをえなかったのに、パーカーとセレスティンは、レスリング部にも復帰できていたという。大学側は、過失を認めなかったものの、女性の訴えに対して、一万七五〇〇ドルの和解金を支払って決着した。

こののちパーカーは、ペン・ステイトからオクラホマ大学に転入。女性は、ＰＴＳＤによる薬物使用をへて、二〇一二年に、自死した。パーカーは、女性の自殺については、二〇一六年八月の暴露報道まで知らなかったと述べた。ちなみに、本件の裁判記録の一部や、女性とパーカーとの生々しい電話での会話は、こんにち、ウェブ上に掲載されており、閲覧できるし、事件のタイムラインを整理したサイトまで存在する。(Cieply and Fleming; Setoodeh; John and Bashein)

映画公開前のタイミングでの報道に対して、パーカー自身は、この事件を隠蔽したことはないと語っている。そもそも事件は、一七年前にも地元で周知となったのだし、無罪となった事実を含め、作品公開前からフォックス・サーチライト社も承知していた。だが、法の裁きと世間の道徳的な判断との不一致は、とくにオスカー候補の映画監督には、辛辣であった。当然、パーカーを非難する雰囲気が形成されていく。事態に対して、一九九九年の事件当時、ペンシルバニア州立大学の学生・職員であった四人が、公開文書を発表し、当時のキャンパスにおける人種差別主義的な雰囲気を指摘してパーカーを擁護した。さらに二〇一六年一〇月二日、CBSの人気番組『60ミニッツ』にて、アンダーソン・クーパーとパーカーとのインタビューが放映される。事件について問われた折に、パーカーは、裁判で無罪となった事件であるにもかかわらず、アカデミー賞レースの大事なタイミングで過去の裁判が取りあげられた事態に対して、納得のいかなさを垣間見せ、自作を守るべく、メディアに攻撃的な姿勢を示した。また被害者女性の苦悩と自死や、彼女の残された家族には、悲しみを表明したものの、事件そのものに対する謝罪・弁明はせず、そもそも女性の起訴は誤っていたと述べ、無罪判決による自身の正当性を繰り返したため、こうしたパーカーの反応に対し、各紙は批判的に取り上げた。『バース』を当初、高く評価していたオプラ・ウィンフリーは、パーカーに対応をアドバイスしたが、彼が無視したため、以降は、何も語らなくなったと伝えられている（Lockett）。しかも被害女性が、精神的トラウマに苦しみ、子供を残して自殺したのに対して、現在のパーカーが、事件を起こしたほぼ同時期にペン・ステイト大学時代に出会った白人女性サラ・ディサントとのちに結婚し、彼女との間に四子を儲け、姉の子も養子に迎えて大家族で幸せに暮らすさまが報じられたのも大衆の感情を逆なでしたようだ。自分は良き父、良き夫たらんと努力を続けていること、白人妻が黒人の子供を育てているのだというパーカーの主張に対して、黒人社会からは、白人女性との結婚を、感情的に快く思わぬ向きも現れる。

公開前のメディア報道の苛烈さに、映画ボイコットを呼びかける動きが顕現化する一方で、創作者と作品を分けて考えるべしとの意見も相次いだが、事件報道の影響が大きかったのは確かだ。事実、『ワシントン・ポスト』紙は、「ネイト・パーカーと『バース・オブ・ネイション』に関して、芸術家と芸術とを区別するのは、恐らく不可能だろう」という直截なタイトルで映画評を掲載し（Hornaday）、『ニューヨーカー』は、ハーヴァード大学法科大学院の教授による、過去のレイプ事件について評した記事「ネイト・パーカーの公開裁判」を掲載した（Gersen）。賛否両論あるものの、こうなると映画評が負の方向に傾いていくのも否めない。『それでも夜は明ける』（*Twelve Years a Slave*, 2013）や『ジャンゴ　繋がれざる者』（*Django Unchained*, 2012）、あるいはスピルバーグ作品と比較すると、単なるスーパーヒーローものの狭範な表現であり、プロパガンダ映画としても成功していないと、作品の未熟を指摘するコメントや（Cunningham; Clark）、史実との差異を挙げるものもあったが（Alexander; Harris; Jones）、圧倒的に多くの批評に共通するのが、パーカーの作中での女性表象であった（Alexander;

Clark; Deitch; Harris; Jones: Scott）。先述のように、ターナーの叛乱の契機は、妻の暴行への私憤と密接に関連しているが、それだけでなくパーカーは、ターナーを「英雄」にする一方で、女性たちを些末な存在としてしか描いていないというのである。なるほど確かに『バース』では、主人の屋敷を個別に襲う類の描写がなされないせいもあろうが、叛乱時に、本来、必ずやいたであろうはずの奴隷女性の姿が描かれることはない。ターナーの母や祖母はもとより、白人男性から凌辱されるチェリーやエスターは、文字通り「声」を奪われ、語ることができず、あかたもターナーの男性性を際立たせ、全うな復讐者とするための「使用可能な」存在となっている。もちろん、両夫は妻を凌辱されるのだから、その男性性すら奴隷制下では抑圧されているのだけれども、ターナーに至っては、一目惚れしたチェリーをこのまま失いたくないとの想いがゆえに、主人サミュエルに「購入」を提案し、白人を模した「所有欲」を発動させてもいる。そしてそのようなターナーを、白人女性レイプ事件容疑の当事者パーカーが演じたのである。既に自死した被害者女性が、事件を語りえない事実が、嫌が応にも映画の背後にちらつかざるをえない。もともと若年黒人女性への支援団体が、家庭内の性的虐待撲滅運動として二〇〇七年に地道にスタートさせた「ミー・トゥー」（#MeToo）啓発活動は、およそ十年の月日を経て、二〇一七年一〇月、大物プロデューサーの性的抑圧告発としてハリウッドで拡散拡大し、以降、盛り上がりを見せたわけだが、翻って考えれば、パーカー映画公開時の二〇一六年には、ある意味において、すでにその素地が――別の側面からではあるが――整えられていたと言えるのかもしれない。いまやハリウッドにおいて、単に人種表象の基軸のみを抽出して論ずるのでは「不十分」で、ややもすると「不適切」とすらみなされうるのかもしれないのだ。

『バース』は、二〇一六年一〇月七日、全米で公開。(5) 公開週末の成績は、七一〇万ドルで第六位。観客の約六割がアフリカ系であったと言われている。第二週には、一〇位に転落し、当初の華々しさとはほど遠い地味な興行で、成功とはいえぬ結果でおわった。事実、フォックス社は、期待していたほどの盛り上がりとならなかったため、広告宣伝費の削減のため、世界各国での公開を中止した。当初、日本でも劇場公開される予定であったが、結局、未公開となった。

六　ナット・ターナーというアイコン特性

その先行作品を十分意識したであろうパーカーが、スタイロン小説に対する批判内容を、実人生でなぞるかのような過去を持っていたのは、皮肉としかいいようがない。スタイロンは、ターナーの白人女性へのレイプ願望を作中、強調して描き、アフリカ系アメリカ人側から激しく非難されたが、パーカーは、白人女性へのレイプ容疑で文字通り告発され、無罪判決を受けたものの、その実体験が、ターナー映画公開時に、命とりになってしまったわけだ。

そもそも、パーカーがタイトルに掲げたディクソン＝グリフィスの『國民の創生』は、異人種間の性的関係（ミセジェネイション）を嫌悪し、黒人男性の性的脅威から白人女性を庇護するクランを正当化した作品であった。ジム・クロウ法が完成し、人種分離が合法化され、リンチ件数が最高潮に達した時期に創作されたディクソン小説の映像化に対抗して、パーカーの映画は構想された。アフリカ系アメリカ人を排除したうえで成される白人国家の再誕生に、パーカーは異議を唱え、ターナーの叛乱をもってし

【図1】（左）映画宣伝用ポスター。
【図2】（右）ＤＶＤパッケージ（白人民兵との戦闘に突進する奴隷叛乱者たちの姿を描いているが、アメリカ国旗の流血のよう見える。ポスター同様、監督の特定の意図を反映している。）

て、アメリカ再生の契機を主張したはずだった。だからこそ、叛乱後、無辜の黒人たちがハンギングされる場面は、まさに合衆国の法的、社会的人種政策の歴史に対する批判となるし、かつ映画宣伝用ポスター——合衆国国旗でできた縄を首に巻き、絞首刑に処されるターナー＝パーカーの頭部——のインパクトも鮮烈だったのだ【図版参照】。だが、本来は、批判を込めて提示されたターナーの姿が、キャラクターではなく、演技者たるパーカーの生身の事件に対する断罪の姿に映ってしまう。要するに、ターナーの処刑を批判的に演出した監督自身が、「処刑」される事態になってしまったのである。しかも、ディクソン＝グリフィスやスタイロンへの非難が、あくまでも作品表象上での人種意識であったのに対して、パーカーの場合は、実質的な被害を伴った裁判事件なのだから、事態はより深刻で悩ましい[6]。

　しかしながら、それ以上に悩ましいのは、ナット・ターナーという歴史上の「伝説の存在」をめぐる表象の困難さであろう。スタイロン小説出版後の論争や映画化の頓挫が、作品それ自体を超えて、それ以前の歴史提示の経緯を含む人種的対立構造の文脈のなかで展開されたのと同様に、否、それ以上に、パーカーによるターナーの表象は、それそのものとは別の論争の影響下で取り上げられ、「国家の創生」を担うターナー像ではなく、それを描いた監督の主体こそが中心的に読み込まれてしまった。二人のヴァージニア人の先行テクスト『ナット・ターナーの告白』を、そしてディクソン＝グリフィスの小説・映像を、修辞的かつ政治的に転覆せんとした、もう一人のヴァージニア出身者パーカーは、奇しくも、彼らの「罪」ではなく、己が罪を「告白」してしまったのである。六〇年代の対抗文化は、スタイロン表象に対して、人種的抵抗の見地からの批判を生成させしめたが、二〇一六年の『バース』では、六〇年代のもう一つの成果であった性差による格差是正がさらに顕現し、ターナー表象の背後に押しやられた女性像を巡って、パーカー批判が展開されることとなった。「権力的」表象や「暴力的」営為に対して「対抗」する精神性の発露は、それを目指したはずのパーカーをも「権威」であり「抑圧者」であると読み込んでしまったのである。

果たして「ナット・ターナー」は、正統かつ正当に描かれうるのか？　もちろん、何をもって「正統」であり、「正当」であるといえるのかは、文脈や背景によって変容するがゆえに確定不能であるけれども、六〇年代の「帰還」を経て、文化的なアイコンとなったターナーを提示しようとすると、描く側の主体のみならず、当該表象時以前の歴史的解釈や先行作品の読み込みが、意識的にも無意識的にも為されてしまうがゆえに、その表象は、多層的で、一元的受容が困難であることは、間違いない。再・復活の現象を待たずしても、ナット・ターナーの表象は、いつでも可能であろうけれども、このアイコンが、いつでも予期する以上の背景を読み込んでしまうと同時に、表象者側の潜在的／顕示的政治性を暗示する試薬的な客体であるのは間違いないようだ。

※本稿は、JSPS科研費16K02157の助成を受けたものである。

【註】

(1) 一九九三年ヴィンテージ版のあとがき「ナット・ターナー再訪」において、スタイロンは、作品に対する大衆受容の変遷——執筆開始の六二年から出版直後の好評、その後、一転し、黒人側からの批判書『ウィリアム・スタイロンのナット・ターナー——一〇人の黒人知識人は応える』(*William Styorn's Nat Turner: Ten Black Writers Respond*, 1968)による激しいバッシング——を、六〇年代の人種的社会情勢の変化——人種間の相互理解と融合姿勢から爆破襲撃や殺害、暴力の横行による人種の分断へ——と関連づけながら語り、批判に対する反駁を行っている。

(2) グレイは、奴隷叛乱加担者の一連の裁判で、複数名の弁護人を引き受けているが、ターナーの裁判における弁護人となってはいない。裁判記録そのものには、『告白原本』が法廷で読み上げられたとの記載はなく、また裁判中、グレイについて言及されてもいない。ターナーの裁判で被告の弁護人となったのは、ウィリアム・C・パーカーである。詳細については、トレイグルによる裁判記録を参照のこと(Tragle 221, 244)。

(3) スタイロンとパーカーとは、双方とも、ターナーの叛乱が勃発した地に程近いヴァージニア州ノーフォーク出身である。

(4) 『バース』の登場人物たちが史実とは異なる点は除外したとして、目立った差異としては、以下があげられるだろう。白人女主人の熱心な教育によって聖書の知識を得たというのは、スタイロン表象と同じであり、史実では報告されていない。ターナーやハークの妻がレイプされたという史実は、確認されていない。戦闘のクライマックスシーンは、エルサレムでの奴隷叛乱者集団と白人民兵組織との攻防戦となっているが、実際にターナーの叛乱一行は、個別の家々を襲撃し殺害する形態をとっていたし、そもそもエルサレムに到達する前に鎮圧されている。ターナーは、叛乱当時、実質上の主人であったジョーゼフ・トラヴィスとその妻サラを殺害しようとしたが、実際には失敗し、ウィルという別の奴隷が代捕した。ターナーが唯一殺害したのは、マーガレット・ホワイトヘッドという少女であったが、スタイロンが意図的に注視した彼女の存在をパーカーは無視している。またトラヴィスについて、ターナーは、温厚な主人で何ら不満はないと明言しているのだから、個人的要因が叛乱を引き起こしたのではない。ターナーの叛乱動機は、奴隷制という不正な搾取システムかつ道徳律侵犯の是正であるのに、パーカーは、ターナーの叛乱の意図と原因を、個人的生活実態のレベルで捕らえてしまっている。

（5）『バース』が全米公開された同日の二〇一六年一〇月七日に、ナショナル・ジオグラフィック・チャンネルは、『蜂起せよ――ナット・ターナーの遺産』（*Rise Up: The Legacy of Nat Turner*, 2016）を放映した。ベント・アンダーソン監督（Bengt Anderson, dir.）による、このテレビ用映像作品は、ナショナル・ジオグラフィック・スタジオとタイニー・ジャイアント社による共作で、後者組織のエグゼクティブ・ディレクターのうちの一人は、ネイト・パーカーである。よって、ナショナル・ジオグラフィックの当該ウェブ頁には、パーカーの姿が大々的に掲載されている。（https://www.nationalgeographic.com.au/tv/rise-up-the-legacy-of-nat-turner/ を参照。）ただし、本作は、ターナーおよび白人主人被害者側の末裔へのインタビューを含め、ヴァージニアの奴隷制の歴史・文化、ターナーの生涯、叛乱の詳細な進捗を示すドキュメンタリーであるため、教育的・啓蒙的色彩が強く、『バース』とは全く趣を異にしている。

（6）誤解なきよう、念のため、ひとこと述べておくと、本稿執筆者は、パーカーの過去の容疑と事件に対して、批判であれ擁護であれ、特定の意思を表明するつもりはないし、そのような立場にもない。本件を取り上げるのは、ひとえに、それがターナー表象にまつわる因縁的とも寓意的とも言える困難さに関連していると感じるからである。ターナーの物語的伝記作品創作の試みとその完成そのものは、好ましいことであると考えている。

【引用文献】

Alexander Leslie, M. "'The Birth of a nation' Is an Epic Fail." *The Nation*. Oct. 6, 2016. https://www.thenation.com/article/the-birth-of-a-nation-is-an-epic-fail/. Accessed June 30, 2019.

Burnett, Charles, dir. *Nat Turner: A Troublesome Property*, 2003.

Cieply, Michael and Mike Fleming, Jr. "Fox Searchlight, Nate Parker Confront Old Sex Case That Could Tarnish 'The Birth of a Nation.'" *Deadline*. August 12, 2016. https://deadline.com/2016/08/nate-parker-sex-case-the-birth-of-a-nation-oscar-race-fox-searchlight-1201799115/. Accessed June 30, 2019.

Dixon, Thomas Jr.. *The Klansman: A Historical Romance of the Ku Klux Klan*. 1905. U of Kentucky P, 1970.

Clark, Phenderson Djeli. "The Nat Turner that Could Have Been: *The Birth of a Nation*'s Wasted Effort." Oct. 17, 2016. https://pdjeliclark.wordpress.com/2016/10/17/the-nat-turner-that-could-have-been-the-birth-of-a-nations-wasted-effort/#more-7073. Accessed June 30, 2019.

Clarke, John Henrick. *William Styorn's Nat Turner: Ten Black Writers Respond*. Greenwood, 1978.

Cunningham, Vinson. "'The Birth of a Nation' Isn't Worth Defending." The New Yorker. Oct. 3, 2016. https://www.newyorker.com/magazine/2016/10/10/the-birth-of-a-nation-isnt-worth-defending. Accessed June 30, 2019.

Gersen, Jeannie Suk. "The Public Trial of Nate Parker." *The New Yorker*. Sep. 2, 2016. https://www.newyorker.com/news/news-desk/the-public-trial-of-nate-parker. Accessed June 30, 2019.

Greenberg, Kenneth S. "Nat Turner in Hollywood." *Nat Turner: A Slave Rebellion in History and Memory*, edited by Kenneth S. Greenberg. Oxford, 2003, pp 243-49.

Gray, Thomas R. *The Confessions of Nat Turner*. 1831. *William Styorn's Nat Turner: Ten Black Writers Respond*, edited by Clarke, Greenwood, 1978, pp. 92-118.

Griffith, D. W. dir. *The Birth of a Nation*. 1915.

Deitch, Hannah. “Can Nat Turner be Free From Nate Parker? A Review of *The Birth of a Nation*.” *Ampersand*. Oct. 11, 2016. https://www.ampersandla.com/can-nat-turner-free-nate-parker-review-birth-nation/. Accessed June 30, 2019.

Harris, Aisha. “In *The Birth of a Nation*, Women Don’t Participate in Nat Turner’s Rebellion. History Tells Us Otherwise.” *Slate*. Oct. 7, 2016. https://slate.com/culture/2016/10/a-nat-turner-scholar-on-how-birth-of-a-nation-distorts-history-and-ignores-womens-role-in-slave-rebellions.html. Accessed June 30, 2019.

Hornaday, Ann. “For Nate Parker and ‘Birth of a Nation,’ Separating Artist from the Art may be Impossible.” *The Washington Post*. Sep. 7, 2016. https://www.washingtonpost.com/lifestyle/style/for-nate-parker-and-birth-of-a-nation-separating-artist-from-the-art-may-be-impossible/2016/09/07/45f15232-705a-11e6-9705-23e51a2f424d_story.html?noredirect=on&utm_term=.523e703f7414. Accessed June 30, 2019.

Johns, Nate and Rachel Bashein, “A Timeline of the Nate Parker Rape Scandal, and the Damage Control That Has Followed.” *Vulture*. Oct. 3, 2016. https://www.vulture.com/2016/08/timeline-of-the-nate-parker-rape-scandal.html. Accessed June 30, 2019.

Jones Eileen. “Honoring the Real Nat Turner.” *Jacobian.* Oct. 15, 2016. https://www.jacobinmag.com/2016/10/birth-of-a-nation-nat-turner-nate-parker/. Accessed June 30, 2019.

Lockett, Dee. “Nate Parker Reportedly Refused Oprah’s Help with Damage Control, Becoming the Only Person to Ever Say No to Oprah.” *Vulture*. Oct. 7, 2016. https://www.vulture.com/2016/10/nate-parker-reportedly-refused-oprahs-help.html. Accessed June 30, 2019.

Parker, Nate, dir. *The Birth of a Nation.* 2016.（『バース・オブ・ネイション』のタイトルでDVD化されている)。

Ryfle, Steve. “Nat Turner’s Hollywood Rebellion.” *Cineaste: America’s Leading Magazine on the Art and Politics of the Cinema*. 2016 Winter, Vol. 42, No. 1, pp 31-33.

Scott, A. O. “In Nate Parker’s ‘The Birth of a Nation,’ Must-See and Won’t-See Collide.” *The New York Times*. Oct. 6, 2016. https://www.nytimes.com/2016/10/07/movies/the-birth-of-a-nation-review-nate-parker.html. Accessed June 30, 2019.

Setoodeh, Ramin. “‘The Birth of a Nation’ Star Nate Parker Addresses College Rape Trial.” *Variety*. August 12, 2016. https://variety.com/2016/film/news/the-birth-of-a-nation-nate-parker-rape-trial-1201836624/. Accessed June 30, 2019.

Stone, Albert E. *The Return of Nat Turner: History, Literature, and Cultural Politics in Sixties America*. U of Georgia P, 1992.

Styron, William. *The Confessions of Nat Turner*. 1967. Vintage, 1993.

---. “Nat Turner Revisited.” *The Confessions of Nat Turner*. Vintage, 1993, pp. 433-455.

Tragle, Henry Irving. *Southampton Slave Revolt of 1831: A Compilation of Source Material*. U of Massachusetts P, 1971.

継承されるヒッピー文化

終章　ニルヴァーナとバーニングマン

――ヒッピー世代の後輩としてのふたりの二一世紀作家の振る舞い

藤井　光

はじめに

本書全体の趣旨から考えれば、本来はカウンターカルチャーに先行する作家たちを取り上げるべきであろうし、現代作家を取り上げるのであれば、クリストファー・ゲイアーの勧めに従って、まさにヒッピー世代の文学として、ケン・キージーの『カッコーの巣の上で』（一九六二年）やトマス・ピンチョンの『競売ナンバー49の叫び』（一九六六年）、あるいはカート・ヴォネガットの『スローターハウス5』（一九六九年）といった作品を考察するのが筋であろうと思われる（Gair 143-144）。だが、本章はむしろ、一九六〇年代から半世紀が経過した二一世紀における「終わらないコーダ」とでも呼ぶべき状況を文学テクストから垣間見ることを目的としている。

より具体的には、アダム・ジョンソンとウェルズ・タワーという、二一世紀に創作活動を開始したふたりの白人男性作家の「書くこと」それ自体への疑念を通して、現在というこの地点におけるカウンターカルチャーの遺産の意義を確認することが、ここでの議論の枠組みである。したがってそれは、現在という地点から一九六〇年代の文化的遺産をどうとらえるのか、という視線と切っても切り離せない。

二〇〇五年に発表した『反逆の神話』において、ジョセフ・ヒースとアンドルー・ポターは、一九九八年の映画『カラー・オブ・ハート』を論じながら、カウンターカルチャーの基本的発想をこうまとめている。

「社会」は想像力を狭め、心の奥底にある欲求を抑えることで人々を支配している。彼らが逃れるべきなのは、順応からである。そしてそうするためには、文化をまるごと否定しなければならない。対抗文化（カウンターカルチャー）を形成しなければならない——自由と個性に基づく文化を。(39)

これ自体はかなり粗雑な整理であり、一九六〇年代の実態というよりは、一九九〇年代後半から二一世紀にかけてカウンターカルチャーがどのように認識されているのかを示す例として考えるべきだろう。ともあれ、歴史記述としての彼らの文章は、順応の一九五〇年代と抵抗の一九六〇年代という、おなじみの図式の強力さを教えてくれる。システムからの自由と個性の解放を唱える思想、とまずはカウンターカルチャーを定義づけたうえで、ヒース＝ポターはその「重罪」として次の点を挙げる。「カウンターカルチャーの活動家および思想家は一貫して、具体的な社会問題に対する完璧な解決策を、ちゃんと実行されたためしがない『もっと深い』『もっとラディカルな』代替策のために拒絶するのだ」(112)。

この図式化が孕む問題は、個々の主題において恣意的に単純な議論が展開されていることにも明らかである。ヒース＝ポターの批判の主な対象はナオミ・クラインが代表する反グローバル運動であるが、フェミニズムもまた、あらゆるルールを拒絶する「自由恋愛」を目標とし、社会的「空白」を生み出したと総括されている(78-79)。フェミニズムの理論的展開が、一九八〇年代以降、「参加する市民が自律的であるからこそ、互いに社会的責任を果たし、平等な声をもつと考えられてきた公的領域が、いかに排他的であるかを指摘し、既存の政治理論の前提である主体自体に異議を唱え」つつ、「公的領域から放逐されてしまった営みに目を向け、そこに新しい可能性を見いだそうとする」（岡野一四七−四八）試みを続けてきたことを考えれば、ヒース＝ポターの批判が一面的なものであることは言うまでもない（そして、その恣意性がゆえに、『アメリカン・ビューティー』をはじめとする映画の読解に際しては、作品におけるアイロニカルな視点を一切考慮に入れず、プロットを額面通りに受け取ったうえでプロットの単純さを批判するという誤りを犯してもいる）。

とはいえ、それらの論理的欠陥や恣意性を列挙するのが、ここでの目的ではない。ヒース＝ポターにしろ、カウンターカルチャー批判としての論点はとくに目新しいものは見当たらず、一九八〇年代のアラン・ブルームに代表されるような、「ラディカル」と「リベラル」をめぐる論争の焼き直しにすぎないといっていい。そして何よりも、トーマス・フランクが一九九七年の時点で指摘しているように、一九六〇年代のアメリカ企業は「体制順応」型からの脱却を目指してカウンターカルチャー的な創造性を取り込んで発展していったのであり（Frank 20）、その意味で、「カウンターカルチャーはそもそもの最初からきわめて企業家的だった」（201-202）という『反逆の神話』の指摘は正当ではあれ、二一世紀になってもくすぶり続ける火種がまたひとつ、今回はグローバリズムをめぐって炎を上げたという反復性を証明するものでしかない。

ただし、この反復性は非常に重要である。使い古されたカウンターカルチャー批判が二一世紀になっても回帰してくるという事実そのものは、一九六〇年代の感性が過去のものになったのではなく、二一世紀に入って別の形で反復されていることを意味しているからだ。それはたとえば、ジェフリー・

T・ニーロンが、「クラシックロック」と総称される一九六〇年代から七〇年代初頭にかけてのロック音楽が二一世紀の日常生活に偏在するBGMになっている現象を取り上げた分析とも響きあう。クラシックロック人気はヒッピー世代に青春を過ごしたベビーブーム世代の懐古趣味に訴えるマーケティングにすぎないという仮説を退け、ニーロンは、一九六〇年代の音楽商品が回帰してきている現状に、二一世紀特有の経済の現状を見出す。「反抗的で実存的な個人性という、ロックンロールのスタイルは、二〇世紀中盤のフォーディズムの大量生産においてはほぼ同化不可能だったものが、ポストフォーディズムのニッチマーケット消費の資本主義の原動力となっているのだ」（Nealon 56-57）。つまりは単なるノルタルジアを超えて、一九六〇年代の「精神」が二一世紀においてどのように反復されているのか、そのなかでどのように機能しているのかを問うこと。これから見ていくように、それはこの世紀における創作、「クリエイティビティ」をめぐる作家たちの問いと直結している。

一　「ニルヴァーナ」とカート・コバーンの亡霊

ヒース＝ポターが繰り広げるカウンターカルチャーおよび左派批判の冒頭に掲げられているのは、ニルヴァーナのフロントマンであったカート・コバーンの死をめぐる考察である。ここでのコバーンは、「カウンターカルチャーの思想の犠牲者」（19）とされ、メジャーレーベルでの成功や自身のアイコン化といった体制への順応を徹底して拒絶しようとする代表例として登場させられている。一九八〇年代の商業化したロックに反旗を翻すパンク精神を「グランジ」という音楽スタイルに結実させ、反抗あるいは対抗をみずからの基盤として生きようとしたコバーンは、それがゆえに巨大な商業的成功を収めてブランド化されるという現実と折り合いをつけることができずに自死を選んだ――それがヒース＝ポターの描き出す「犠牲者」の姿である。

ここでコバーンのエピソードが選ばれていることはおそらく、一九六〇年代と二一世紀を橋渡しするための意図的な選択だろうと思われる。ヒース＝ポターは明言していないものの、コバーンが二七歳で迎えた死は、まさにカウンターカルチャーのアイコンだった「3J」こと、ジミ・ヘンドリックス、ジャニス・ジョプリン、ジム・モリソンがともに二七歳で早逝したことに重ね書きされるものだからだ。この図式に従うならば、一九九四年に二七歳で自死したコバーンは、先行する「3J」というカウンターカルチャーの亡霊に取り憑かれた存在であり、そしてまた商品化に激しい嫌悪感を示した彼自身が新たな亡霊となって、「ブランドなんか、いらない」とするクラインに代表される二一世紀のラディカルな運動に取り憑き続けているのだ。コバーンの死を茶番のように描き出すことは、ヒース＝ポターにとっては、ヒッピー世代の価値観と二一世紀を切断するうえで、どうしても必要な作業なのである。

まさにこのような、コバーンに託された時代の反復性と葛藤を含み込んだ形で、アダム・ジョンソンが二〇一三年に発表した短編「ニルヴァーナ」は、近未来のサンフランシスコからシリコンバレーにかけてのベイエリアを舞台として物語を展開させる。物語は語り手である主人公をめぐるふたつの出来事を軸として動いていく。ひとつは、主人公の恋人であるシャーロットがギラン＝バレー症候群を発症してしまい、九ヵ月にわたって首から下が完全に麻痺した状態を余儀なくされていること。

もうひとつは主人公が、暗殺されて間もないアメリカ合衆国大統領を一種の立体映像として蘇らせて会話を可能にするプログラムを作成して公開し、大きな反響を呼んでいることである。

そのふたつのドラマをいったん除外するなら、主人公の日常はシリコンバレーでの平凡な労働者の生活だといっていい。知名度の低い小さな企業に勤めている彼はもっぱら、「Yelp や Facebook の利用者に脅しをかけて、ずるい弁護士や無能な歯医者に対する否定的なコメントを撤回させている」(19)。その作業を効率化するため、ネット上を調査してクライアントをプロファイリングするプログラムを作成するのが主人公の仕事である。この仕事においては、彼は完全にシリコンバレーの巨人というべき企業の、自社ブランド価値維持のための活動に組み込まれている。

この短編を詳細に論じる日野原慶は、作者ジョンソンの勤務先であるスタンフォード大学を含め、物語の舞台となるパロアルトが、「グローバルなコミュニケーションシステムの現代的な発展に多大なる貢献をしてきた土地」(43) であると指摘している。「ニルヴァーナ」というテクストの射程を考えるとき、そうした現代的な条件に付け加えるべきは、パロアルトやスタンフォード大学が、一九六〇年代には反戦活動をはじめとするカウンターカルチャーを育んだ土地であるという事実だろう。「六〇年代がもたらした偉大な文化的潮流は、結局のところウッドストックではなく、アメリカ大陸の反対側で発展していった。シリコンバレーである」と、二一世紀の経済を展望するリチャード・フロリダはいう。「サンフランシスコ・ベイエリアの丁度中心にあるその場所が、新しいクリエイティブ精神のための実験場となった」のだと (169)。「アップルもオラクルも、ペイパルもヒューレット・パッカードも、ここから一マイル以内にあるガレージから起業した」(Johnson 24) という物語の舞台は、カウンターカルチャーの遺産が巨大なグローバル産業へと再編成された土地でもある。一九六〇年代の精神は、二一世紀のベイエリアにおいて、まったく異なる形で反復されているのだ。

「体制」や「順応」への反抗によって目指されたのが、抑圧された個人のクリエイティビティの解放だったのだとすれば、新自由主義経済が進展した今日、その意味合いは大きく変わっている。個人のクリエイティビティとそれを許容する文化こそが経済を動かすのだ、というリチャード・フロリダに代表される「クリエイティブ経済」においては、カウンターカルチャー時代に解放されようとしたものが新たな体制の基盤となっているともいえるからである。一九九〇年代前半から一気に加速したグローバル規模の情報産業が、一九六〇年代のビジネス革命を彩ったレトリックの復活をもたらしたことをフランクが指摘しているように（28）、シリコンバレーと情報産業には、カウンターカルチャーの時代との切っても切れない関係性がつきまとう。「情報資本主義のイデオロギーは、一九六〇年代の落とし子なのだ」（Frank 29）。シリコンバレーという舞台には、一九六〇年代という物語の地下水脈が流れている。

この舞台においてジョンソンの主人公が作り出した、暗殺された大統領の立体映像プログラムもまた、一九六〇年代の残像を抜きにしては語れない。群衆の前をパレードで歩いている際に何者かに腹部を撃たれ、その映像が繰り返し再生されているという「ニルヴァーナ」における暗殺の状況は（Johnson 10-11）、明らかに一九六三年のケネディ大統領暗殺事件をアレンジしたものになっているからだ。

カウンターカルチャーと、その遺産としてのシリコンバレー、その両者が混ざり合った世界において、二一世紀の近未来の物語は動き出す。大統領が立体映像として現れ、アーカイブ化された過去の発言を引用しながらユーザーと会話をするという彼のプログラムは、本人の説明によれば「オープンソースの検索エンジンに、会話プログラムとビデオ変換コンパイラを合体させたものです。そのプログラムがウェブ全体を探し回って、ある人物の画像や映像やデータをアーカイブ化する」（10）という形で機能する。死者はこうして、現在に蘇ってくるのである。ちょうど、一九六〇年代が二一世紀に反復されるのと同じようにして。

ただし、ここでウェブ上に復活させられた個人は、生前とは異なる機能を果たしていることも注意せねばならない。大統領のスピーチという、基本的には不特定多数に発せられた言葉は、立体映像になった際には、あたかも各ユーザーと会話を行なっているかのように再編成される。新たな生を反復するとき、大統領という公的存在は徹底してカスタマイズされ、ユーザーの個人的な要求に答えるサービスに姿を変えているのだ。主人公が「僕のことを覚えていますか？」（28）と大統領に尋ねるのは、錯覚であると同時に、プログラムの「リアル」でもある。

このプログラムの潜在的な可能性が、大統領などの著名な人物にとどまらないことは言うまでもない。主人公のビジネスパートナーであるSJことサンジェイは、その未来を次のように語る。

「きみのプログラムは、GoogleとWikipediaとFacebookがひとつに融合したようなものだ。この地球で評判のある人間はみんな、きみに立体映像化してもらえるなら喜んで金を出すよ。はっきりした人格と命を持って、眠ることなくいられるんだ……永遠にね」（23）

この箇所を引用しつつ、日野原は、「データ化された記憶を備えた擬似的身体を、あらゆる人間が所有し、それが世界中に公開される世界」(47)と形容する。それが描く未来においては、生と死、記憶と記録の区別はもはや定かではない。大統領の映像が主人公と会話する場面に端的に表れているように、死んだあとも、個人は話し続けるのだ。それを身体的限界を突破した不死であるとみなすならば、そこには莫大な商品価値が潜んでいる。

そのような物語世界において、主人公はプログラムに没入すると同時に、それに与えられる「価値」には否定的に振る舞う。プログラムを独占し、巨額の利益を分け合おうというサンジェイからの誘いを断り、フェイスブック創業者からの「未来について話し合いたい」というメールでの勧誘も無視する主人公は、みずからの商品価値という次元には背を向ける姿勢を崩さない。

プログラムが保証する一種の「不死」はやがて、恋人のシャーロットの状態と合流することになる。みずからの意思によって動かすことができないという意味では、シャーロットにとって自分自身の身体は死んでいる。だが、身体機能がすべて失われたわけではなく、それは実体として存在する。みずからの身体がまだ死んでないことを確認するべく、彼女は赤ちゃんがほしいと言う。

もうひとつのかたちで死を否定するべく、ラストシーンで、主人公は新たなプログラムによってカート・コバーンの立体映像をシャーロットに見せる。

「あなたがしようと思ってることをやめてほしいの」と彼女は必死に頼んでいる。「自分がどれだけ特別な人なのか、私にとってどれだけ大事な存在なのか、あなたは知らないのよ」気をつけながら、子供に話しかけるように、シャーロットは言う。「私から離れていってしまわないで。そんな仕打ちには耐えられない」

彼女はカート・コバーンに向かって前のめりになる。彼の体に両腕を回して抱きしめたいと思っているかのように。自分の腕が動かないことも、抱きしめる彼は存在しないことも忘れてしまったかのように。

(Johnson 37-38)

すでに死者になったコバーンに対して、あたかも同じ時を生きているかのように話しかけるシャーロットは、物語を通じて、大統領の映像と会話を試みる主人公をはじめとするソフトウェア利用者となんら変わらないともいえる。加えて、物語を通じて自殺願望を抱えてきた彼女が、自殺を選んだコバーンを思いとどまらせようとする姿には、止めようのないことを止めようとする無力感がつきまとう。相手を抱きしめようとしても、そもそもコバーンには実体がなく、さらにシャーロットの体は動かない。彼女と他者との間には、生と死、実体と「実体を喪失したコミュニケーション機能」（日野原 四四）という隔たりが存在する。逆に言えば、フィクションであるとわかっていながら、それらの隔たりが消滅したかのような経験を保証してくれるのが、主人公の開発したプログラムだということになる。

大統領のプログラムが大ヒットしても、それは無料公開のままにしておく主人公は、この場面においては、不特定多数ではなく、たったひとりのためにプログラムを使用することで、やはり利潤の世界とは距離を置こうとしている。恋人を前にした無力感から「誰かを救いたい一心」(16)で作ったという点において、きわめてパーソナルな自己表現となっているプログラムを商業化から守る、その行動には、『ネヴァーマインド』の世界的ヒットに背を向けようとしたコバーンとの類似関係が透けて見えもする。だが、このラストシーンにおいて、たったひとりの個人のニーズに応えて対話の相手を作り出し、なおかつそれが死を遠ざけるものであるならば、それこそが巨大な商品価値ではないか。どこまでも個人的な表現であるがゆえに、それは徹底してカスタマイズされた商品としての未来の可能性を秘めている。商品価値とそれへの反発のあいだで宙吊りになった主人公がどこに向かうのか、それはもはや語られない。

ここでのプログラム開発に、ある種の象徴性なり寓意なりを見て取ることはさして難しくはない。プログラムを書き、完成品を一般の利用に公開するという主人公の日常には、物語を書き、出来上がった作品を一般読者に提示する「作家」の姿が託されているからである。死者に象徴されるような他者との隔たりが解消されるような経験——虚構の人物に同一化するという「共感」(empathy)も、そのひとつだといえるだろう——を作り出すという点において、主人公と小説家の距離はかなり近いものに設定されている。

こうして、一九六〇年代から一九九〇年代、そして近未来のシリコンバレーを貫く主題は、「クリエイティビティ」を基軸として、小説という表現形式を照らす出すものになっている。作者アダム・ジョンソン自身がスタンフォード大学で籍を置いている創作科というシステム自体が、一九五〇年代以降に「『クリエイティビティ』という不動の点を基準として、伝統的教育の厳格な境界線を緩めることによって新たなものを導入する」という、合衆国の大学教育の方針によって普及していった組織なのだ（McGurl 70）。パロアルトで死者を蘇らせた主人公には、同じくパロアルトで小説の創作を行う作者の姿が重ね書きされているだけでなく、「創作」という行為自体がもつ意味を問うものになっていく。

その問いをもう少し突き詰めるなら、次のようになるだろう。書くことによって何らかのクリエイティビティを発揮し、それをもって社会的インパクトを与えるという役割は、文学からソフトウェア開発に移行してしまったのではないか、と。読書という行為にしばしば託される、一対一の親密な対話という特色は、物語のラストでシャーロットとカート・コバーンの仮想上の対話に取って代わられてもいるのだ。たったひとりで他者と対話する、その要素すらソフトウェアプログラムが果たしてしまうのであれば、この時代に、物語を語ることにはどのような意味が残っているのか。

二　小説家、バーニングマンに行く

シリコンバレーの技術者が大量に参加するイベント、それが毎年八月終わりから九月はじめにかけての一週間、ネバダ州の砂漠ブラックロック・シティで開催される「バーニングマン」である。一九八六年にサンフランシスコの浜辺で開始され、その後当局との問題からネバダ州の砂漠に移動したこの祝祭では、参加者はそれぞれが創造性を発揮して作品や企画を持ち寄り、交流することを求められる。現在においては、バーニングマンで展示される作品がアートや建築関係の雑誌において特集されることは毎年の恒例行事となっており、テスラの最高経営責任者イーロン・マスクをはじめ、バーニングマンの重要性やそのイベントへの愛着を公言するＩＴ関係者は枚挙にいとまがない。

バーニングマンの特徴として、貨幣の持ち込みや取引などを禁じ、「贈与」を基盤としている点が挙げられる（Turner 84）。創造性を基盤とする共同体が、市場や交換ではなく贈与によって成り立っていること、そこには明確な消費社会へのカウンター的なユートピア思想がある。その意味でも、このイベントはしばしば、西海岸のカウンターカルチャー思想が生んだ文化の一部とみなされている（Turner 74）。ひとまずは、いかにもヒッピー世代の産物だということはできるだろう。

そのバーニングマンに参加するのは、もちろんシリコンバレー関係者だけではない。二〇〇九年発表の短編集『奪い尽くされ、焼き尽くされ』で一躍注目のアメリカ作家となったウェルズ・タワーは、表現者としてではなく、一般向けのチケットを購入した観光客として父親とともにバーニングマンに参加した。その模様をまとめたルポルタージュが、二〇一三年に男性誌『ＧＱ』に発表された「バーニングマンにいる親父」（"The Old Man at Burning Man"）である。

デビュー作『奪い尽くされ、焼き尽くされ』において、タワーは二一世紀のアメリカ人の肖像を描き出したと評価され、二〇〇九年だけで『ニューヨーク・タイムズ』の書評欄に三度にわたって取り上げられるなど大きな注目を集めた。そのひとつで、書評家のミチコ・カクタニは、タワーの「登場人物たちを日常世界に描き出す手腕、彼らの感情面でのジレンマへの理解、抑制が効いているが魅惑的な文体、そして、はぐれてしまったり不満を溜め込んだ人々のスナップショットをアメリカ的生活のパノラマのような行列にやすやすと変えてみせる能力」（Kakutani）を賞賛している。二〇〇七年に始まる不況ともあいまって、彼は二一世紀のレイモンド・カーヴァーと呼ばれもした。失業中の男、宅地開発を目論むも計画が暗礁に乗り上げつつある男、継父との摩擦と学校での友人関係に問題を抱える少年など、人生における現在地点、あるいは現代という時代に適応できない人々の「ずれ」を描き出すことを、タワーは作家として追求している。

そのような「ずれ」が、タワー本人を語り手とする形で追求されるのが、このルポルタージュである。会場となるブラックロック砂漠を「惑星でもっとも近い地獄のシミュレーション」と形容する冒頭から、書き手であるタワーはバーニングマンとみずからとの距離感を繰り返し強調する。会場となるブラックロック・シティに入ろうとするときに、タワーはこう書きつける。

僕らが加わったのは、毎年何千人という人たちがしゃちほこばった世界を逃れてネバダの砂漠に巡礼する先、人類最大のカウンターカルチャー的な民俗祝祭というか自己表現ダービーだ。あるいは、かつてはそうだったと言うべきか。僕や、僕の父のような人間がやってくるようになる前は。

（Tower, “The Old Man”）

この文章においては、カウンターカルチャーと「自己表現」（self-expression）の並列により、個人のクリエイティビティとそれを抑圧する「しゃちほこばった世界」（square world）との対比が強調される。ここでの“square”が、ノーマン・メイラーによるカウンターカルチャーの記念碑的エッセイ“The White Negro”の語彙にならったものであることは、想像に難くない。体制順応的な世界を「スクエア」、カウンターカルチャーを「ヒップ」と色分けしたその図式を召喚することで、タワーはバーニングマンを一九六〇年代「ヒップ」な流れを汲むイベントとしてとらえる姿勢を見せている。

であるからこそ、ルポルタージュの冒頭には、ヌーディストの男女による歓迎のエピソードが配置され、「ヒッピー」という単語が繰り返し用いられる。そうして、バーニングマンという空間をヒッピー世代の名残としてとらえつつ、タワーは参加者の発言をこう紹介する。

「自分の殻を破り、自分の恐れを投げ捨てて、すべての儚さに身を委ねる、それが大事なんだ。我々は社会を内面化しすぎている。人に感心してもらいたいとか、友達が何を考えているのかくよくよ心配するとか。ところが、ここには完全な自由がある。恐怖を捨てろ。死の恐怖だとか、自分を制限する恐怖のすべてを。あの娘をファックしたっていいじゃないか？ ズボンを脱いで、大声をあげて走り回ったっていいじゃないか？」

（Tower, "The Old Man"）

フリーセックスをはじめとする「解放」のレトリックを見事なまでに再現したこの言葉は、一九六〇年代の丸写しといっていい。そしてタワーの父親は、まさにその教義のとおり、性的な自由をうたうコーナーを探しては次々と出入りしていく。

ルールでがんじがらめの社会と、そこからの完全な自由を保障するバーニングマンの対比。タワーが参加者の理念を代弁するようにして書き付けるこの構図は、一九五〇年代的な順応と一九六〇年代的な抵抗という、歴史的な対立の図式をふたたび蘇らせている。「ニルヴァーナ」においては背景に潜んでいたカウンターカルチャーという過去は、タワーの描き出すバーニングマンでは目の前にある確たる存在として、ほぼ姿を変えることなく現在に回帰してくるのだ。

したがって、この記事におけるバーニングマンは、一九六〇年代のヒッピー文化の色彩の濃い空間へのタイムスリップのようにして現れてくる。「ヒッピー」、「サイケデリック」「アシッド」「グレイトフル・デッド」といった単語を意図的に使用するこの文章からは、二一世紀という現在からほぼ完全に切り離された異空間としてのブラックロック・シティが浮かび上がる。

そして、そこに迷い込んだ「東海岸風」なみずからを皮肉を込めて語るタワーは、繰り返し、周囲と自分との距離感を強調する。父親はヒッピー気質を発揮して次々にイベントに繰り出していくが、タワーはそれに気後れせざるをえない。ついに深夜のダンス会場にやってきて踊る際にも、タワーは解放感を覚えることはない。

> もう四〇歳になろうとしている男が、ブレスミントを噛んでダンスをして、メロディも歌詞もなく大音量のリズムだけの音楽は意味不明だしひどいものだと思いつつ、見栄えのよろしくない体を動かしている——それはひどく情けないと同時に悲しくはないだろうか？
>
> （Tower, "The Old Man"）

東海岸的な内向的メンタリティを強調する作家と、西海岸のヒッピー的イベントとの隔たり。それが最後まで維持されるがゆえに、タワーはバーニングマンの最終日に「ザ・マン」の彫刻が広場で燃やされるというクライマックスを待たず、道路が渋滞する前にブラックロック・シティを離れて帰途につく。そして、その数日間を「ぶっ飛んでいた」(extraordinary)や「冒険」(adventures)と形容する父親もまた、イベントの非現実感を強調しつつ、現実世界に戻っていくのである。

日常と非日常。スクエアな社会とヒップなバーニングマン。資本主義社会と贈与社会。タワーの提示するこの祝祭は懐古的であり、外と内の明確な区別に基づいている。だが、そもそもその構図が妥当なものであるかどうかは問われてしかるべきだろう。バーニングマンと二一世紀の経済との関わりを論じるフレッド・ターナーは、そのイベントに内在する思想と新たなメディア産業との親和性を、次のようにまとめているからだ。

> 今日において、バーニングマンはボヘミア的なアート世界の理想や社会構造、「クリエイティブ」であるというまさにその生き方を、ポスト産業社会の情報労働における労働者たちの心理的・社会的・物質的な源泉に変化させているのだ。(Turner 75-76)

バーニングマンにカウンターカルチャー的な要素が保持されているのは事実だとしても、その「使い方」は、すぐれて二一世紀型産業に適応している。そこで提示されるクリエイティビティから着想を得て将来的な商品開発につなげるべく、シリコンバレーの労働者たちはこのイベントに足を運ぶことを奨励される。そこには、「内」と「外」との密接な絡み合いがある。「今日のバーニングマンは、より大々的に、徹底的に、ベイエリアのテック文化に統合されている」のだ(Turner 83)。したがって、このカウンター的な空間は、二一世紀の経済にとっての絶対的な外部ではなく、あるいは、ガス抜き的な異文化体験を保証することで日常を正当化する構成的外部ですらない。バーニングマンは現代の経済そのものなのだ。

そのイベントに、タワーはあえて懐古主義的な側面を見て取る。それは、現代作家と昔ながらのヒッピー的イベントという世代間の「ずれ」を語るようでいて、その実、新たなクリエティビティの体制とみずからの距離を皮肉まじりに見せつけようとするパフォーマンスだといえるだろう。さらにいえば、タワーをはじめとするアメリカ作家たちを束ねるニューヨークという出版業界と、西海岸で発展したIT業界との距離感がそこに表明されているのだと考えることも可能である。そのことを念頭に置くならば、ルポルタージュとして発表されたこのテクストは、バーニングマンの実際の姿を報道する記事というよりも、そこになじむことのできないタワー自身の姿を通して、みずからの創作に対するコメンタリーとして機能していると考えるほうが理にかなっているように思われる。

創造性を体現するような存在ともいえる小説家が、創造性を軸とするイベントに参加する。それはごく相性のよい組み合わせにも思える。しかし、一方で小説家がリアリズムに根ざした筆致でアメリカ人の「今」を描こうとする作風であり、他方でイベントがカウンターカルチャー的な非現実感をIT産業へのインスピレーションとして提供しているものであるとき、両者の志向は決定的に食い違ってしまう。ヒッピー世代の感性を保存するイベントが、二一世紀には経済の中心原理として蘇ってくる、単なる回帰とは異なる反復性を目の当たりにするとき、小説を書くとはどのような意味を持つのか。こうして、タワーもまた、「ニルヴァーナ」で主人公につきまとっていた問いに直面する。

そのことをさらに強調するかのように、タワーが記事全体をまとめる枠組みとして選んでいるのは、父と息子という、アメリカ文学に典型的な主題である。かつて父親が余命二年と宣告されたとき、二年を超えて生き延びたら毎年ふたりで旅行をする約束を、タワーは父親と交わす。それを実行する先として二〇一二年に選ばれたのがバーニングマンだった。その年の旅行が、親子で過ごす最後の機会になるかもしれない。そこに漂う感傷性（ただし、タワーらしく記事の最後にはアンチクライマックスが用意されている）は、父の不在と、それが息子に投げかける影という、マーク・トウェインからデニス・ジョンソンまでのアメリカ作家たちに受け継がれてきた主題と通じている。

さらに、一見して純然たるノンフィクションでありながら、記事にはタワーの創作とのつながりがそれとなく書き込まれてもいる。旅に同行する父の従兄弟は、かつては筋萎縮性側索硬化症で死につつある犬の世話をしていた、というエピソードがそれにあたる。

> 彼の仕事は、その犬の腸と膀胱を手を使って空にしてやることと、散歩用に作られた小さなカートに乗せて「歩かせる」ことだった。シエラという名前のその犬が、バーニングマンに向かう一週間前についに安楽死させられ、キャムは複雑な解放感を覚えていた。
>
> (Tower, "The Old Man")

犬の排泄を手で補助する男性、という設定は、この記事に先立つタワーの短編「保養地」にも登場している（Tower, *Everything* 35）。タワーが知り合いの実際の体験談をみずからのフィクションに利用したのか、それとも、架空のエピソードを、ノンフィクション記事にさりげなく紛れ込ませたのか、その区別は定かではない。ただし、現実の出来事を小説内に活用したのだと考えてみるなら、今回の父親との旅行についても、それがタワーの小説に何らかの形で使われるのではないか、という発想はごく自然に思えもするだろう。

バーニングマンという、「参加する何千人というエンジニアにとっては……日ごろの雇用が組織化される際の軸となる、社会的なものと生産的なものの一体化を巨大な規模で体現する」（Turner 81）という二一世紀的なクリエイティブ空間に乗り込み、父と息子という物語をそこで展開しようとしたタワーを待っていたのは、最後まで解消されることのない違和感だった。それは、伝統的な主題を抱えた作家であるという自分自身が、現代というこの時点において直面せざるをえない「ずれ」なのだ。こうして、語り手タワーは、みずからがノンフィクションにおけるタワー的な登場人物となってしまい、そこからの出口を見出せないという状況を発見する。

二〇〇九年に『奪い尽くされ、焼き尽くされ』を発表した時点ですでに、タワーは長編小説を執筆していると語っていた。二〇世紀後半から現代にかけてのアメリカの家族サーガを綴る予定だとされていたその小説は、二〇一九年現在、まだ発表されていない。

おわりに

本章の冒頭で挙げた作家からトマス・ピンチョンを引き合いに出すならば、その作品は今日にいたるまで、客観性・合理性といった近代的価値観に対して「主観性・創造性を、戦後からずっと続くカウンターカルチャーの道具として重視している」という前提で読まれることが多いとされる（Flay 783）。それとは対照的に、本章で取り上げたふたりの作家はいずれも、みずからの立場を正当化してくれるような対立の図式から出発することができない。個人が創造性を発揮すればするほど、それは商品価値として外面化されていく。そのような二一世紀においてヒッピー世代の「後輩」であるということは、創作行為そのものに内在する経済原理に直面することを意味する。

移民と多様性をめぐるアメリカ像が問われ続ける舞台がニューヨークなのだとしたら、西海岸を舞台に展開される物語は、グローバル規模の情報産業をめぐってふたつの「後輩」の姿をあらわにする。かたや、「クリエイティビティ」を武器としてシリコンバレーでスターダムを駆け上がるクリエイターたちがいる。インド放浪というヒッピー的体験をくぐったスティーヴ・ジョブスは、まさにその意味でも時代のアイコンである。その一方で、同じく創造的であるとされながら、「作家」であることの意義を自問せざるをえない小説家たちがいる。宮内悠介の『カブールの園』で、やはり二一世紀のベイエリアにいるプログラマーの主人公レイが、アレン・ギンズバーグの詩「吠える」を引用しながら、「わたしたちの世代の最良の精神は、いったい、いかなる生にこそ宿るのだろう?」（31）と自問するように。『カブールの園』にはヒッピー世代を代弁する人物も登場するが、そこへの「回帰」は、ここでの問いに対する答えにはなりえない。

その問いをスタンフォードで小説そのものに昇華するジョンソンの力量を評価すべきか、あるいは小説の意義を問うことで立ち止まってしまったかに見えるタワーの誠実さ（あるいは、みずからを主人公とするノンフィクションとして物語を成立させるしたたかさ）を評価すべきか、どちらが「最良の精神」に近いのかは一概に判断できることではない。ただし、幾度となく「死」を宣告された小説という表現形式が、今回もしぶとく生き残るのだとすれば、それは、ヒッピー世代が「クリエイティビティ」の経済として反復されている現在において、それとは異なるなにものかを反復することによってなのだろう。

【引用文献】

Flay, Catherine. "After the Counterculture: American Capitalism, Power, and Opposition in Thomas Pynchon's *Mason & Dixon.*" *Journal of American Studies* 51 (2017): 779-804.
Florida, Richard. *The Rise of the Creative Class, Revisited*. Basic Books, 2012.
Frank, Thomas. *The Conquest of Cool: Business Culture, Counterculture, and the Rise of Hip Consumerism.* U of Chicago P, 1997.
Gair, Christopher. *The American Counterculture*. Edinburgh UP, 2007.
Kakutani, Michiko. "Land of Promise, Home of the Bedeviled and Bewildered." *The New York Times*, March 23, 2009.
Johnson, Adam. "Nirvana." *Fortune Smiles.* Random House, 2015. 5-38.
McGurl, Mark. *The Program Era: Postwar Fiction and the Rise of Creative Writing*. Harvard UP, 2009.
Nealon, Jeffrey T. *Post-Postmodernism: Or, the Cultural Logic of Just-in-Time Capitalism*. Stanford UP, 2012.
Tower, Wells. *Everything Ravaged, Everything Burned*. FSG, 2009.
---. "The Old Man at Burning Man." *GQ* Feb 2013. https://www.gq.com/story/burning-man-experiences-wells-tower-gq-

february-2013. Accessed 12 Dec. 2018.

Turner, Fred. "Burning Man at Google: A Cultural Infrastructure for New Media Production." *New Media & Society* 11 (2009): 73-94.

岡野八代『フェミニズムの政治学　ケアの倫理をグローバル社会へ』みすず書房、二〇一二年。

ヒース、ジョセフ&アンドルー・ポター『反逆の神話　カウンターカルチャーはいかにして消費文化になったか』二〇〇五年。栗原百代訳。NTT出版、二〇一四年。

日野原慶「Adam Johnson, "Nirvana" におけるソーシャル・ネットワークと記憶の表象」『大東文化大学英米文学論叢』五〇号、二〇一九年、三七–五二頁。

宮内悠介『カブールの園』文藝春秋、二〇一七年。

【事項】

【ラ行】

【マ行】

【タ行】

【ナ行】

【ハ行】

【サ行】

索引

※五十音順。作家名を立項している場合、作品名は作家名ごとにまとめた。
人名、作品名、事項には原語を付してある。

【人名・作品名】

【ア行】

【カ行】

◉塚田　幸光 …つかだ・ゆきひろ

映画学、表象文化論、アメリカ文学／関西学院大学法学部・大学院言語コミュニケーション文化研究科教授／立教大学大学院博士後期課程満期退学（関西学院大学博士）／『シネマとジェンダー　アメリカ映画の性と戦争』（単著、臨川書店、2010年)、『映画とジェンダー／エスニシティ』（編著、ミネルヴァ書房、2019年)、『映画とテクノロジー』（編著、ミネルヴァ書房、2015年)、『映画の身体論』（編著、ミネルヴァ書房、2011年）他。

◉中垣　恒太郎 …なかがき・こうたろう

アメリカ文学・比較メディア研究／専修大学教授／『マーク・トウェインと近代国家アメリカ』(単著、音羽書房鶴見書店、2012年)、『アメリカン・ロードの物語学』(共編著、金星堂、2015年)、『読者ネットワークの拡大と文学環境の変化』(共編著、音羽書房鶴見書店、2017年)、『スタインベックとともに』(共編著、大阪教育図書、2019年)他。

◉白川　恵子 …しらかわ・けいこ

アメリカ文学、文化／同志社大学文学部教授／慶応義塾大学大学院後期博士課程修了（博士・文学）／『抵抗者の物語――初期アメリカの国家形成と犯罪者的無意識』(単著、小鳥遊書房、2019年)、『エスニシティと物語り――複眼的文学論』(共著、金星堂、2019年)、『繋がりの詩学――近代アメリカの知的独立と〈知のコミュニティ〉の形成』（共著、彩流社、2019年）他。

◉藤井　光 …ふじい・ひかる

現代アメリカ文学／同志社大学文学部英文学科教授／ Ph.D. ／著書：*Outside, America: The Temporal Turn in Contemporary American Fiction* (Bloomsbury. 2013)『ターミナルから荒れ地へ――「アメリカ」なき時代のアメリカ文学』（中央公論新社、2016年）『21世紀×アメリカ小説×翻訳演習』（研究社、2019年）他。

◉井出　達郎 … いで・たつろう

英米文学、モダニズム／東北学院大学文学部准教授／論文「流れの場としての都市と身体――ヘンリー・ミラー『北回帰線』が描く生のあり方」『北海道アメリカ文学』第28号（2012年）、「反生産者のつながりに向けて――ヘンリー・ミラー『北回帰線』における自伝、家族、資本主義への問い」『デルタ』11号（2019年）他。

◉舌津　智之 … ぜっつ・ともゆき

アメリカ文学、日米大衆文化／立教大学文学部教授／テキサス大学オースティン校大学院博士課程修了(Ph.D.)／『抒情するアメリカ――モダニズム文学の明滅』(単著、研究社、2009年)、『抵抗することば――暴力と文学的想像力』(共編著、南雲堂、2014年)、『アメリカン・マインドの音声――文学・外傷・身体』(共編著、小鳥遊書房、2019年)、「性の目覚めと抒情――コールドウェルの短編にみる女性像」『フォークナー文学の水脈』(彩流社、2018年)他。

◉村上　東 … むらかみ・あきら

20世紀北米文化・文学／秋田大学教育文化学部非常勤講師／「ヒッピー世代とロックンロール」『アメリカの対抗文化』（大阪教育図書、1995年）、「跳ぶ前に観ろ――ロバート・オルトマンの『バード★シット』と対抗文化（？）」『アメリカ映画のイデオロギー』（論創社、2016年）他。

◉飯田　清志 … いいだ・きよし

アメリカ文学・文化／仙台高等専門学校教授／「ブルースとジャズ　黒人大衆音楽の諸相」『ハーストン、ウォーカー、モリスン――アフリカ系アメリカ女性作家をつなぐ点と線』（南雲堂フェニックス、2007年）、『シグニファイング・モンキー――もの騙る猿　アフロ・アメリカン文学理論』ヘンリ・ルイス・ゲイツ・ジュニア（共訳、南雲堂フェニックス、2009年）、“Rap Rhymes and Social Justice,” *Nanzan Review of American Studies*, vol. XXXI（南山大学、2009年）他。

【執筆者一覧】※掲載順、編著者は前頁参照

◉小椋　道晃 …おぐら・みちあき

アメリカ文学／立教大学助教／「メルヴィルとキューバをめぐる想像力――「エンカンタダス」と『イスラエル・ポッター』における海賊（フィリバスター）」『モンロー・ドクトリンの半球分割――トランスナショナル時代の地政学』（彩流社、2016年）、“Dreaming the Remotest Future: Hermeneutic Friends in Thoreau’s *A Week on the Concord and Merrimack Rivers,*” *The Journal of the American Literature Society of Japan*, no. 17 (2019) 他。

◉亀山　博之 …かめやま・ひろゆき

アメリカ文学／東北芸術工科大学非常勤講師／東北大学大学院国際文化研究科博士課程後期／論文「エマソンの『ジーニアス』論再考――『天賦の才』か『代償』か」『ヘンリー・ソロー研究論集』第44号(日本ソロー学会、2018年)他。

◉貞廣　真紀 …さだひろ・まき

アメリカ文学／明治学院大学文学部准教授／ニューヨーク州立大学バッファロー校大学院博士課程修了（Ph. D）/「世紀末イギリス社会主義者たちの〈アメリカン・ルネサンス〉」『繋がりの詩学――近代アメリカの知的独立と〈知のコミュニティ〉の形成』（彩流社、2019年）、「島嶼国家アメリカへの道――再建期、大西洋横断通信ケーブル、ホイットマン」『海洋国家アメリカの文学的想像力――海軍言説とアンテベラムの作家たち』（開文社出版、2018年）、“Thoreau’s Ontology of “We”: Friendship in *A Week on the Concord and Merrimack Rivers*,” *Thoreau in the 21st Century Perspectives from Japan*（Kinseido、2017年）他。

◉大森　昭生 …おおもり・あきお

アメリカ文学／共愛学園前橋国際大学学長・教授／『アーネスト・ヘミングウェイ――21世紀から読む作家の地平』（共編著、臨川書店、2012年）、『ヘミングウェイ大事典』(共編著、勉誠出版、2012年)、「エモーションの喚起とその持続――「ビッグ・トゥー - ハーティッド・リヴァー」を中心に」『ヘミングウェイ研究』創刊号（日本ヘミングウェイ協会、2000年）他。

【編著者】

◉中山　悟視 … なかやま・さとみ

アメリカ文学・文化／尚絅学院大学准教授／「カート・ヴォネガットのエコロジカル・ディストピア――『スラップスティック』におけるテクノロジーと自然」『エコクリティシズムの波を超えて――人新世の地球を生きる』（音羽書房鶴見書店、2017年）、「生暖かい終末――冷戦作家ヴォネガット」『冷戦とアメリカ――覇権国家の文化装置』（臨川書店、2014年）、「テクノロジーへの反発――ヴォネガットのラッダイト主義」『現代作家ガイド6　カート・ヴォネガット』（彩流社、2012年）他。

ヒッピー世代の先覚者たち

対抗文化とアメリカの伝統

2019年10月15日　第1刷発行

【編著者】
中山悟視

発行者：高梨 治

発行所：株式会社**小鳥遊書房**

〒102-0071　東京都千代田区富士見1-7-6-5F

電話 03 (6265) 4910（代表）／FAX 03 (6265) 4902

http://www.tkns-shobou.co.jp

装幀　中城デザイン事務所

印刷　モリモト印刷株式会社

製本　株式会社村上製本所

ISBN978-4-909812-19-3　C0098